SF

ザップ・ガン

フィリップ・K・ディック
大森 望訳

早川書房

7513

日本語版翻訳権独占
早 川 書 房

THE ZAP GUN
by
Philip K. Dick

Translated by
Nozomi Ohmori
Published 2015 in Japan by
HAYAKAWA PUBLISHING, INC.
This book is published in Japan by
arrangement with
THE WYLIE AGENCY (UK) LTD.
through THE SAKAI AGENCY.

The official website of Philip K. Dick: www.philipkdick.com

ザップ・ガン

1

「ラーズさん、ちょっとよろしいですか？」

「残念ながら、きみの局の視聴者に話をしている時間はないようだ。すまんね」

そういって、ラーズ・パウダードライは歩きだしたが、カメラを携えた自動TVレポーターに行く手をふさがれた。自動機械の金属の笑みは自信に輝いている。

「トランスは来そうですか？」

自動レポーターが明るくたずねる。手にしたポータブル・カメラの多機能多元中継レンズ・システムの前で、ラーズがいきなりトランス状態にはいってもおかしくない、というように。

ラーズ・パウダードライはためいきをついた。歩行者専用走路の、いま立っているこの場所からは、彼のニューヨーク本社が見える。見える、だが行きつけない。膨大な数の人間が——パーサップスが——ラーズという人間に関心を抱いている。ラーズの仕事にではなく。だがもちろん、重要なのは仕事だけだ。

　ラーズはうんざりした声で、

「時間がないんだ。わからないのかね。兵器デザインの分野では——」

「ええ、近々なにかほんとうにすごいものを完成されると聞いていますが」自動レポーターは、ラーズがいおうとしたことにはお義理にも関心を向けず、言葉じりだけをとらえてとうとうとまくしたてる。「一週間で四度のトランスです。しかも、このところほとんどずっとそのペースですね。違いますか、ラーズさん」

　この自動機械は能なしだ。ラーズはしんぼう強く相手にわからせようとした。〈おはよう、こちらラッキー・バッグマン〉だかなんだかというこのモーニング・ショウを見ているパーサップス（ほとんどは女だ）に、わざわざ自分の意見を述べるつもりはない。勤務時間中にこんなくだらない会話をしているひまはないのだ。

「いいかね……」

　と、今度はおだやかな口調でいう。たんなる機械にではなく、本物の人間に話すときのように。自動レポーターは、西暦二〇〇四年の高度に発達した西側陣営（ウェス・ブロック）テクノロジーによって、知性のごった煮を恣意的（しいてき）に付与されている。最先端の科学技術が、こんなことに浪費されるとは……。だが、考えてみれば、ラーズ自身のやっていることだって、いまわしさにかけてはひけをとるまい。それを思うと愉快ではなかった。

　その考えを抑えつけて、

「兵器デザインの分野では、新型アイテムはしかるべきときに開発されなければならない。明日とか来週、来月では遅すぎるんだ」

「どういうものなのか聞かせてください」

と、あまり気のない口調で、自動レポーターはわかりきった答えに固執する。たとえニューヨークおよびパリのミスター・ラーズといえども、ウェス・ブロック十数か国にまたがる数百万の視聴者全員を失望させることなどできはしない。彼らをがっかりさせることは、人民東側（ピープル・イースト）の利益につながるのだから……たとえそうでなくても、自動レポーターならそういうだろう。しかし、その論法の通用しない相手もいる。

「正直な話、きみには関係ないよ」

　ラーズはそういい捨てると、ばか面（づら）をさげて集まっている小さな人だかりの前をつかつかと通りすぎ、ミスター・ラーズ社（インコーポレイテッド）へとつづく登り通路に向かった。ミスター・ラーズ社の社屋は一階建てで、大きいことだけが取り柄のオフィス・ビル高層建築群のあいだに、これみよがしに位置している。

　物理的な大小で物事をはかるのはまちがいだ。ラーズは、ミスター・ラーズ社の外来客用ロビーに足を踏み入れながら思った。自動レポーターでさえそんなものにはだまされない。あの機械が視聴者の前に引きずりだそうとしたのはラーズ・パウダードライで、そばにある他の大企業の経営者ではない。お抱えのアク・プロップ——獲得宣伝(アクイジション・プロパガンダ)——専門家が視聴者の耳目(じもく)を引きつけてくれることに、彼ら経営者がどんなに満足していようとも。

彼の脳波パターンに同調したミスター・ラーズ社のドアが背後でしまり、ラーズはプロの手で好奇心を煽(あお)りたてられた群衆から隔離され、安全になった。彼らだけなら、パーサップスたちもそれなりに道理をわきまえている。つまり、無関心でいるはずだ。

「ラーズさん」

「ああ、ミス・ベドゥイン」ラーズは足を止めた。「わかってる。スケッチ285は設計部のほうじゃちんぷんかんぷんなんだ」

この点についてはもうあきらめていた。金曜のトランスのあと、自分の目でたしかめて、あの絵がどんなにわけのわからないものであるかは承知している。

「それで、設計部の話では……」

ミス・ベドゥインはそこでいいよどんだ。彼女は小柄で若く、周囲の人間の苦情を代弁するのは嫌いなたちだ。

「直接話してみるよ」ラーズは慰めるようにいった。「正直いって、わたしの目には、あれは三角の車輪の上にのったプロペラみたいに見えた」

それに、どうせあれじゃなにも破壊できやしないのさ、とひとりごちる。

「いえ、設計部のほうではすばらしい兵器だと思っているようでした」とミス・ベドゥインがいった。ラーズの視線に応えて、ホルモン投与された生身の胸が揺れる。「ただ、動力源が理解できないんだと思います。つまり、エルグ構造が。社長が286に進まれる前に……」

「わたしに285をもっとよく検討してほしい、そういうことだろう。わかった」

そんなことで気分を害されはしない。ラーズは上機嫌だった。今日は四月の気持ちのいい一日だし、ミス・ベドゥイン（お望みならミス・ベッドと呼んでもいい）の美貌の前ではどんな男でもたちまち生気をとりもどす。たとえそれがファッション・デザイナー――兵器ファッション・デザイナーでも。

たとえ、全ウェス・ブロックにおける最高かつただひとりの兵器ファッション・デザイナーでも。

彼に匹敵する人間となれば――ラーズの知るかぎりでは、それが存在するかどうかさえ疑わしいが――地球のもう半分、ピープ・イースト側をさがすしかない。中華ソヴィエト圏は、ラーズのような霊媒（ミーディアム）を所有、あるいは雇用、とにかく彼らなりの流儀で利用している。

ラーズはよくその女のことを考える。彼女の名はミス・トプチェフ――と、惑星規模の民間警察組織ＫＡＣＨが教えてくれた。リロ・トプチェフ。オフィスはたったひとつ、それもニュー・モスクワにではなく、ブルガニングラードにある。

さびしい暮らしに思えたが、ＫＡＣＨは調査対象の心の中についてはひとことも言及しない。たぶん、ミス・トプチェフは、まだトランス状態にあるうちに、けばけばしい色彩のタイルのかたちに、そのスケッチを編んで……あるいはでっちあげているのだろう。ともかく、なにか芸術的なかたちに。彼女のクライアント（より正確には雇用者）であるピープ・イースト政府ＳｅＲＫｅｂ(サーケブ)——厳格で無彩色の、崇(あが)められることのない、コグたちのこの全体主義的アカデミーに対して、ラーズの属する半球はもう何十年も、ありとあらゆる資源を投入して対抗してきた——が好むと好まざるとにかかわらず。

なぜなら、兵器ファッション・デザイナーの要求はつねに満たされねばならないからだ。これまでの経歴のおかげで、ラーズ自身はどうにかその特権を不動のものにしていた。

けっきょく、週に五日トランス状態にはいるようおれに強制することはできないのだ。そしてたぶん、リロ・トプチェフにも。

ミス・ベドゥインを残して自分のオフィスにはいったラーズは、外套(がいとう)、帽子、スリッパを脱いで、用済みになった外出着をハンディ・クローゼットに掛けた。

オフィスでは医療スタッフのトート医師と看護師のエルヴィラ・ファントが待ち受けていた。はいってきたラーズを見て立ち上がり、おずおずと近づいてくる。亜超能力を持つ、ラーズのある意味での部下、ヘンリー・モリスもいっしょだ。トランスがいつやってくるかは、だれにもわからない。ぴりぴりしたその態度から、彼らがつねにそのことを心配しているのがわかる。

エルヴィラ看護師のうしろでは、静脈注射装置がぶーんとうなり、西ドイツ医学界が生んだ最高級の人材であるトート医師が、複雑な機械装置に鞭(むち)を入れる準備を整えている。その装置にはふたつのきわだった目的があった。第一は、トランス状態にあるあいだに心臓発作や、呼吸停止ひいては窒息死を引き起こす恐れのある肺梗塞(こうそく)や迷走神経の過剰抑制が起きないようにすること。そして第二は――これ抜きではなんの意味もない――トランス状態にあるときの精神構造を、あとあと利用可能なように恒久的に記録することだ。

トート医師は、したがって、ミスター・ラーズ社の業務に欠くことのできない存在だった。パリ本社にも、トート医師と同等の技能を持つ医療スタッフが四六時中待機している。ラーズ・パウダードライは、このせわしないニューヨークより、パリにいるときのほうが、もっと強い霊感(エマナテイオ)を受けるのだ。

それに、パリには彼の愛人、マーレン・フェインがいる。

それが、兵器ファッション・デザイナーの弱点――あるいは、ラーズ好みの考えかたによれば、強さ――だった。服飾業界のファッション・デザイナーとは違って、兵器デザイナーたちは女性を好む。ラーズの前任者ウェイドも異性愛者(ヘテロ・セクシュアル)だった。ミスター・ウェイドは、ドレスデン・フェスティバル合唱団の小娘の上で腹上死をとげた。ミスター・ウェイドは、間の悪いときに間の悪い場所で心臓発作に見舞われたのだ。時刻は、「フィガロの結婚」がとうに幕を下ろしたあとの午前二時、場所は、問題の女の子のウィーンにあるマンション。電子新聞(ホメオペイプ)の鮮明な写真が明らかにしたところでは、リタ・グランディはシルクのストッキングやらブラウスやらを放り出したまま姿を消していた。

そんなわけで、ウェス・ブロックの前兵器ファッション・デザイナー、ミスター・ウェイドは齢(よわい)四十三歳にして舞台から退場、必要欠くべからざるポストに空(あ)きができた。だが、その地位にとってかわろうと待機している人間は、つねに何人もいる。

たぶん、その精神的重圧が、ミスター・ウェイドの死期を早めたのだろう。そもそもこの仕事自体、ストレスが絶えないものだ——現代医学の力をもってしても、どの程度、あるいはどうやって、ということが正確にわかるわけではない。それに加えて、自分が必要不可欠の存在であると同時に、いつでも首のすげかえが可能な存在でもあるという認識ほどやっかいなものはない。すくなくともラーズ・パウダードライはそう思っていた。こんなパラドックスを楽しめる人間はいない。もちろん、ウェス・ブロックを支配する西側(W)国家連合(UN)国防局委員会(ナトセック・ボード)はべつだ。委員会はつねに、各部署における人事異動がはっきり目につくよう努力しつづけている。

そしていまこの瞬間も、彼らはおれにとってかわる人間を待機させているはずだ、とラーズは思った。

彼らはおれのことを気に入っている。彼らはおれに利益を与え、おれは彼らに利益を与える。システムはちゃんと機能している。

だが、数十億のパーサップスの命をあずかる最高権力者たちは、危険をおかさない。コグ生活のそこここに点灯する赤信号を無視して横断するようなまねはしないのだ。

パーサップスたちによっていつその地位を追われるかもしれないから、というわけではない。そんなことはまずありえない。地位の剝奪は、つねに上から下への一方通行だ——国防局委員会最高幹部会議長、ジョージ・マクファーレン・ニッツ将軍を頂点とするピラミッドの。相手がだれだろうと、ニッツは自由にその地位を剝奪することができる。じっさい、もし必要があれば（あるいは、その機会さえあれば）彼は自分の地位さえも剝奪するだろう。部下を武装解除し、ワシントンＤＣフェスタンを守る自動歩哨と同じにおいのする あの頭蓋内径ユニットをとりさってしまえば、きっとすばらしい満足感が得られるはずだから。

そして、正直な話、ニッツ将軍のおまわりみたいな雰囲気と、超一流の殺し屋みたいな――。

「ミスター・ラーズ、血圧測定です」機械をうしろにしたがえ、痩せたトート医師が僧侶のようにいかめしい顔で進みでてきた。「さあ、ラーズさん」

そのとき、トート医師とエルヴィラ・ファント看護師の向こうで、坊主頭の痩せた若い男が立ち上がった。色白だが、きわめてプロフェッショナルな雰囲気を身にまとっている。黄緑色の服を着て、こわきにファイルをたばさんでいた。ラーズ・パウダードライはすぐさま男に向かってうなずいてみせた。血圧測定ならいつでもできる。あれはKACHの男にまちがいない。しかも、なにか成果があったようだ。

「執務室のほうでお話ししたいのですが、ラーズさん」とKACHの男はいった。

男を案内しながら、ラーズは口を開き、

「写真(ピク)だな」

「はい、閣下」KACH社員は慎重にオフィスのドアをしめ、「彼女のスケッチです。日付は——」ファイルを開き、書類のコピーに目を落として、「先週の水曜。向こうのコードで、AA335」

ラーズのデスクに空いた場所を見つけると、男は3D写真を広げはじめた。

「それに、ロストック・アカデミー集合研究所で撮ったピンぼけ写真が一枚——」また書類に目をやって、「SeRKebコードAA330です」

ラーズは椅子に腰をおちつけると、クエスタ・レイの葉巻に火をつけた。頭の中でいろんな考えが渦を巻く。葉巻も考えをまとめる役には立たない。ピープ・イーストの兵器ファッション・デザイナー、ミス・トプチェフの最新作。スパイが撮ってきた同業者の作品を犬のように嗅ぎまわるのは趣味にあわなかった。こんな分析はUN‐W国防局にまかせておけばいいのだ。その件については、機会があるたびに、ニッツ将軍に何度もかけあった。一度は委員会の全体会議で。出席者全員が、威厳のかたまりのような正装のニッツの前にひれ伏していた。威風堂々たるケープ、ミトラ、ブーツ、手袋……シルクの下着には、きっと不気味なスローガンやら布告やらが色とりどりの糸で刺繍してあるにちがいない。

　その厳粛そのものの雰囲気の中、心ならずも選出されて出席している六人のコンコモディーを、アトラスさながら背中にしょって、ラーズはおだやかにこうたずねたものだ。敵の兵器の分析は国防局にお願いできないものでしょうか。

　ノー。議論の余地なし。なぜなら（ラーズくん、よく聞きたまえ）、これはピープ・イーストの兵器ではないからだよ。兵器のプランにすぎない。彼らがプロトタイプをつくり、それを自動工場(オートファク)の生産ラインに乗せたら、われわれが研究する。ニッツ将軍は抑揚たっぷりにそう宣言した。だが、いまのこの段階では……といってから、ラーズのほうを意味ありげに見たのだった。

　旧式の——そして現在は非合法の——たばこに火をつけると、坊主頭で色白の若いKACH社員はささやくようにいった。

「ミスター・ラーズ、もう一枚あります。ご興味はないかもしれませんが、どうやらお待ちになっているようですから……」

男はファイルの奥に手をつっこんだ。

「わたしが待っているのは、これが嫌いだからだ。もっと見たいからじゃない、まったくとんでもない」

「なるほど」

ＫＡＣＨ社員は8×10(エイト・バイ・テン)の印画紙をファイルからとりだし、身を引いた。

それは立体ではなく、平面写真だった。かなりの遠距離から――おそらくはスパイ衛星によって――撮影され、大きく引き伸ばされたもの。

リロ・トプチェフの写真だった。

2

「ほほう」ラーズは慎重に言葉を選んでいった。「これはわたしが頼んでいたものじゃないかな」

もちろん、非公式に、だ。ラーズ個人に対するＫＡＣＨの好意であり、記録に残るものはいっさいなし——古人いわくの「予測される危険」は存在しない。

「もっとも、その写真からではたいしたことはわかりませんが」と、ＫＡＣＨ社員が認める。

「なにひとつわからんよ」

ラーズは写真をじっとにらんで眉根にしわを寄せた。ＫＡＣＨ社員は職業的ななにげなさで肩をすくめ、

「またトライしますよ。彼女はどこにも行かないし、なにもしないんです。許されてないんですよ。マスコミ向けのでっちあげかもしれませんが、彼女のトランス状態は突発的で、癲癇(てんかん)に似たパターンがあるそうです。おそらく薬物で誘発しているのだろうというのがわれわれの推測です、もちろんこれはオフレコですが。一般走路のまんなかでぶったおれて、

あちらの旧式地上走行車にぺちゃんこにされる危険をおかしたくないんでしょう」

「つまり、ウェス・ブロックへの亡命を恐れている、と?」

　KACH社員は意味ありげなしぐさで答えた。

「そういうことなのか?」とラーズがいいつのる。

「いいえ、それはないでしょう。ミス・トプチェフはSeRKeb最高指導者パポノヴィッチ元帥(げんすい)と同額のサラリーをもらっています。超高層集合住宅(コナプト)の最上階に住居を与えられ、メイドと執事とメルセデス・ベンツのホヴァー・カーを持っています。彼女が協力を惜しまないかぎりは——」

「この写真からでは」とラーズが口をはさみ、「歳がいくつくらいなのかもわからん。顔はもちろん」

「リロ・トプチェフは二十三歳です」

　オフィスのドアが開き、ヘンリー・モリスが姿をあらわした。背が低く、だらしないかっこうで、いまにもその地位から放り出されそうだが、それでも必要不可欠な人材なのだ。

「わたしになにか?」

「来てくれ」ラーズはそういって、モリスにリロ・トプチェフの写真を示した。

　KACH社員はさっと手をのばし、写真をファイルにもどした。

「機密ですよ、ラーズさん! 部外秘です。あなた以外の人間の目にふれさせるわけにはいきません」

「モリスくんはわたしの目なんだ」

こいつはKACH社員の中でもいちばんやっかいなタイプだな、とラーズは思った。

「きみの名前は?」とたずねて、ペンを握り、メモの用意をする。

KACH社員は一瞬、鼻白んだが、すぐにおちつきをとりもどし、

「わたしの一存では決められないんですが——いいでしょう、この写真はお好きなようになさってください、ミスター・ラーズ」

男は写真をデスクにもどした。その能面のような顔にはまるで表情がない。ヘンリー・モリスが近寄ってきて、写真の上にかがみこんだ。目をすがめ、顔をしかめて、まるでピンぼけ写真から養分を吸収しようとでもしているみたいに、肉づきのいいあごをもぐもぐさせる。

ラーズのデスクの内線映話（ヴィジカム）がピーッと鳴り、秘書のミス・グラブホーンの声が、

「パリ本社からお電話です。ミス・フェインだと思いますが」

秘書の声にはほんのわずか、とがめるような響きがあった。

「失礼」ラーズはKACH社員にそう断ったが、思いなおして、ペンを手に持ったまま、

「いずれにしても、名前は聞いておこう。念のためだ。まずないとは思うが、きみにまた連絡することがあるかもしれん」

KACH社員は、まるで不正を打ち明けるような渋い口調で、

「ドン・パッカードです、ミスター・ラーズ」

と答えると、両手をこすりあわせた。その質問のせいで妙におちつきをなくしてしまったらしい。

名前を書き留めてから、ラーズはヴィジカムのスイッチをオンにした。愛人の顔がスクリーンにあらわれる。その顔は、内側からライトを当てられた、きれいな黒髪のハロウィーンかぼちゃ（ジャック・オ・ランタン）のようだ。

「ラーズ」

「やあ、マーレン」

ラーズの声にはきびしさではなく愛情があふれていた。マーレン・フェインはいつもラーズの父性本能を刺激する。だが、その一方で、彼女は甘やかされた子どもがするみたいに、ラーズをいらだたせる。マーレンは引きぎわというものを知らない。

「いそがしいの？」

「ああ」

「きょうの午後、パリに来る？ そうしたら、いっしょに夕食を食べて、それから、ねえすごいのよ、グレキクのブルー・ジャズ・コンボがあるの――」

「ジャズはブルーじゃない。薄いグリーンだ」ヘンリー・モリスに目をやって、「ジャズ

はとても薄いグリーンだったよな?」

ヘンリーがうなずいた。

マーレン・フェインは怒った声で、

「あなた、まさかわたしに――」

「こっちからかけなおすよ、ダーリン」

ラーズはそういって接続を切り、KACH社員のほうを向いて、

「さて、今度は兵器スケッチのほうを見てみよう」

マーレンとの映話のあいだに、トート医師とエルヴィラ看護師が、黙って執務室にはいってきていた。ラーズは神妙な顔で片腕をのばし、きょう一回めの血圧測定に備えた。ドン・パッカードのほうはスケッチを並べなおし、民間警察配下の二流兵器アナリストたちが重要だと考えている点を指摘しはじめた。

ミスター・ラーズ社の一日が、こうしてはじまる。どうも、あんまり元気の出るはじまりかたじゃないな、とラーズは思った。いや、ミス・トプチェフの写真が期待はずれもいいところだったせいで、悲観的になっているだけだろう。それとも、まだなにか悪いことが?

ニューヨーク時間で午前十時に、ニッツ将軍の代理のなんとか大佐と会う約束がある。あれは――くそ、なんて名前だったっけ? ともかくそのときになれば、ミスター・ラーズ社のスケッチをもとにサンフランシスコのランファーマン・アソシエーツが製作した一

連の原寸模型の最終モデルに対する委員会の反応がわかる。

「ハスキンスだ」とラーズはいきなり声に出していった。

「失礼、いまなんと？」とKACH社員がききかえす。

「ハスキンス大佐だ。なあ、知ってるか——」ラーズは考えこむような口調でヘンリー・モリスに話しかけた。「このところニッツは、毎度のように、わたしと直接話すのを避けている。つまらんことだが、気づいてたか？」

「ぼくが気づいてないことなんかないさ、ラーズ。ああ、その件ならぼくの臨終ファイルにはいってる」

臨終ファイル——耐火、耐第三次世界大戦、耐タイタン・ボールクリケット生物のファイル・ケースが秘密の場所に隠されていて、モリスが死ぬと同時に爆発する装置が組みこまれている。心臓の鼓動を感知する起爆装置を、モリスは肌身離さず持ち歩いている。いま、そのファイルがどこにあるかは、ラーズさえも知らない。たぶん、モリスのガールフレンドかボーイフレンドの家のバスルームに置いてある、アイテム207ガイダンス・システムをもとにつくられたセラミック加工のフクロウの置物の中とか、そんなところだろう。そして、そのファイルの中には、ミスター・ラーズ社の全兵器スケッチのオリジナルすべてがおさめられている。

「どういうことだ？」とラーズ。

「つまり」モリスは、あごが落ちないか心配しているみたいに口をぱくぱくさせながら、「ニッツ将軍はあんたを嫌ってるってことだ」

ラーズは不意をつかれた。

「たった一枚のスケッチのせいでか？　真空でも一定期間以上生き延びることができる、例のP屈熱性ウイルスの——」

「いや、そうじゃない」モリスは大きくかぶりを振った。「あんたが自分とニッツとをだましてるからさ。あいつはもうだまされない。あんたと違ってな」

「どういうことだ？」

「他人の前ではいいたくない」

「いいからいうんだ！」とラーズ。だが、いい気持ちはしなかった。おれはほんとうに委員会がこわいんだ、とラーズは思った。「クライアントか？」

彼らはおれのクライアントなのか？　いや。ボスだ。現実的ないいかたをすれば。UN－W国防局はおれを発見し、何年もかけて訓練し、育てあげて、ミスター・ウェイドのあとがまにすえた。ウェイド・ソコラリアンが死んだとき、おれは準備万端整えて、いまや遅しと待ちかまえていた。そしていまも、だれかが待っている。おれが心臓発作を起こすか、臓器の機能不全かなにかの重病にかかる日に備えている。おれが委員会にとって扱いにくい相手になる日を待ち受けている——。

そして、おれはもう、扱いにくくなっている。

「パッカード」ラーズはKACH社員に向かっていった。「おたくは独立した機関だ。世界じゅうどこでも動くことができる。理論的にはだれに雇われてもいい」

「理論的にはそうです」とパッカードは認めた。「わたし個人ではなく、KACHそのもののことをおっしゃっているのならですが。わたしは雇い人にすぎません」

「ニッツ将軍がなぜあんたを嫌ってるか、聞きたいんじゃないのか？」と、ヘンリー・モリスが口をはさむ。

「いや。胸の中にしまっとけ」

KACHから、だれか本物のプロを雇うことにしよう。ラーズはそう決心した。必要とあれば、組織全体を雇ってもいい。やつらがおれをどう見ているのかを探らせるのだ。とりわけ、つぎの兵器霊媒の育成がどの程度進んでいるかを。それを知ることが、おれの命運を決する。

いつでもピープ・イーストに亡命できると、おれがしじゅう考えていることを知ったら、やつらはどうするだろう。自分たちの安全を守り、絶対的な権力を強化するために、もしおれを更迭しようとするなら……。

ひたひたとあとを追ってくる者の姿を想像しようとする。子ども、若者、老婆、それとも太った中年男……。召使いの地位に甘んじて勤勉に働くウェス・ブロックの精神科医たちが、〈異界〉——トランス状態のラーズがはいっていく超次元空間——とコンタクトすることのできるサイ能力者を見つけだせるのはまちがいない。ウェイドはその能力を持っていた。リロ・トプチェフも持っている。そしてもちろん、ラーズ自身も。だから、ほかにもそういう能力の持ち主がいることはまちがいない。そして、ラーズがオフィスにいる時間が長くなればなるほど、委員会もそれだけ長い時間を探索に費やさねばならなくなる。

「ひとつだけいわせてもらってもよろしいでしょうか」とモリスがへりくだった調子でいった。

「ああ」

ラーズは気持ちを静めて、モリスのつぎの言葉を待った。

「ニッツ将軍は、あんたがUN‐ウェスト軍名誉大佐の階級を拒否したとき、どうもおかしいと思いはじめたんだ」

モリスの顔をじっと見つめて、ラーズは、

「しかし、あんなものはお笑いぐさじゃないか。ただの紙切れだ」

「いいや」とモリス。「あんたはわかっていた——いまだって、よくわかっているはずだ。無意識の直感で。あれを受けていれば、あんたは法律的には、軍の管轄権の対象になっていた」

ＫＡＣＨ社員がだれにともなく口を開き、

「そのとおりです。階級をただでくれてやった相手を、軍はほとんど全員召集しています。制服を着せるんですよ」

KACH社員の顔に、職業的な無表情が浮かんだ。

「やれやれ」

ラーズは奇妙な不安を感じた。あれはただの気まぐれだった。あの名誉階級を断ったのは。お笑いの文書にお笑いの答えを返してやっただけのこと。だがしかし、いま、よく考えてみると――。

「違うかい？」

じっと目を見つめながら、ヘンリー・モリスがたずねた。

「ああ」間をおいて、ラーズは答えた。「わかっていた」それから手を振って、「だからどうした、大佐なんかくそくらえだ」

ラーズはKACHが収集した兵器スケッチに注意をもどした。どのみち、そんな単純な問題ではない。UN-W国防局とのトラブルは、名誉階級を与えて、いつでも軍に徴用できる口実にするという姑息な手段などより、はるかに根の深いものだ。ラーズが嫌っている問題は、書類など存在しない場所にある。考えたくもないような場所に。

ミス・トプチェフのスケッチを調べながら、ラーズは自分の作品の不愉快な側面を、否応なく思い出していた。委員会を含めて、彼ら全員の生活に共通する、不愉快きわまる側面を。

これだ。偶然ではない。どのデザインにも共通している。ラーズはぱらぱらとスケッチをめくってから、それをデスクに投げ出した。

ＫＡＣＨ社員に向かって、

「兵器か！　封筒に入れて、とっとと持って帰るんだな」

この中に、本物の兵器はただのひとつもない。

「コンコモディティーについてだが――」と、ヘンリー・モリスが口を開く。

「コンコモディティーって？」とラーズ。

モリスは驚いたように、

「どういう意味だ、〝コンコモディティーって？〟とは？　わかってるだろう。あんたは毎月二度も連中と同席してるんだから」と、いらだたしげな身振りをし、「六人の委員会コンコモディティーについては、ウェス・ブロックのだれよりも、あんたがいちばんよく知っているはずだ。現実から目をそむけるのはやめようぜ。あんたのやってることは、みんな連中のためなんだ」

「目をそむけてはいないさ」ラーズは静かにいった。腕を組み、椅子の背にもたれかかる。

「だが、例のＴＶ自動レポーターに、なにかほんとうにすごい兵器を開発してるんじゃないですかときかれたとき、もし、真実をぶちまけていたら？」

しばらく沈黙があり、やがてKACH社員が身じろぎして、

「だから彼らはあなたに制服を着せたがるんですよ。そうなれば、あなたがTVカメラに顔を向けることはなくなる。だから、なにかまずいことが起きる可能性も消える」

男は、ラーズのデスクの上のスケッチの山にはさわろうともしない。

「たぶん、もうまずいことが起きてるのかもしれんな」まだボスの顔を見つめたまま、モリスがいう。

「いいや」と、しばらくしてラーズは答えた。「もし起きていたら、きみが気がついているはずだ」

ミスター・ラーズ社のある場所は、ただの穴になってしまう。ラーズは思った。定規で測ったように正確な穴。隣接する高層建築には、かすり傷ひとつつかない。およそ六秒でそうなる。

「あんたはばかだ」と、モリスが結論を下した。「毎日毎日このデスクにすわって、リロのスケッチをながめながら、だんだんばかになっていく。トランスにはいるたびに、あんたの心はひとかけらずつ欠けていくんだ」

モリスの声には容赦がなかった。

「あんたにとっては、大きすぎる代償だよ。行きつく先は、ある日TVレポーターにつかまって、〝なにを料理なさってるんです、ラーズさん？〟そしてあんたは、なにかいって

はならないことをいってしまう」

トート医師、エルヴィラ看護師、KACH社員の三人は、そろって沈んだ表情を浮かべ、ラーズを見つめているが、口を開く者はいない。デスクに向かったまま、ラーズは無表情で、向かいの壁の、マーレン・フェインが二〇〇三年のクリスマスにプレゼントしてくれたユトリロの原画を見つめていた。

「話題を変えよう」とラーズ。「なにかさしさわりのない話題がいい」

ラーズはトート医師に向かってうなずいた。医師はつねにもまして偏屈な僧侶らしく見える。

「ドクター、そろそろ心理的な準備は整ったようだ。あんたの機械やらなんやらの用意さえよければ、いつでも内閉にはいれるよ」内閉――上品な言葉だ。威厳がある。

「まず、脳電図（EEG）をとっておきたい」とトート医師。「安全を確認するためだけだが」

医師はキャスターつきの脳電図測定器を押しだしてきた。きょうのトランス状態に先立つ予備手続きのはじまり。人々が共有するこの宇宙、コイノス・コスモスとの接触を失い、べつの神秘的な世界――イディオス・コスモスとでも呼ぶにふさわしい、純粋に個人的な世界へとはいっていくための。しかし、純粋に個人的なその世界にも、アイステシス・コイネ、共通するなにかが、存在する。

おれはなんてやりかたで生きる金をかせいでるんだ、とラーズは思った。

3

おめでとう！　瞬間郵便（スタント・メイル）で送られてきた手紙には、そうあった。あなたは、数百万の友人、隣人のかたがたの中から選ばれました。

あなたは、コンコモディーです。

　まさかそんな。印刷された文字を読み返しながら、サーリイ・G・フェブスは心の中でそうつぶやいた。長さに見合った、内容の乏しい書類。彼の名前と番号がゼロックスされている。いま住んでいる高層集合住宅（コナプト）の管理組合がよこした賃上げ反対投票用紙と同じぐらいばかげたしろものに見える。だがしかし、いま手もとにある紙切れは、信じがたいことに、ワシントンDCフェスタンの地下〈クレムリン〉、ウェス・ブロックでもっとも警戒厳重な場所への切符となる、公的な証拠なのだ。

　それも、観光客としてではなく。

　ぼくは典型的な人間だと認められたんだ！　そう考えるだけで、自分が典型的な人間になった気がする。自分が大きく、強くなったようで、フェブスはその気分に酔い、頭がふらっとした。がくがくふるえる足でせまいリビングルームを横切り、イオニア様式の毛皮(ただし、イミテーション)カウチにどさりと身を投げ出した。

「でも、どうして選ばれたかはわかってるさ」フェブスは声に出していった。「兵器のことならなんでも知ってるからだ」

権威。そう、兵器の権威なのだ。あれだけの時間を費やしただけのことはある。最近の全国的労働時間短縮にともない、彼の仕事も週二十時間から十九時間に減らされたので、フェブスは毎晩六、七時間使って、ボイシにあるアイダホ州中央図書館の教育テープをかたっぱしから閲読していた。

それに、兵器の権威というだけではない。一度覚えたことは、絶対的な正確さで思い出すことができる。たとえば、一三世紀はじめのフランスにおける赤いステンドグラス製造。溶かされて美しい赤いガラスになったローマ時代のモザイクを見るだけで、ビザンチン帝国のどこでつくられたものかを正確にいいあてることができる。

そろそろ、ぼくみたいな該博な知識を有する人物がUN-W国防局委員会に参加してもいいころだ。毎度毎度選ばれる無知なばかどものかわりに。パーサップス大衆の読むものといえば、ホメオペイプの大見出しとスポーツ欄、連載マンガ、それにもちろん、セックスにまつわるくだらない記事——あとは、ほんとうに世の中を動かしている大会社が意図的につくりだした大量生産のゴミの毒で、からっぽの頭をいっぱいにするだけ。

内幕を知っていれば、だれが世の中を支配しているかは一目瞭然だ。たとえば、I・G・ファーベン。それ以上に規模の大きい家電企業やガイダンス・システム会社各社、新興のロケット・トラストなどなどはいうまでもない。たとえば、ゼネラル・ダイナミクスとIBMとゼネラル・エレクトリックのほんとうの所有者、ブレーメンのA・G・バイムラー。世の中のことをちょっと深く知ろうとさえすれば、だれにでもわかることだ。フェブス自身がそうであるように。

委員会の席で、ぼくがUN＝ウェスト最高幹部会議長ニッツ将軍の向かいにすわったときどうなるか、こいつはお楽しみだ。

賭けてもいい。このぼくなら、ワシントンDCフェスタンのどんな「専門家」よりも多くの情報を、将軍に提供することができる。たとえば、ボーイング社がLL40最高速惑星間ロケットに使用している恒常性反エントロピー相転移サイン波発振装置について。任期の切れたコンコモディティーの前任者にとってかわるだけじゃない。あそこの石頭どもにぼくのいうことを聞く耳がありさえすれば、委員会そのものにとってかわることだってできる。

ボイシ・スタータイムズ紙やエッジウェル上院議員宛てに手紙を出すこととはくらべものにならない。あの上院議員は、「多忙につき」、形式的な返事さえもうよこさなくなっている。フェブスにとっての黄金時代だった七年前とくらべても、今回の事件のほうがはるかにすばらしい。七年前、彼はささやかなUN-ウェスト公債を相続し、その金で私家版の小さな論文集を出版して、映話帳からランダムに選んだ人間と、もちろんワシントンの全政府機関宛てにそれを瞬間郵送(スタント・メイル)した。世の中の人間があれほど間抜けぞろいでなければ――アカや官僚どもが権力を握っているのでなければ――あのとき歴史は変わっていたはずだ。

たとえば、植民惑星から定期的に運ばれてくる、伝染病原となるタンパク分子の画期的消毒法。フェブス自身、それに媒介されて九九年に流行したインフルエンザにかかり、いまだに完治していない。勤務先のボイシ新時代財政貯蓄貸付共同銀行(NECF&LC)の社内健康保険窓口でもいったとおり。フェブスはその銀行で、潜在的な借り逃げ候補に目を配りつつ、融資希望者の信用調査に従事している。

ローンを踏み倒しそうな人間を見分けることにかけては、フェブスの右に出る者はいない。相手がニグロならとくにそうだが、お客をひと目見ただけで、相手の道徳的な精神構造を一マイクロ秒で見抜いてしまう。

そのことは、支店長のミスター・ラムフォードを含めて、NECF&LCの全社員が知っている。にもかかわらず、支店長はその自己中心的な功名心と狭量(きょうりょう)さで、フェブスの再三にわたる、定昇以上の賃上げ要求を、この十二年間というもの握りつぶしつづけてきた。

だがいま、その問題も解決した。コンコモディーには莫大な年収が約束されている。エッジウェル上院議員への手紙で、他の多くの不満に加えて、委員会コンコモディーに選出された六人の市民に支払われる給与の不当な高さを何度となく批判したことを思い出して、フェブスは一瞬、ばつの悪さを感じた。

じゃあそろそろ、高層集合住宅（コナプト）で朝飯を食っているラムフォードに映話をかけて、衝撃のニュースを教えてやるとするか。

フェブスはダイアルをまわし、一瞬後には、まだ香港製のシルクのバスローブを着たままのラムフォードと向きあっていた。

サーリイ・G・フェブスは深く息を吸いこんでから、口を開いた。

「ラムフォードさん、ひとつお伝えしておきたいことがあるんですが――」

相手の表情に気圧（けお）されて、フェブスは黙りこんだ。一度身についた習性はなかなか消えてくれない。

「ワシントンのUN‐W国防局から通知が来まして」自信のない小さな声がそういうのが聞こえる。「ですから、その、だ、だれか、あのろ、ろくでもない仕事をやる人間をほかに見つけてください。そ、それから、念のためにいっておきますと、半年ばかり前、どうしようもないろくでなしに一万ドルのローンを組んでやりましたが、あの男はぜったいに金を返しませんよ」

フェブスは受話器をガチャンとたたきつけた。額に汗が浮いているが、体じゅう喜びに満ちあふれていた。

そのどうしようもないろくでなしがだれかなんて、こんりんざい教えてやるもんか。フェブスはひとりごちた。自分で記録の山をひっくりかえして見つけるか、ぼくのあとがまにでもやらせるがいい。ざまあみろ、ミスター・ラムフォード。

小さなキッチンにはいると、いつもの朝食、アプリコット・コンポートのパックを瞬間解凍する。壁からのびる一枚板のテーブルについて、フェブスは食事をしながらもの思いにふけった。

このことが〈組織〉の耳にはいったらどうなるだろう。〈組織〉というのはもちろん、アイダホ、オレゴン両州にまたがるコーカソイド純血優秀戦士会第十五支部のことだ。中でも、ローマ百卒長、スキーター・W・ジョンストンの反応がいちばん楽しみだ。ジョンストンはつい最近、aa35懲戒規則を持ち出して、フェブスを軍団級第一位から奴隷級第五〇位へと降格させた。

シャイアンの法務官本部から連絡が来るだろう。太陽皇帝クラウスその人から！　ぼくを百卒長にしようとするにちがいない――そして、ジョンストンはあっさりお払い箱だ。

こうなったいま、報いを受けるべき人間はほかにも大勢いる。たとえば、二〇世紀ポルノ小説のマイクロテープ八巻の貸し出し願いをはねつけた、ボイシ中央図書館のあの痩せた司書。こいつは役得だぞ、と心の中でつぶやき、ニッツ将軍本人から解雇通知を受けとったときの、あの不細工なオールドミスの表情を心に思い浮かべてみる。アプリコット・コンポートを食べながら、ワシントンDCフェスタンの巨大コンピュータが、何百万ものファイルとそこに記載された個人データをつぎからつぎへと検索し、たとえばその購買傾向においてほんとうに典型的な人間と、そう見せかけているだけの人間――いっしょうけんめい典型的な人間を装ってはいるけれど、存在論的な意味ではおよそ典型的とはいいがたい、向かいの部屋のストラトンズみたいな――とをふるいわけているところを想像してみる。

つまりぼくは、アリストテレス的な意味での普遍人（ユニバーサル・マン）なんだ。フェブスはそう考えて有頂天になった。社会が五千年かけて遺伝的に生み出そうと努力しつづけてきた男。そして、ワシントンDCフェスタンのユニヴォックス50Rが、やっとその男を発見したんだ！

目の前に、本物の兵器部品が置かれたとき、それをどう扱えばいいかは、ちゃんとわかっている。心配ないとも。頼りにしてもらってだいじょうぶ。その部品の改鋳方法（ブラウシエア）を、十やそこらはたちどころに思いついてみせる。それも、すべて実用に耐えるものを。ぼくの知識と技量をもってすれば、なんでもないことだ。

ぼく以外にまだ五人もコンコモディーが必要だとは、まったくおかしな話だ。彼らもいずれそれに気づくだろう。六分の一の切れっぱしをよこすかわりに、六つの兵器部品をそっくりぼくにくれるようになる。

そう、たぶんこんなぐあいに。

ニッツ将軍（驚いて）：おやおや、フェブスくん！　まったくもってきみのいうとおりだ。この、携帯型ブラウン運動抑制フィールド発生コイルの第一段階は、たしかに、ピクニックのあいだ七時間以上ビールを冷やしておける低コストの冷却装置に簡単に改鋳（ブラウシエア）できるな。こいつはまったく驚きだよ。
フェブス：失礼ながら、将軍、まだ基本的な点を見落とされているようですね。わたしの論文要旨にもうすこし細かく目を通していただければ――。

と、映話のベルが鳴り、フェブスの夢想は中断された。朝食のテーブルから立ち上がり、あわてて受話器をとる。

スクリーンに、ウェス・ブロックの中年女性官僚があらわれた。

「コナプト３００６８５のサーリイ・フェブスさんですね？」

「はい」フェブスは神経質になっていた。

「この火曜日からＵＮ－Ｗ国防局委員会のコンコモディーに就任していただく旨の瞬間郵（スタント・メ）

便（イル）をお受けとりになりましたね？」

「ええ！」

「フェブスさん、わたくしがご連絡さしあげたのは、付帯条項を確認させていただくためです。法律により読みかつ遵守（じゅんしゅ）することを義務づけられている、お手もとの通知書の第三節にあるとおり、いかなる状況においても、いかなる個人、組織、インフォメディア、もしくはその形態の如何（いかん）にかかわらず情報を受容、記録／伝達、通信／放送する能力を有するいかなる自動端末に対しても、あなたが公式手続きにしたがってUN－W国防局委員会のコンコモディーAに合法的に任命された事実を、告白、漏洩（ろうえい）、報告、その他いかなるかたちでも伝達することは許されません。これに違反した場合には、法により罰せられることになります」

　サーリイ・フェブスは気を失いそうになった。通知書を最後まで読まなかったのだ。もちろん、六人の委員会コンコモディーの身分は、厳重に秘匿（ひとく）されなければならない。それなのに、もう、ミスター・ラムフォードにしゃべってしまった。

　いや、ほんとうにしゃべったんだろうか？　自分が正確になんといったか、フェブスは必死に思い出そうとした。通知を受けとったとだけしかいわなかったのでは？　ああ、なんてこった。もしこのことがばれたら――。

「ありがとうございました、フェブスさん」

女性官僚はそういって接続を切った。フェブスは黙ってその場につったったまま。ミスター・ラムフォードにもう一度映話しなければ。退職は健康上の理由からだということをはっきりさせなければ。なにか口実をつくって。コナプトから追い立てを食ったので、この地域を離れなければならなくなった、とか。なんだっていい。

気がつくと、ぶるぶるふるえていた。

ぞっとするような光景が頭に浮かぶ。

ニッツ将軍（けわしい顔で、恫喝（どうかつ）するように）：じゃあ、おまえはしゃべってしまったんだな、フェブス。

フェブス：将軍にとって、わたしは必要な人間です。ぜったいに役に立ちます。これまでに選抜されただれよりもうまく改鋳（ブラウシエア）できます。ユニヴォックス50Rの判断にまちがいはありません。神かけて誓います、閣下。わたしの値打ちを証明するチャンスをください。

ニッツ将軍（心を動かされて）：ふむ、よし、わかった、フェブス。きみがこれまでの連中とまるで違っていることはわかる。ありとあらゆる種類の人間を相手にしてきたわたしの長い経験に照らしても、きみのようにユニークな人間ははじめてだし、もしきみがわれわれとともに働き、その知識と経験と才能とをわれわれのために役立てることを拒むなら、それは〈自由世界〉にとって大きな損失になるだろう。

朝食のテーブルにもどったフェブスは中断された食事を機械的に再開した。

ニッツ将軍：フェブス、わたしはじっさい、こういってもいいくらいの気持ちなんだ——

ああ、くそっ、くたばりやがれ。しだいにつのってくる暗澹(あんたん)たる気分の中で、フェブスは毒づいた。

4

昼前になって、サンフランシスコおよびロサンジェルスに本社を置くランファーマン・アソシエーツ（ラーズ・パウダードライのスケッチをもとに、原寸模型やプロトタイプなどなどを製作している）の上級技術者、ピート・フライドが、ミスター・ラーズ社のニューヨーク本社にやってきた。

ピートは、長いつきあいで勝手知ったる社内をぶらぶら歩いて、ラーズのオフィスにふらりと顔を出した。肩をまるめ、前かがみになっているが、それでも背が高いのは隠せない。ピートがはいってきたとき、ラーズは二十パーセントのアルコールをベースにハチミツと人工アミノ酸を溶かしたものを飲んでいた。けさ早くのトランス状態で失われた体内成分の回復剤だ。

ピートが口を開き、

「あんたが飲んでるそのしろものは、胃がんにおける十大発癌物質のひとつだそうだ。やめたほうが身のためだぜ」

「無理だよ」とラーズ。体が栄養補給を求めているし、どのみちピートはからかっているだけだ。

「わたしがやめないといけないのは――」

そういいかけたところでラーズは口をつぐんだ。きょうはもう、しゃべりすぎるくらいにしゃべっている。それも、KACH社員の前で。よほどのとんまでないかぎり、あいつは自分が耳にしたことすべてを記録して、いまごろはラーズのファイルに綴じこんでいることだろう。

ピートはオフィスの中を気ままに歩きまわっている。いつも猫背なのは、異常に背が高いせいもあるが、本人が毎度毎度飽きずに語るところによれば、「背中が痛い」からだそうだ。もっとも、その原因についてははっきりしない。あるときは、椎間板のずれ。またあるときは、椎間板の磨耗。ピートがたえまなく語りつづけるこの二種類の終わりなきヨブ的な苦しみが、いったいどう違うのかはよくわからない。毎週水曜、たとえばきょうは、背中の痛みの原因は戦時中の古傷ということになっている。ピートはいま、それについてとくとくと述べたてている。

「もちろん」

両手を作業ズボンのポケットにつっこんだまま、ピートはラーズに向かっていった。油のしみのついた作業着姿で、彼は公共ジェットに乗り、ウェスト・コーストからここまで三千マイルを飛んできたのだ。人間社会へのせめてもの妥協のしるしとして、いまは黒だが、むかしはきれいな色がついていたと思われるよじれたネクタイを首からぶらさげている。ボタンをはずした汗くさいシャツの上のネクタイは曳き綱のようで、前世の家畜時代には定期的にそれでひっぱられて市場に連れていかれていたのではないかと思える。

いつもぶらぶらしているその態度とは裏腹に、ピートは生まれついての仕事人間だ。仕事以外のすべて――妻と三人の子ども、趣味、友だちづきあい――は、働きはじめる時間になると、彼の人生からあっさり消え去ってしまう。そして彼の場合、始業時間は朝六時から六時半のあいだ。神経生理学的に見た、まともな人類のあるべき姿だとラーズが考えているライフスタイルとは反対に、ピートは朝っぱらから目をぱっちりあけている早起き人間なのである。それはもう、ほとんど病気の域に達している。毎晩のように、妻のモリーといっしょか、でなければひとりで、ビールとピザをお供にバーで看板まで粘っているというのに。

「どういう意味だ、〝もちろん〟っていうのは？」特製ドリンクを飲みながら、ラーズはそうききかえした。くたくただ。きょうのトランスの消耗は、化学栄養剤などではとても埋め合わせがつかない。「ああ、わかったよ、〝もちろん、あんたは仕事をやめるべきだ〟といいたいんだろう。いいたいことはわかってるさ。正直な話、あれだけ何度も聞かされりゃあ、わたしだって――」

ピートがいつものしわがれ声の早口でそれをさえぎり、

「ああ、おれのいいたいことくらいわかるだろうさ。くそったれ。なにをいっても聞きやしない。あんたのやることといや、天国に行って神様の言葉を聞いて帰ってくるだけ。あんたが書き留めたたわごとを、おれたちは一言半句もらさず、神の福音として信じこむってことになってるんだ。まるで――」ピートはブルーのコットン・シャツの下の巨体を痙攣(けいれん)するようにふるわせて、「あんたがいまほど怠け者じゃなかったら、人類にどれほど大きな貢献ができるか考えてみろよ」

「貢献って、どんな？」

「おれたちの問題をぜんぶ解決できるじゃないか！」ピートはラーズの顔をまともににらみつけた。「兵器デザインがあそこで――」と、ほんとうにそこにべつの世界があるみたいに親指を天井のほうにぐいとつきだしてみせ、「――手にはいるなら、科学者はあんたを研究すべきなんだ。カリフォルニア工科大(カルテック)の研究室で、あんたのその妖精(フェアリー)じみた能力を徹底的に調べるべきなんだ、ただ利用するだけじゃなく」

「フェアリーね」

「ああ、あんたはホモ(フェアリー)じゃないかもしれん。それがどうした？　女房の弟はホモ(フェアリー)だが、おれはべつにかまわんね。人間、なりたいものになれるんだから」

ピートの声はしだいに大きくなり、部屋じゅうに響きわたった。

「自分に誠実でありさえすれば、それはほんとうの自分の姿なんだ。だれか人にいわれてやってるんじゃなくてな。ところがあんたときたら！」

今度はもうすこしおだやかに、

「あんたはいわれたことをやってるだけだ。さあ、新しい兵器デザインの基本コンセプトを平面図の形で仕入れてこい。で、あんたはそのとおりにするってわけだ」

ピートは声を小さくし、ぶつぶついいながら鼻の下の汗をぬぐった。それから椅子に腰を下ろすと、長い両腕をのばして、ラーズのデスクの上のスケッチの山をつかむ。

「こいつは違うんだ」

といって、ラーズはスケッチをとりかえした。

「違うって？　じゃあいったいなんなんだ？　デザインみたいに見えるけどな」

ピートはピストンのように首をのばし、ラーズの手もとをのぞきこむ。

「ピープ・イーストのスケッチなんだ。ミス・トプチェフの作品だよ」

ピープ・イーストでピートと同じ立場にある人間が、ブルガニングラードかニュー・モスクワにいて——専制的な社会につきものの二重構造の典型として、ソヴィエトにはふたつのデザイン・エンジニアリング会社がある——これをつぎの段階に発展させる仕事に従事している。

「見てもいいか？」

ラーズがスケッチの束をわたすと、ピートは急に近眼になったみたいに、そのぴかぴかの表面に鼻がくっつくほど顔を近づけた。しばらくなにもいわずに一枚一枚めくっていたが、やがて鼻を鳴らし、椅子の背にもたれると、写真の束をデスクの上に放り出した。いや、そうしようとしたのだが、手もとが狂って束はばさっと床の上に落ちた。

手をのばしてそれを拾い上げたピートは、わざとじゃないことを強調するように、うやうやしい手つきで写真を一枚ずつきれいにデスクに並べていった。

「ひでえもんだな」とピート。

「いいや」

ラーズは首を振った。じっさい、ラーズ自身のデザインと同様、ひどいどころではない。友人としての思いやりが、ピートに心にもないことをいわせているのだ。友情はおしゃべりだ。ラーズもそれをありがたいとは思ったが、それでもやはり、写真はきちんと並んでいるほうがいい。

「こいつはそのまま改鋳(プラウシェア)にまわせるよ。彼女はちゃんと仕事をしている」

だがもちろん、このスケッチは彼女の作品を代表するものではないかもしれない。KACHをだしぬくことにかけては、ソヴィエトは名声を博している。ソ連の秘密警察KVBにとって、惑星規模の民間警察組織はゲームの好敵手なのだ。ドン・パッカードがスケッチを持ってきたとき、その話は出なかったが、ことは単純だ。兵器ファッション・デザイン区画に潜入したKACHエージェントに対して、おそらく彼らは見せたいものだけを見せ、残りは隠してある。その可能性は、つねに前提にしておかなければならない。

すくなくとも、ラーズ自身はそれを前提にしている。ＵＮ‐Ｗ国防局が、ＫＡＣＨの仕入れてきた材料でなにをするかはまたべつの問題だ。それについてはなにも知らない。委員会の政策は、天真爛漫なばか正直（もっともこれはありそうにもないが）から、徹底的懐疑主義までのあいだを行ったり来たりしている。ラーズ自身は、その中間に、妥当な線を引こうとしていた。

「で、そのピンぼけ写真が彼女。だろ？」とピート。

「ああ」と答えて、ラーズはその不鮮明な印画紙をピートにさしだした。

ピートはまた、鼻をくっつけるようにして仔細に写真を検分しはじめた。

「これじゃあなにもわからんな」と、最終的に結論を下す。「ＫＡＣＨのやつらはこんなもので金をもらってるのか。おれだってもうちょっとましな仕事ができるよ。ポラロイドのランド・カメラを持って、ブルガニングラード防衛手段研究所に歩いてくだけでいいんだから」

「もうそんな研究所はないよ」

ピートが写真から目を上げて、

「あの機関は廃止されたのか？　しかし、彼女はまだ仕事についてるぞ」

「トップが替わったんだ。もうヴィクトル・カモフじゃない。やつは消えちまったよ。肺の病気だかなんだかでね。いまの名前は――」

ラーズはKACH社員からもらった報告書のメモをひっくりかえした。ピープ・イーストではしじゅうこういうことが起きている。だから、ラーズ自身は機関の名前などにはまるで頓着していない。

「――ブルガニングラード穀物生産資料館……マイナー・プロトサイド分室、だ。中央自動機械安全基準省の管轄だが、ここは細菌兵器以外のあらゆる種類の兵器を研究している」

ラーズはピートと頭をつきあわせて、リロ・トプチェフのぼんやりした写真をのぞきこんだ。時間がたてば、もうすこし鮮明になってくるかもしれない、とでもいうように。

「いったいなにをそんなに気にしてるんだ？」

ラーズは肩をすくめ、

「べつに。天から降ってきた欲求不満、てとこかな」

いい逃れをしているような気分になってくる。ランファーマン・アソシエーツのこの技術者は、勘が鋭すぎるし、能力がありすぎる。

「いや、おれがいってるのは――おっと、その前に――」

黒いしみのついた繊細で長い指を慣れた手つきでデスクの下にすべらせ、ピートは盗聴装置の有無をたしかめた。ざっとさわった範囲ではなにも見つからなかったらしく、ピー

トは先をつづけて、

「あんたはおびえてる。まだ薬をのんでるのか？」

「いや」

「うそだ」

ラーズはうなずいて、

「ああ、うそだ」

「眠れないのか？」

「まあまあだよ」

「ニッツのとんまのせいでトサカに来てるんなら——」

「ニッツのせいじゃない。きみの表現力豊かな語彙を借りていえば、あんなトサカ野郎がコケコッコーと鳴こうがどうしようが、気になんかするもんか、ってことだ。これでご満足かな？」

「やつらが五十年かけてあとがまをしこんでみたところで、あんたの替わりはつとまりやしないさ。ウェイドだって悪くはなかったが、あんたとはリーグが違う。あんたに太刀打ちできるやつなんぞいない。ブルガニングラードのあのご婦人を含めてね」

「それはご親切に……」

といいかけたラーズを、ピートは強引にさえぎり、

「なにが親切なもんか！　ともかく、そういうことじゃなくて――」

「ああ、そうじゃないとも。だから、リロ・トプチェフの悪口はやめてくれ」

シャツのポケットをひっかきまわして、ピートはドラッグストアで売っているような安物の葉巻をとりだし、火をつけた。彼の吐き出す有害な煙で、オフィスの中はやがて白くかすんできたが、ピートはまるで気にするようすもなく、じっと考えこんだまま葉巻をふかしつづけている。

それがピートの長所でもあり短所でもある。どんな問題でも、じゅうぶんな時間をかけて考えさえすればきっと解決することができる、と彼は信じている。問題の分野には関係なく。たとえそれが人間の心に関するものであっても、ピートにとっては同じことなのだ。機械の複雑さにくらべて、二十億年の進化が生み出した生物学的組織の複雑さは、それ以上でも以下でもない。

子どもじみているといってもいいくらい楽観的な考えかただ、とラーズは思った。一八世紀にまでさかのぼる古典的な思想。天才的な技術者ではあっても、ピート・フライドは歩くアナクロニズムだ。その視野のせまさは、利口な小学校六年生と変わらない。

「おれにはガキがいる」ピートは葉巻を噛みつぶし、醜悪なその物体をさらに醜悪にしながらいった。「あんたにも家庭が必要だ」

「もちろん」とラーズ。

「いや、本気でいったんじゃない」

「もちろんきみは本気だ。だが、そいつは見当違いだよ。なにが気になってるかはわかってる。ほら」

ラーズはデスクのロックされたひきだしの指紋認証機に軽く指先を触れた。レジがチリンと鳴って開くみたいに、ひきだしがぱっととびだしてくる。ラーズはそこから自分の新しいスケッチをとりだした。これを見るために、ピートははるばる三千マイル旅してきたのだ。スケッチをピートにわたす瞬間はいつもそうだが、ラーズは激しい罪悪感におそわれた。耳がかっと熱くなる。ピートの顔がまともに見られない。デスクの機械仕掛けをいじって、スケッチのことは考えないようにする。

やがてピートが口を開き、

「こいつはすごい」

UN-W国防局のエリート官僚が判をつき、封をし、サインした公式認定番号の下に、ピートは一枚一枚ていねいに、自分のイニシャルをサインしてゆく。

「きみはこれからサンフランシスコにもどって、ポリなんとかモデルをでっちあげ、それからプロトタイプの製作にかかる――」

「おれの部下たちが、だ」とピートが訂正する。「おれはああしろこうしろと指図するだけさ。おれが自分の手を汚すと思ってるのか、ポリなんとかで？」

「ピート、こんなことがいったいいつまでつづくんだ？」

「永遠に、さ」

間髪を入れず、ピートが答えた。素朴な楽観主義と、冷徹といっていいほど苦いあきらめが、小学校六年生のように同居している。

「けさ、このビルにはいる前に、ラッキー・バッグマンの番組の自動レポーターにとっつかまった。彼らは信じてる。文字どおり、信じてるんだ」

「ああ、信じてる。だからそういってるじゃないか」ピートは安物の葉巻を勢いよくふりまわし、「わからないのか？　あいつらは疑いやしない、たとえあんたが、カメラのレンズをまともにのぞきこんで、はっきりこういってやったとしてもな。〝きみたちは、わたしが兵器をつくってると思ってるのか？　あの超空間から、あの超自然の不思議の国から、ほんとうに兵器を持って帰ってきてると思ってるのか？〟」

「彼らは守ってもらう必要がある」

「なにから？」

「なにからでも。すべてのものからだ。彼らには守ってもらう権利があるし、われわれがきちんと職務を果たしていると信じている」

しばらく間をおいてから、ピートは、

「兵器に人間を守る力なんかないよ。いまはもう。一九四五年以来な。ジャップの町を吹き飛ばしたあの日から」

「だが、パーサップスはあると信じている。あるように見えるんだ」

「そして、じっさいに守ってもらっているように見える」

「わたしはもううんざりしているんだ、まやかしの世界に首までどっぷりつかっていることに。パーサップスでいるべきだった。霊媒としての能力がなければ、わたしはただのパーサップスで、いま知っているようなことを知ることもなかったはずだ。見られる側にはいなかったはずだ。ラッキー・バッグマンの朝のワイド・ショウのファンになって、聞いたことを鵜呑みにする——人生より本物らしい、大きなスクリーンの立体映像で見たことにまちがいなんかあるわけないからな。くそいまいましいトランスの昏睡状態にあるときはいい。その世界にすっぽり呑みこまれて、ほかのことは考えられない。頭の片隅から軽蔑の声が聞こえてくることもない」

「〝軽蔑〟。そりゃどういうことだ？」

と、ピートが気づかわしげな視線をラーズに向ける。

「自分のやってることに軽蔑を感じることはないのか？」

ラーズは驚いてそうききかえした。

「あるもんか。おれの頭の中の声はこういうね、〝おまえはいまもらってる給料の倍の値打ちがある〟。そうとも、おれの中の声はそういうし、そのとおりなんだ。近いうちにジャック・ランファーマンにかけあって、それだけの昇給を勝ちとってやる」

ピートの目は義憤に燃えていた。

「きみもわたしと同じように感じているとばかり思っていた」と、ラーズはいった。

考えてみるとラーズは、ジョージ・マクファーレン・ニッツ将軍まで含めて、関係者全員が、自分と同じ立場にあると思いこんでいた。うしろめたさと罪悪感で、だれともまともに目をあわせられなくなっている。

「下へ行ってコーヒーでも飲もう」とピート。

「ひと息入れるころあいだな」とラーズは答えた。

5

コーヒー・ハウスという制度は、偉大な歴史を背負っている。この発明は、サミュエル・ジョンソンの時代の英国知識人の頭の中をすっきりさせた。一七世紀のパブから連綿とつづいていた混沌(こんとん)の霧をみごとに吹き飛ばしたのである。アルコール度数の高いスタウトやシェリーやラガー・ビールが生み出したのは、叡知でもウィットでも詩心でも、政治的論理でさえもなく、もつれた憤(いきどお)りのみだった。それはイギリス全土に広がり、やがては宗教的な頑迷へと堕していった。パブと梅毒とが、偉大な国を破壊したのだ。

コーヒーがその潮流を変えた。歴史はきっぱりと過去に訣別し、新しい道を歩みはじめた。それもこれも、ひとえに、トルコ軍が退却したあと、ウィーンの守備隊が雪の中で見つけた凍った豆粒のおかげなのである。

コーヒー・ラウンジに行ってみると、ボックス席のひとつに、小柄できれいなミス・ベドゥインが陣どって、コーヒー・カップを手にしていた。乳首に銀の飾りをかぶせた胸は最新ファッション。はいってきたラーズをみとめて、ミス・ベドゥインが声をあげた。

「ミスター・ラーズ！　こちらでごいっしょしませんか？」

「いいとも」

ラーズはそう答え、ふたりはミス・ベドゥインをはさんで両脇に腰を下ろした。

ピートはミス・ベドゥインを品定めすると、両手を組み、毛むくじゃらの腕をテーブルにのせた。それから彼女に向かって、

「なあ、あんたなら、マーレンなんとかっていうパリ本社の女と張り合って勝てるだろ。どうしてそうしないんだ？」

「ミスター・フライド」とミス・ベドゥインは答えて、「わたくし、性的にはどなたにも興味がありませんの」

にやっと笑って、ピートはラーズに目くばせし、

「彼女は正直だよ」

正直か、とラーズは思った。ミスター・ラーズ社の人間が。なんという皮肉！　だが、ミス・ベドゥインはほんとうのことを知らない。きわめつきのパーサップスだ。ウェス・ブロックとピープ・イーストのおよそ四十億の市民にとっては、〈崩壊〉以前の時代が再建されたも同じ。かつて、すべての人間が背負っていた重荷を、いまは、コグたちだけが背負っている。玄人（コグノシエンティ）は、人類を呪いから解放した——〝コグ〟の語源がほんとうにその言葉であり、英語ではなくイタリア語から来ているならば。もっとも、ラーズ自身はつ

ねづね、英語起源ではないかと思っている。

コグという言葉の古代英語における意味は、なにか超自然的な力が介在しているのではないかと思うほどぴったりだ。いかさま。ダイスをあやつるいかさま師として指を使うこと。すなわち、かつぐ、騙る、だますこと。

だが、おれだって正直になれる、とラーズは思った。もしなにも知らなければ。どのみち、知っていることに特別なメリットは見出せない。中世にあっては、道化は好き勝手にしゃべりちらす自由を認められていた。しかし、たとえばいまこの瞬間、コーヒー・ショップのボックス席に、ふたりの男性コグと、優雅な銀色の乳首をしたパーサップス女――最大の関心事といえば、つんと上を向いたかわいい胸をできるだけ目立たせること――の三人で腰を下ろしているいま……もしも、知っていることと口にすることのあいだに線を引かずに、なんでも好き勝手にしゃべりちらすことができたら……。

そうすれば、この心の傷も癒えるだろう。もう薬はいらなくなる。眠れない――あるいは、眠るのがこわい――夜ともおさらばできる。

「ミス・ベドゥイン」とラーズは口を開き、「わたしはきみにぞっこん参ってる。いや、誤解しないでくれ。精神的な愛だよ、肉体の愛じゃない」

「ええ」とミス・ベドゥイン。

「だって、わたしはきみのファンだから」

「ファンだからベッドインできないってのか？」とピートが異議をとなえる。「子どもじゃあるまいし。あんた、いくつになった、ラーズ？　ほんとうの愛はいっしょに寝ることさ、結婚生活の場合と同じく。違いますかね、ミスなんとかさん？」

「説明するよ」とラーズ。

「あんたの説明なんかだれも聞きたかないよ」

「チャンスをくれ。わたしは彼女の地位を尊敬しているんだ」

「〝品行方正にもほどがある〟」

と、ピートは前世紀の偉大な作曲家にして作詞家のマーク・ブリッツスタインを引用した。

ミス・ベドゥインはきっとなって、

「わたしは品行方正すぎるんです。たったいまそう申し上げたでしょう。それだけではなく――」

そこで口をつぐむ。小柄な初老の男が、いきなり三人のボックスにあらわれたのだ。つやつや輝くようなピンク色の禿頭（はげあたま）に、ところどころ、白髪の最後の生き残りがしがみついている。年代物のレンズ式眼鏡をかけ、ブリーフケースを提げていた。その態度には、びくびくしたところと、思いつめたところとがまじりあっている。もうあともどりできないことはわかっているけれど、そうすればよかったと思っているみたいに。

ピートが口を開き、

「セールスマンだ」

「違うわ」とミス・ベドゥイン。「それならもっといい身なりをしているはずよ」

「執達吏だ」とラーズ。小柄な老紳士は、どことなく役人ぽい感じがする。「図星だろう？」と、見知らぬ男にたずねかける。

男は急きこんだ口調で、

「ラーズさんですか？」

「わたしだ」とラーズ。どうやら執達吏が正解みたいだ。

「サインのコレクターよ」とミス・ベドゥインが勝ち誇ったように宣言する。「サインが欲しいのよ、ミスター・ラーズ。顔を知ってたのね」

「こいつは浮浪者じゃない」ピートは重々しくいった。「あのタイピンを見ろよ。本物の石だ。しかし、いまどきあんなものをしてるやつなんか――」

「ラーズさん」と、初老の紳士がいい、ボックス席のへりに用心深く腰を下ろした。テーブルの上の砂糖壺や塩入れ、空のコーヒー・カップをわきに寄せて、空いたところに持っていたブリーフケースを置く。「おじゃまして申しわけありません。しかし――ひとつ問題がありまして」

男の声は低く、かすれている。サンタクロースみたいなところと、感情をまじえる余地のないきっぱりした職業的な態度とがまじりあっている。配下の妖精はいないし、おもちゃをくれるためにここまでやってきたわけでもない。男はエキスパートだ。ブリーフケースの中を探る手つきも、それを証明している。

ピートが急にラーズの脇腹をひじでつつき、指さした。入口近くの無人のボックス席のわきに、魚のような目をした若い男がふたり、退屈そうな顔で立っている。このおかしな老紳士といっしょにはいってきて、目を光らせているのだ。

ラーズはさっとコートのポケットに手を入れ、肌身離さず持ち歩いている書類をとりだした。それから、ミス・ベドゥインに向かって、

「警官を呼んでくれ」

ミス・ベドゥインは目をぱちくりさせ、半分腰を浮かした。

「さあ」ピートがぞんざいに声をかける。それから大声で、「だれか警官を呼んでくれ！」

「お願いです」と初老の紳士がいう。懇願するような声だが、かすかに不快げな響きがある。「ひとことだけいわせてください。われわれにはどうしてもわからないことがあるのです」

男は光沢のあるカラー写真をとりだした。ラーズにも見覚えがある写真だった。ＫＡＣＨが保管している、彼自身のむかしのスケッチの複製の一部――シリーズ２６０から２６

5と、ランファーマン・アソシエーツへのプレゼンテーション用に書いた最終的な確定スペックが数種類。

ラーズはとりだした書類を開き、初老の男に向かって、

「これは拘束令状だ。書いてあることは知っているか？」

相手は苦い顔で、不承不承うなずいた。

「ソヴィエト連邦、人民中国、キューバ、ブラジル、ドミニカ共和国および、ピープ・イースト政体を構成するあらゆる人種ならびに国家の官僚は、その目的、所属にかかわらず――」

「ええ、ええ、わかっています」初老の紳士はうなずいた。

「原告――わたし、ラーズ・パウダードライのことだ――に対して、威嚇、脅迫、妨害、肉体的暴力、誘拐に類する行為、ならびに原告に関係する、あるいは原告に接近する行為すべてを禁止、制限され――」

「いいでしょう」と初老の紳士はラーズの言葉をさえぎり、「わたしはソヴィエト官僚です。法的には、あなたに話しかけることは許されていません。ええ、それはよく承知しております、ラーズさん。しかし、このスケッチ、ナンバー265ですが――」

男はKACHが焼いた印画紙をラーズに向かってさしだしたが、ラーズはそれを無視した。

「あなたのスタッフがこれにこう書いています」しわだらけのまるっこい指が、スケッチの下に書かれた英語をなぞる。「〈進化銃〉。そうですね？」

ピートが大きな声で口をはさみ、

「そうとも、気をつけないと、原形質のスライムにされちまうぜ」

「いいえ、このトランス・スケッチでは無理ですね」ソヴィエト官僚はくすりと笑った。

「プロトタイプでなければ。あなたはランファーマン・アソシエーツのかたですね。あなたが試作品をつくり、テストする？　ふむ、きっとそうでしょうな。わたしはアクセル・カミンスキーといいます」

男はピートに向かって右手をさしだし、

「あなたは？」

そのとき、ニューヨーク・シティのパトロール・シップがコーヒー・ショップの前の舗道に着陸した。ふたりの制服警官が、片手をホルスターにあてて急ぎ足で店にはいってくると、中をさっと見わたした。破壊的な活動もしくは行動に出る可能性のある者——とりわけ、なんらかの形で武器を用いそうな人間はいないかと目を光らせる。

「こっちだ」

と、ラーズは重い声でいった。こういうことはしたくないが、ソヴィエト当局のやりかたは常軌を逸している。公共の場所で、こうもあからさまにコンタクトできると思うほうがどうかしているのだ。ラーズは立ち上がり、近づいてきたふたり組の警官の片方に令状をさしだした。

「この男は」と、指先でブリーフケースをいらいらとたたいている渋面のピープ・イースト官僚を示し、「クイーンズ郡最高裁判所第三部決定に違反している。逮捕してほしい。わたしの弁護士が正式に告発することになるだろう。そのことを伝えておく」

ラーズはふたりの警官が令状に目を通すのを待った。

「わたしが知りたいのは」と初老のソヴィエト官僚が平板な声でいった。「パート76のことだけです。あれはどういう意味なのですか？」

男は連行された。入口のところでは、男といっしょにはいってきた、魚みたいな目の、ばっちりきめたおしゃれな若い男ふたりが、警官たちのあとを追ったが、しかし、市警察の公務を妨害しようとする気配はみじんも見せなかった。感情を押し殺し、状況を甘受している。

「けっきょくのところ」また腰を下ろしてからしばらくして、ピートが口を開いた。「たいした騒ぎにはならなかったな」

だが、そうはいいながらも、ピートの顔には苦い表情が浮かんでいた。いまの事件で気を悪くしているのははっきりわかる。

「賭けてもいいが、あれは大使館の人間だな」

「ああ」

とラーズもうなずいた。ＳｅＲＫｅｂではなく、ソ連大使館の人間だ。上司から与えられた命令を遂行しようとしただけだろう。この会見は、ソヴィエト側にとっても楽しいものではなかったはずだ。

「２６５にあんなに関心を持つとは妙な話だ」とピート。「あれにはなんの問題もなかった。おたくのスタッフの中でだれかＫＡＣＨに通じていそうなやつの心当たりはあるか？ＦＢＩにチェックさせたほうがいいかね？」

「ＦＢＩだろうがＣＩＡだろうが、うちのスタッフの中からスパイが見つかる可能性はゼロだ。わかってるだろう。ランファーマン・アソシエーツのほうこそどうなんだ？ そっちの原寸モデルの写真もはいってたぞ」

もっとも、そんなことは最初からわかっている。気になっているのは、ミスター・ラーズ社にいるＫＡＣＨのスパイの正体ではなく――ラーズがミス・トプチェフの作品について知っているのと同じくらい、ピープ・イーストも彼の作品について知っているのだ――アイテム２６５になんらかの欠陥があるということだ。

あの作品はラーズのお気に入りだった。個人的に興味があったので、いくつかの工程については、自分で立ち合っている。プロトタイプは、今週、ランファーマン・アソシエーツの無数の地下実験室で試射されているはずだ。

ともかく、ある意味では、試射されている。

だが、そのことをじっくり考えすぎると、いまの職をなくすことになる。ジャック・ランファーマンも、もちろんピートも、責めることはできない。ふたりとも、ルールを定めたわけでも、ゲームを定義したわけでもないのだ。ラーズ自身と同じように、なすがままにしているだけ。それが人生の掟（おきて）なのだから。

　そして、サンフランシスコのランファーマン・アソシエーツと、そのロサンジェルス支社（じっさいには、組織の巨大な地下ネットワークの南端でしかない）とをつなぐ地下実験室でテストされている、アイテム２６５〈進化銃〉（作業中、便宜的につけられていた仮称がそのまま正式名称になった）、兵器霊媒が神秘の王国から持ち帰ったこの超兵器は、パーサップスが好んで作動（アクション）と呼ぶ状態をためされることになる。

　量産可能な出来の悪いイミテーション人間が犠牲となり、アイテム２６５の標的にされる。そして、その過程の一部始終が、雑誌、本、新聞、ＴＶなどなど、ありとあらゆるメディアのレンズにとらえられるだろう。足りないのは、赤いネオンサインを曳航（えいこう）するヘリウム気球船くらいだ。

　そう、ウェス・ブロックは、パーサップスを純朴（ピュア）で愚鈍（サップ）でありつづけさせるためのメディアのレパートリーに、広告気球を加えることができる。光るものは、夜空をゆっくりと横切るか、でなければむかしのように、摩天楼の頂上付近を飛びまわりながら、はてしなく宣伝文句をがなりつづけ、大衆を望ましい程度まで教化すべきなのだ。このメディアの高度な特殊性に鑑(かんが)みて、その文句はもちろんごく単純なものでなければならないだろう。

気球は、明るい知識となるかもしれないものを携えて、旅をはじめることができる。カリフォルニアの地下でいまアイテム265が見ている作動状態(アクション)が、まったくのまやかしだという知識を。

この事実は歓迎されないだろう。パーサップスは怒り狂うはずだ。UN-W国防局は違う。その程度の機密漏洩はやすやすと乗り越えるだろう。コグはその暴露を生き延びるだろうし、彼らを支配階級のエリートにしている他の秘密もすべて生き延びるだろう。そう、滅びさるものがあるとすれば、それはパーサップスだ。そしてその事実が、ラーズとラーズの作品の価値を日ごとにむしばむ絶望的な怒りの原因のひとつになっている。

このコーヒー・ショップ、〈ジョーのサップ&シップ〉で、いま立ち上がって、こう叫ぶこともできる。兵器なんかないんだ、と。そして——何人かが、恐怖に青ざめる。それから、まわりのパーサップスたちは散りぢりになって、われがちにと店を飛び出してゆく。

わかっている。アクセル・カンディンスキーだかカミンスキーだかと名乗った、物腰のおだやかな、初老のソヴィエト大使館員も——それがわかっている。ピートはわかっている。ニッツ将軍も、その取り巻きもわかっている。

アイテム265は、おれがこれまでつくってきたどの兵器とも、おれがこれからつくるどの兵器とも変わらない成功をおさめている。すべての知的生物――半径五マイル以内にいる、二十億年かけて高度に進化した生命体すべてを、そのもっとも遠い過去にまで退化させる兵器。みごとに組織された身体構造を持つ標的は、アメーバに似たなにか、脊椎(せきつい)も足びれもないスライムへと変化する。濾過(ろか)性タンパク分子のオーダーの単細胞生物へ。そしてパーサップスは、午後六時のTVニュース・ショウで、その効果を目(ま)のあたりにすることになる。なぜなら、じっさいにそれが起こるからだ。ある意味では。

さまざまなカメラの前で演じられる、まやかしの上にまやかしを塗りかためたショウ。そしてパーサップスは、自分の命も子どもたちの命も、この雷神の槌(つち)によって敵から――同じように、大破壊をもたらす強力な超兵器をテストしているであろうピープ・イースト陣営から――守られていることを知り、安心して眠りにつく。

260から280までの破壊アイテムが、ランファーマン・アソシエーツによってじっさいに製作され、存在をはじめたら、神は驚き、おそらくは喜ぶだろう。ロゴスに肉体を――あるいは、ポリなんとかと金属を――与えるのは、ギリシャ的な神への傲慢の罪だ。ブヨの大きさの部品が作動不良を起こしたときのためのバックアップ・システムを内蔵する、小型化されたプラスチックと金属のかたまり。

その神にしても、最初の奇跡、〈天地創造〉にさいして、小型化したバックアップ・システムを用意することまではしなかった。神はすべての卵を、編みかたに欠陥のある巣の中に放りこんだのだ。そこで育った知性種族はいま、存在しないものを、3Dウルトラ・ステレオフォニック・ヴィデオ映像におさめるまでになっている。簡単なことじゃないかというのは、自分でやってみてからにしてほしい。存在しない物体の鮮明な映像を3Dウルトラ・ステレオフォニック・ヴィデオで映すのは至難の業だ。これが可能になるまでには、一万五千年の歳月を要した。

ラーズは声に出して、

「古代エジプトの神官だ。ヘロドトスのころの」

「なんだって?」とピート。

「彼らは神殿の扉をリモート・コントロールするのに、水圧を利用した。そして、両手を上げ、動物の頭をした神に祈ったんだ」

「なんの話だ?」

「わからないか?」ラーズは水をさされたような気になった。こんなにわかりきったことなのに。「モノポリーだよ、ピート。そいつがわれわれのやってるゲームなんだ。くそいまいましいモノポリー。そのものずばりだ」

「頭がおかしくなったんじゃないか」空のカップのとってをいじりながら、ピートがむっつりという。「ピープ・イーストの手先がやってきてあんたのおつむをシェイクするのはこれっきりにしないとな」

「あの男は関係ない」ラーズは要点をはっきりさせたかった。もどかしさを感じる。「モンテレーの南だ。だれにも見つからない場所。きみたちがプロトタイプをつくっているところだ。衛星が墜落して、町がふっとんだ」

そこで言葉を切る。ピートが警告するように銀色の乳首のミス・ベドゥインのほうへあごをしゃくる。

「ヘッジホッグ衛星だ」

その、不吉きわまるもののことを考えながら、ラーズは慎重にいった。ヘッジホッグは撃墜不能だと考えられている。現在軌道上にある七百を超す地球衛星のうち五十がヘッジホッグだ。

「アイテム221だよ」とラーズはいった。「分子レベルにまで分解された〈イオン・フィッシュ〉が、ガス状になって漂って――」

「黙れ」ピートがぶっきらぼうにいった。

三人は黙りこくったままコーヒーを飲み終えた。

6

その夜、ラーズ・パウダードライは、ミスター・ラーズ社のパリ本社で、愛人のマーレン・フェインと会った。マーレンが手を加えたオフィスのインテリアは、まるで……。比喩の言葉をさがしたが、マーレンの美的センスたるや、筆舌につくしがたい。ラーズは両手をポケットにつっこんで、所在なげにあたりをながめながら、化粧室で現実世界にもどる準備を整えているマーレンを待っていた。マーレンにとって、存在は勤務時間が終わったところからはじまる。パリ本社のトップという地位など、まるで関係がない。論理的に考えれば、ばりばりのキャリア・ウーマンとして、まじめ一方のいかめしいカルヴィン教徒さながら仕事にうちこんでいてもおかしくないはずなのに。

だが、彼女の場合にかぎっては、そうは問屋がおろさない。マーレンは当年とって二十九歳、背は若干高め――はだしで立って五フィート七インチ――まばゆいばかりに赤い髪をしている。いや、赤じゃない。その色あいは磨きぬかれたマホガニー――それも、木目を印刷したプラスチックのそれではなく、本物のマホガニーの色あい。そう、マーレンの色は本物だ。彼女の目覚めとともに世界は輝きをとりもどす。その目の光は、まるで――くそ！　それがどうした？　朝の七時半に、そんなことを気にするやつがどこにいる？　美しく、敏感で、背はちょっと高め、はなやかで優美、一日のこの時間には活力に満ちあふれている――そんな女は、理性への挑戦であり、性衝動に対する冒瀆だ。そんな女を相手に、いったいどうすればいいというんだ？　すくなくとも、最初の二、三週間がすぎたあとは。人間だれしも、いつまでもつづけるわけには……。

　コートを肩にかけてオフィスにもどってきたマーレンに、ラーズは、

「ここのことなんか、ほんとはどうでもいいんだろ」

「ここって、仕事のこと？　この会社のこと？」猫のような目が大きくなり、いたずらっぽく輝く。彼女のほうが一枚うわてだ。「ねえ、あなた、夜はわたしの現身を、昼はわたしの心を、ずっとひとりじめしてるのよ。それでもまだ足りないっていうの？」

「教育のある女はこれだから嫌いだ。まったく、冗談じゃない。現身だって。そんな言葉、いったいどこで覚えたんだ？」

　空腹で、神経がいらだち、頭が混乱している。現代の地域標準時間帯コンピュータ補正のおかげで、現実にはもう十六時間も立ちっぱなしだ。

「嫌いになったのね」

　マーレンは結婚カウンセラーのような口調でいった。あなたのほんとうの動機はわかっ

てるわ。でも、あなたにはわかってない。暗にそういっているような。

マーレンはまっすぐこちらを見つめている。彼がなにをしようと、なにをいおうと動じない視線。物理的には、昼間はマーレンをくびにできるし、夜はパリのコナプトからたたきだすことができる。だがじっさいには、ラーズは彼女に対してどんな力も持ってはいない。キャリアが彼女にとっていくらかでも意味があるのかどうか知らないが、マーレンならいつでもどこでも、いい仕事口を見つけられるだろう。マーレンにとって、ラーズは必要不可欠な人間ではない。ふたりが別れたら、一週間かそこらは彼を失ったことを悲しみ、三杯めのマティーニを飲みほしたあとにほろりと涙を見せるくらいはするかもしれないが、それでおしまい。

だがラーズのほうはそうはいかない。もしも彼女を失うことになれば、その傷は一生癒えないだろう。

「夕食にするかい？」ラーズは熱のない声でたずねた。

「いいえ、お祈りしたいわ」

ラーズは女の顔をまじまじと見つめ、

「な、なにしたいって？」

マーレンはおだやかに、

「教会に行って、ろうそくに火をつけ、お祈りしたい。べつにおかしくなんかないでしょ。

わたし、週に二回は教会に行くの。知ってるくせに。あなたとはじめて――」と、婉曲的な表現を選び、「知り合ったときから。聖書的な意味でね。あの夜、そのことは話したはずよ」

「ろうそくをなにに捧げるんだ？」

ろうそくは、なにかに捧げるために火をつけるに決まっている。

「わたしの秘密」

ラーズははぐらかされた気持ちで、

「ぼくは寝るよ。きみにとっては午後六時かもしれないが、ぼくにはもう夜中の二時なんだ。きみのコナプトに行って、なにか軽い食事をつくってもらい、それからぼくはベッド、きみはお祈りに行けばいいさ」

ラーズは戸口に向かって歩きだした。

「聞いたんだけど、きょう、ソヴィエトの役人があなたに会いにきたそうね」

ラーズはびくっとした。

「どうしてそれを？」

「警告を受けたわ。委員会から。会社に対する公式の譴責状が来て、初老の小男に気をつけるようにって」

「うそだろ」

マーレンは肩をすくめて、

「パリ本社にも連絡があって当然、でしょ？　公共の場所で起こった事件なんだから」

「ぼくがあのばかをさがしだしたわけじゃない！　向こうから近づいてきたんだ——こっちはコーヒーを飲んでただけだ」

そういいながらも、ラーズは不安にかられた。委員会はほんとうに公式の譴責状を送りつけてきたんだろうか？　もしそうなら、当然おれの目にもふれているはずだ。

「あの将軍……いつも名前を忘れちゃうのよね——あなたがこわがってるあのでぶ。ニッツ」と、にっこりする。ラーズの脇腹がちくりと痛んだ。「ニッツ将軍が超閉鎖極秘映話回線を使ってここに連絡してきて、もっと気をつけるように、というのよ。わたしは、あなたと話してほしいといったんだけど、彼は——」

「うそっぱちだ」

だが、マーレンの言葉にうそがないことはわかっていた。たぶん、ラーズがアクセル・カミンスキーと会ってから一時間以内に、ニッツからの映話があったのだろう。ニッツ将軍の警告を伝えるのを、マーレンはわざとまる半日遅らせたのだ。一日のうちでもいちばん血糖値が低く、彼が無防備になっているときを見すまして告げるのは、いかにも彼女らしい。

「彼に映話したほうがいいな」ラーズは半分ひとりごとのようにいった。

「もう寝てるわ。時間帯チャートのオレゴン州ポートランドのところを見てごらんなさいよ」

マーレンは廊下に出た。ラーズも反射的にそのあとを追う。ふたりは並んで、社有のヘリが停まっている屋上へと向かうエレベーターを待った。楽しそうにハミングしているマーレンが、ラーズの気にさわった。

「ニッツになんて説明したんだ？」

「あなたはずいぶん前から、じゃま者扱いされるようになったら亡命しようと考えていた、って」

ラーズは平板な声で、

「彼の答えは？」

「ああ、ラーズがいつでも亡命する気でいることはわかっている、とニッツ将軍はいったわ。彼はあなたの立場を知ってた。その証拠に、この前の水曜日、委員会の軍人たちは、ワシントンDCの非公開特別会議でその問題について話し合ったそうよ。ニッツ将軍の部下の報告によると、あと三人の兵器ファッション・デザイナーが待機してるとか。ユタ州セント・ジョージのウォリングフォード・クリニックにいる精神分析医が発見した新しい霊媒があと三人」

「まじめな話なのか？」

「まあね」

ラーズは頭の中ですばやく計算した。

「オレゴンはいま午前二時じゃない。正午だ。まだ真昼間じゃないか」

きびすを返し、ラーズはマーレンのオフィスに向かって歩きだした。

「忘れてるわよ。わたしたちはいま、トリヴァー・イコン-タイム時間なのよ」

「だが、オレゴンじゃ、太陽は空高く昇ってるさ」

マーレンはしんぼう強く、

「でも、トリヴァー・イコン-タイムでは午前二時なの。ニッツ将軍には映話しないで。あきらめなさい。あなたと話すつもりがあるなら、最初からニューヨーク本社に映話してるわよ。彼はあなたを嫌ってる。そういうことなの、真夜中だろうと真昼間だろうと関係なく」

そういって、にっこりほほえむ。

「きみが不和の種をまいてるんじゃないか」

「ほんとうのことをいってるだけよ」と、マーレンは異議をとなえ、「あなたの問題を教えてほしい？」

「いいや。教えてもらわなくてもけっこうだ」

「あなたの問題は——」

「やめろ」

マーレンはおかまいなく先をつづけた。

「あなたの問題は、神話に──それとも、あなたの言葉でいえば、うそに──どっぷりつかっているいまの状態に不安を感じていること。だから一日じゅう、おちつかずにそわそわしている。でも、いざだれかがほんとうのことを話しはじめると、たちまち気が動転してしまう。あなたは爪先から頭のてっぺんまで、心身症におかされてるわ」

「なるほどね」

「解答は、すくなくともあなたと仕事をしている人間の立場でいえば、神経質で移り気なあなたの状態からして、あなたに神話が──」

「くそ、黙ってくれ。新しく見つかったその霊媒たちについて、ニッツはなにかくわしいことをいってなかったか？」

「もちろんいってたわ。ひとりは背の低い男の子、トウィードルディー並みに太ってて、いつもキャンディーをなめてて、とっても愛想が悪い。ひとりは中年の独身女性で、ネブラスカにいる。もうひとりは──」

「神話は、現実らしく見えるように語られる」

ラーズはそういい捨てて、マーレンのオフィスにつづく階段を大股に上がった。中にはいり、すぐさま映話装置のロックを解除する。ワシントンDCフェスタンの委員会通常局番をダイアルした。

が、映像があらわれる瞬間、鋭くカチッという音がした。一瞬、画像が——注意していればやっとわかるくらいに——縮んだ。それと同時に、赤い警告ランプが点灯する。

映話装置は、転送ケーブルのどこかで盗聴されている。それも、たんなるコイルによってではなく、接続器をつないで。ラーズはそくざに通話を切り、立ち上がると、エレベーターを一台やりすごして待っていたマーレンのところにもどった。

「ここの映話は盗聴されている」

「知ってる」

「ならどうして、PT&Tを呼んで、盗聴器をはずさせないんだ?」

マーレンは聞き分けのない子どもにいいきかせるみたいに、一語一語ゆっくりと、

「だって、どのみち向こうにはわかるのよ」

この婉曲ないいまわし。向こう。KACHか、あるいはピープ・イーストに雇われた第三者か、あるいは、KVBをはじめとするピープ・イーストの下部組織か。マーレンの言葉をまねれば、そんなことはどうだっていい。どのみち向こうにはすべてお見通しなのだから。

それでも、こういうやりかたは気にさわる。電子機器がたてるかんだかい不自然な雑音を隠す努力さえしないでだれかが盗聴している回線を使って、クライアントに連絡する気

にはなれない。

　マーレンが意味ありげに、

「盗聴器がつけられたのは先週よ。何曜日だか忘れたけど」

「小人数のクラスの中だけで知識のモノポリーを楽しんでるぶんには、ぼくだって反対しない。べつに驚くようなことじゃないし、ひと握りのコグと大勢のパーサップスがいるんだ。どんな社会も、現実には少数のエリートによって管理されている」

「じゃあなにが問題なの、いとしいあなた?」

「問題なのは」ラーズはマーレンにつづいて、やってきた昇りのエレベーターに乗りこみながら、「この場合、そのエリートたちが、自分たちをエリートたらしめている知識を守ろうともしていないことだ」

　たぶん、UN-ウェストが配布している無料パンフレットは、たとえばこんなふうに題されているのだ。**われわれはきみたちをどのように支配し、きみたちはそれについてどうするか?**

「あなたは権力の側にいるのよ」

　ラーズはマーレンにちらっと目をやって、

「まだあのテレパシー増幅装置をつけっぱなしなんだな。ベーレン条令で禁止されたのに」

「これを脳にとりつけてもらうのに、五千万もかかったのよ。スイッチをオフにしてあると思うほうがどうかしてるわ。それに、つけてるだけの価値はちゃんとあるのよ。あなたが操を守っているか、それともどこかのコナプトでほかの女と──」

「じゃあ、ぼくの潜在意識を読んでくれ」

「もうやったわ。それに、どうしてそんなことを？　自分でも知りたくないと思うような汚らしいものがたまっている場所を、他人が知りたがるわけないでしょ」

「いいから読めよ。将来どうなるかを読んでくれ。ぼくがこれからなにをするかを、まだかたちになっていない潜在的な意志を読んでくれ」

マーレンは首を振り、

「いうはやすく、行なうは難し、ってね」

ラーズの反応に、マーレンはくすっと笑った。自動操縦の船は、すでに通勤空域の上空に達し、町を出ようとしている。ラーズはなにも考えずに、ただパリを離れろとだけ命じていた。なぜそうしたかは、神のみぞ知る、だ。

「あなたを分析してあげるわ、かわいいアヒルちゃん。あなたが、その標準以下の──あなたを霊媒にしている前頭葉のあのでっぱりをべつにすれば、標準以下の──心の奥底で、何度も何度も考えていることには、ほんとに感動したわ」

ラーズは真実だけを聞こうと待ちかまえた。

「何度も何度も、あの小さな心の声が、きいきいこうわめくのよ、どうしてパーサップスは、現実ではないことを信じなければならないのか？　どうして真実を知ることができないのか？」

マーレンの声は、いま、同情にあふれていた。彼女としては、ほんとうに珍しく。

「あなたは信じられないような真実を把握できないだけよ。いいこと、ラーズ。彼らには、知ることができないのよ」

7

夕食のあと、ふたりはパリにあるマーレンのアパートメントに向かった。マーレンが、古い映画のジーン・ハーローのせりふを借りれば、「もっと楽なものに」着替えているあいだ、ラーズはリビングルームをぶらぶらしていた。

やがて、タースルウッドを模した低いテーブルの上の奇妙な装置が目にとまった。なんとなく見覚えがあるような気がして、好奇心から手にとってみる。見覚えがある——しかし、まったく奇妙なものだ。

わずかに開いたベッドルームのドアに向かって、

「なんだい、これ?」

と呼びかける。薄暗い部屋の中で、ベッドとクローゼットのあいだを行ったり来たりする下着姿のマーレンがぼんやり見える。

「のっぺらぼうの人間の頭みたいなやつ。野球のボールくらいの大きさの」

マーレンは明るい声で、

「202よ」

「ぼくのスケッチの？」

ラーズはその装置をまじまじと見つめた。改鋳品。委員会コンコモディーのひとりの発案で、小売り市場向けに大量生産された製品だ。

「どうやって使うんだい？」

見たところ、スイッチ類はひとつもない。

「楽しむのよ」

「どうやって？」

一糸まとわぬ姿で、マーレンが戸口に姿をあらわした。

「なにか話しかけてみて」

彼女にちらっと目をやって、

「きみを見てるほうがよっぽど楽しいよ。きみが身につけてたものは、総計約三ポンドあったね」

「オーヴィルになにか質問してみて。〈オーヴィルくん〉は人気者なのよ。みんなそれを持って部屋に閉じこもって、一日じゅう、ひっきりなしに質問しては答えさせてるわ。宗教にとってかわっちゃったのね」

「宗教なんてものは存在しないよ」

超次元的な世界での経験のおかげで、独善的な、あるいは自己犠牲的な信仰には、ラーズはまったく関心が持てなくなっていた。「来世」について知っていると吹聴する資格のある人間がもしこの世にいるとすれば、それはラーズ自身だが、彼はそこになんら超越的な側面を見出してはいなかった。

「じゃあ、なにか冗談をいってみて」

「このまま、あった場所にもどしておくわけにはいかないのかい？」

「自分の作品がどんなふうに改鋳(ブラウシエア)されたかには、あなた、ほんとに興味がないのね」

「ああ、それはぼくの仕事じゃないからね」とはいいながらも、ラーズはなにかジョークを思い出そうとしていた。「目が六つ、エントロピーに向かってて、山高帽をかぶってるもの——」

「まともなジョークひとつついえないの？」そういいながらマーレンはベッドルームにもどり、服を着はじめた。「ラーズ、あなたって多形倒錯ね」

「ふうむ」

「それも、悪い意味の。自己破壊衝動よ」

「殺人衝動よりはましさ」

そうだ、それを〈オーヴィルくん〉にきいてみればいい。ラーズは、手の中の小さな球体に向かって、はっきりした声で、

「ぼくが自分をあわれむのはまちがいなのか？　官僚相手にむなしい闘いを挑むのはまちがいなのか？　コーヒー・ブレイクにソヴィエトの役人と話をしたのはまちがいなのか？」

答えを待った。なにも起こらない。

「まちがいなのか――人間を殺傷し土地を荒廃させる機械をつくっていると主張する人間たちが、そろそろ道義心に目覚めて、おまえみたいなろくでもない退廃的な新製品を産み出す念の入った口実になっているにせものの機械じゃなくて、ほんとうに人間を殺傷し土地を荒廃させる機械をつくってもいいころだと思うのは？」

もう一度、ラーズは答えを待ったが、〈オーヴィルくん〉はあいかわらず沈黙したまま。

「壊れてるぜ」とマーレンに声をかける。

「ちょっと考える時間をやってよ。ちっちゃな部品が一万四千個もはいってて、それが順番に動くんだから」

「202のガイダンス・システムがそっくりぜんぶはいってるのか？」

ラーズは畏敬(いけい)の念を抱いて〈オーヴィルくん〉をあらためて見つめた。ああ、たしかにこの球体は、202ガイダンス・システムと同じ大きさ、同じ形をしている。ラーズはこの装置が持つ可能性を考えはじめた。キイボードをたたいたり、磁気ディスクでデータを食わしたりしなくても、口で質問するだけで、問題を解くことができる。答えるのに時間がかかっても不思議はない。彼がいま作動させたのは想像もつかないほど複雑な機械なのだ。

たぶん、ラーズがどんなにたくさんスケッチを描いても、これを上まわるものはできないだろう。ところがこの〈オーヴィルくん〉と称する装置は、訓練した鳩ならもっとうまくやれそうな単純労働しか仕事のない男女によって、余暇をつぶす新しいおもちゃとして使われている。やれやれ。おれの最悪の予想がみごと実現したってわけか！

ラーズはカフカの小説を思い出した。ある朝、ラーズ・Pが気がかりな夢から目を覚ますと、自分が一匹の巨大な——なんに変身するんだっけ？　ゴキブリ？

「ぼくはなんだ？」と、ラーズは〈オーヴィルくん〉にたずねた。「いままでの質問は忘れてくれ。ぼくはなんになってしまったんだ？」

ラーズは腹立ちまぎれに球をぎゅっと握りしめた。

青いコットンの中国パジャマを下だけはいたマーレンがベッドルームの戸口に立って、〈オーヴィルくん〉と格闘するラーズをじっと観察している。

「ある朝ラーズ・Pが気がかりな夢から目を覚ますと、自分が一匹の——」

マーレンはそこで言葉を切った。リビングルームの隅のTVセットがだしぬけにピーンと音をたてたのだ。TVセットにひとりでに電源がはいり、いましもニュース速報がはじまろうとしている。

　ＴＶスクリーンにニュース速報というテロップが出た。アナウンサーが職業的な声でおだやかに原稿を読みはじめる。

「ＮＡＳＢＡ、ワイオミング州シャイアンのウェス・ブロック宇宙機構は、本日、おそらくは人民中国もしくは人類自由キューバによって打ち上げられたと思われる新しい衛星が軌道に乗り――」

　マーレンは電源を切った。

「ただのニュース速報よ」

「ぼくが期待してるのは、すでに軌道上にいる衛星から、衛星の衛星が打ち上げられることだよ」

「それならもうやってるわよ。あなた、新聞も読まないの？　〈サイエンティフィック・アメリカン〉も読まないの？　ほんとに、なんにも知らないの？」マーレンの侮蔑は半分本気で半分からかいだった。「それじゃあ専門ばかの学者さんよ、ロサンジェルスのナンバー・プレートや映話帳の番号をぜんぶ暗記したり、北アメリカの市町村ぜんぶの郵便番号を知ってるって自慢するとんまとおんなじ」

　マーレンはパジャマの上をとりにベッドルームにもどった。

　ラーズの手の中で、存在を忘れられていた〈オーヴィルくん〉が動きだし、しゃべりはじめた。

不気味なものだった。ラーズは驚きに目をぱちくりさせた。テレパシー音声が、たずねたことも忘れていた問いにしわがれ声で答える。

「ミスター・ラーズ」

「はい」と、ラーズは催眠術にでもかかったように答えた。

〈オーヴィルくん〉は、たっぷり時間をかけた答えをゆっくりと吐き出しはじめる。おもちゃではあるが、〈オーヴィルくん〉はお手軽な機械ではない。こいつにべらべらしゃべらせるためだけに、大量の高性能チップが組みこまれている。

「ミター・ラーズ、あなたは存在論的な質問をしました。印欧語の言語構造には、精密な分析を不可能にする論理的矛盾が含まれています。あなたの質問をいいかえていただけますか？」

しばらく考えてから、ラーズは答えた。

「いいや」

〈オーヴィルくん〉はいったん沈黙し、それから、

「ラーズさん、あなたは二股大根です」

大笑いしたものかどうか、ラーズには見当もつかなかった。

「シェイクスピアだ」と、いまはもうちゃんと寝巻を着て、横でいっしょに聞いているマーレンに向かっていう。「引用してる（『ヘンリー四世』第二部第三幕第二場三三四行）」

「あたりまえでしょ。膨大なデータ・バンクを持ってるのよ。どんな返事を期待してたの、新作ソネット？　〈オーヴィルくん〉は入力されたデータを受け売りすることしかできないわ。発明するんじゃなくて、選択するだけ」マーレンはほんとうに驚いたという顔で、「正直な話、ラーズ、これは冗談抜きにしていうけど、あなた、ほんとに技術的なことがなんにもわかってないのね。それに、知的に見ても——」

「静かに。〈オーヴィルくん〉がまだなにかいうみたいだ」

〈オーヴィルくん〉は回転数の落ちたレコードみたいなブーンという音をたて、

「〝ぼくはなんになってしまったんだ？〟という質問もしましたね。あなたは見捨てられた人間になりました。さすらい人になりました。宿なしになりました。ワグナーの言葉を借りれば——」

「リヒャルト・ワグナーか？」とラーズ。「作曲家の？」

「劇作家にして作詞家でもあります」と〈オーヴィルくん〉が補足する。「『ジークフリート』のせりふを借りて、あなたの置かれた状況を説明すると、こうなります。〝イッヒ・ハーベ・ニヒト・ブルーダー、ノッホ・シュヴェスター、マイネ・ムッター——〟」

「〝——ケン・イッヒ・ニヒト。マイン・ファーター——〟」

マーレンが途中で口をはさみ、〈オーヴィルくん〉はそれを受けて電子的なギアを入れ換え、英語にもどった。

「〝ミスター・ラーズ〟というお名前で勘違いしていました。スカンジナビアのかただと思ったのです。申しわけありません、ラーズさん。わたしはこういいたかったのです、あなたは、パルジファルのようにヴァッフェンロス——武器がない状態——だ、と。それも、比喩的な意味と、文字どおりの意味と、ふたつの意味において。あなたは、あなたの会社が公的に装っているとおり、じっさいには兵器をつくっていません。そしてあなたは、もうひとつの、もっと精神的な意味においてもヴァッフェンロスなのです。あなたは無防備です。ドラゴンを倒し、その血を飲んで、鳥の歌を解するようになる前の若きジークフリートのように、あるいは、花の乙女からみずからの名を聞かされる前のパルジファルのように、あなたはイノセントです。それも、おそらくは、悪い意味で」

「無垢なる愚か者、っていうのとは違うわね」マーレンがうなずいて、あっさりいってのける。「おまえには六十ポスクレッドも払ったのよ。さあ、もっとたくさんしゃべってちょうだい」

そういうと、マーレンはコーヒー・テーブルの上のパッケージから紙巻きたばこを一本とりだした。

〈オーヴィルくん〉は、決断を下そうと考えこんでいる——マーレンがいったように、ファイル・バンクにたくわえられたデータの中からたんに適切なものを選びだすのではなく、みずから決断を下すことができるみたいに。そしてついに、〈オーヴィルくん〉はいった。

「あなたの望みはわかっています。あなたはジレンマに直面しています。いまこの瞬間も、そのジレンマの中にあるのです。しかしあなたは、これまで一度も、そのジレンマについてきちんと考えたことがない。そのジレンマと対決したことがないのです」

「いったいそのジレンマってのはなんだ？」と、ラーズは詰問した。

「ラーズさん、あなたは、ある日ニューヨーク本社に行き、横たわってトランス状態にはいり、そしてスケッチを手に入れられないまま現実世界にもどってくることになるのではないかという恐ろしい不安を抱いています。いいかえれば、ご自分の才能を失ってしまうのではないかという恐怖です」

ガルシア・イ・ベガをくゆらすマーレンのかすかな息づかいをべつにすると、部屋の中は沈黙に包まれた。

「やれやれ」

なんとか気持ちを静めて、ラーズはやっとそれだけ口にした。おとなになってからの長い歳月がすべて失われ、小さな小さな子どもにもどったような気分だった。いまわしい経験。

それはもちろん、このおもちゃ——ミスター・ラーズ社のオリジナル・デザインを濫用した結果生まれたこの新奇な機械の述べたことが、ずばり真実をついていたからだ。ラーズの抱いている不安は、去勢恐怖に近いものだ。そして、その恐怖はけっして消えることがない。

〈オーヴィルくん〉は、考え考えしゃべっているように、その回答をゆっくりと披露していった。

「〝兵器〟デザインと称されているものがまやかしにすぎないという、あなたの意識下にあるジレンマは、いつわりのものです。その背後に、心理学的な真実を隠しています。正気の人間ならだれでも知っているとおり、またあなた自身もほんとうはよくごぞんじのとおり、本物の兵器を製造することについては、ウェス・ブロック側にもピープ・イースト側にも、まったく議論は存在しません。全権を委任された二組の代表団が、アイスランドのフェアファックスで一九九二年に秘密裏に会見したとき、人類は全滅の運命をまぬがれ、そのときにかわされた〝改鋳(プラウシェアリング)〟に関する合意は、二〇〇二年になって、条約として公式に批准されました」

「もういい」ラーズは球体に目をやっていった。

〈オーヴィルくん〉は沈黙した。

コーヒー・テーブルのところに行って、ふるえる手で球体をそこに置くと、ラーズはマーレンに向かって、

「パーサップスはこいつで遊んでるって？」

「深刻な質問はしないのよ。くだらない、お笑いの質問をするだけ。それにしても」とラ

ーズの目をまっすぐ見つめ、「あなたはこれだけ時間をかけ、これだけしゃべりまくって、〝ああ神様、わたしはペテン師です、わたしは哀れなパーサップスをひっかけるでっちあげに手を貸しています〟と、まやかしを嘆くだけ――」憤(いきどお)りにマーレンの顔が真っ赤になる。「たわごともいいところだわ」

「どうやらそうらしいね」まだふるえながら、ラーズはうなずいた。「でも、ぼくは知らなかった。精神分析医にはかかってないし――嫌いなんだよ。あの連中だってペテン師(フロード)じゃないか。ジグムント・フロイト(フロード)ってね」

ラーズは期待して待った。マーレンは笑ってくれなかった。

「去勢恐怖は、若さを失うことへの恐怖よ。ラーズ、あなたは、トランス状態で描くスケッチが本物の兵器じゃないから、不安を感じてる。――わかる、かわいいアヒルちゃん？　あなたは、それがあなたの不能を示すものであることを恐れてるのよ」

ラーズは相手の目を見ずに、

「ヴァッフェンロスというのは、もってまわった婉曲表現――」

「どんな婉曲表現だってもってまわってるわよ、婉曲っていうのはそういうことなんだから」

「不能の、婉曲表現だといおうとしたんだ。ぼくは男じゃない」

ラーズは目を上げて、じっとマーレンの顔を見つめた。

「ベッドでは、あなたは大の男十二人分よ。十四人分。二十人分。とにかくすごいわ」

その言葉で元気が出たかどうかをたしかめるように、マーレンはラーズの顔色をうかがった。

「それはどうも」とラーズは答え、「しかし、挫折感がなくなるわけじゃない。たぶん、あの〈オーヴィルくん〉をもってしても、問題の核心をつくことはできなかったんだ。どういうわけか、これにはピープ・イーストが関係している」

「〈オーヴィルくん〉にきいてみれば？」とマーレン。

もう一度、その顔のない頭をとりあげて、ラーズは、

「この一件で、ピープ・イーストはいったいどんな役割をはたしてるんだ、〈オーヴィルくん〉？」

複雑な電子システムが作動しているあいだ、しばし沈黙があり、それから答えが返ってきた。

「遠くから撮った、ピンぼけの写真。ぼやけすぎていて、知りたいことはなにもわからない」

ラーズには、そくざにぴんときた。そして、その考えを頭の中からあわてて締め出そうとした。愛人にして共同経営者のマーレン・フェインがすぐそばにいて、ウェス・ブロックの法律にもおかまいなく、彼の思考を読んでいるのだ。もう手遅れだろうか、それとも

ぎりぎりのところで間にあって、その考えをもとの無意識の中に埋められただろうか？

「なるほど」とマーレンが感慨深げな声を出した。「リロ・トプチェフね」

ラーズは観念して、

「ああ」

「つまり——」マーレンは、彼女が会社組織の中でトップの地位を占める原動力となったそのすばらしい知性——おれにとってはわざわいの種だ、とラーズは思った——を発揮して、「いいかえるとあなたは、若さと不能性、精神と肉欲、兵器とデザインのジレンマを、思いつくかぎりもっとも愚直な方法で解決しようとしてるわけね。十九の男の子あたりが思いつきそうな——」

「精神分析医にかかることにするよ」ラーズは力なくいった。

「あなたは、どうしようもなくみじめったらしい、あの共産主義ヘビ女のきれいな写真が欲しいのね？」

マーレンのとげとげしい声には、憎しみと非難と怒りがごちゃごちゃにまざりあっていたが、それでも、部屋の反対側にいるラーズの胸を直撃するくらいには、それぞれがはっきりしていた。ラーズはその打撃をまともに食らった。

「ああ」ラーズは悄然（しょうぜん）としてうなずいた。

「わたしが手に入れてあげる。いいわよ、やってあげる。本気でいってるのよ。それだけじゃないわ。単純で簡潔な言葉で、あなたにわかるように、きちんと説明してあげる。どうやればそれを手に入れられるかを。だって、よく考えてみると、個人的に手を染めるのはあんまり気が進まないから。こんな――」マーレンは痛烈なボディー・ブローになりそうな、ぴったりの言葉をさがした。「――こんなうっとうしいことに」

「どうやるんだ？」

「まず、はっきり認識しておくことがひとつ。KACHはぜったいに、ぜったいに写真を手に入れてはくれない。彼らがピンぼけ写真をよこしたとすれば、それはわざとそうしたのよ。KACHならもっといい写真が撮れたはずだわ」

「話についていけないんだけど」

「KACHは――」マーレンは小さな子ども、それもほとんど愛情を感じていない相手に話しかけるみたいな口調になり、「第三者的、とみずから好んで称している存在よ。そこから、自分だけに仕える高潔な存在という虚飾をはぎとれば、真実が見えてくる。KACHはふたりの主人に仕えている」

「ああ、そのとおりだ」とようやくラーズも理解して、「われわれと、ピープ・イーストに」

「KACHはみんなを喜ばせ、同時に、だれひとり怒らせてはならない。彼らは現代世界のフェニキア人、二一世紀のフッガー家、あるいはロスチャイルド家なの。あなたはKA

ＣＨとスパイ・サービス契約を結ぶことができる。でも――あなたが手に入れられるのは、リロ・トプチェフの遠くから撮ったピンぼけ写真だけ」

マーレンはためいきをついた。こんなに簡単なことなのに、この人にはいちいち嚙んで含めるように説明してやらなければならないのね、というように。

「それでなにか思い出すことはない、ラーズ？　考えて」

ようやくラーズは口を開き、

「アクセル・カミンスキーが持っていた写真だ。２６５スケッチの。あれは不十分なものだった」

「まあラーズ、わかってるじゃない、そうよ、そのとおり」

「そして」と、あまりしゃべりすぎないように気をつけながら、「きみの理論によれば、あの写真も意図的なものなんだ。ＫＡＣＨは、どちらの陣営とも商売をつづけていけるだけのもの、そしてだれも怒らせないですむ程度のものを供給している」

「そのとおり。そこで、よ」マーレンは椅子に腰をおちつけ、たばこをすぱすぱふかしながら、「あなたを愛してるわ、ラーズ。あなたを自分のものにしておきたいの、あなたのことでやきもきしたり、あなたをいらいらさせるために。わたし、あなたを悩ませるのが大好き、だってあなたったら、ほんとにすぐ悩んじゃう人だから。

でも、わたしは欲ばりじゃない。〈オーヴィルくん〉がいったとおり、あなたの心理的弱点は、若さを失ってしまうことへの恐れよ。そのおかげで、あなたはどこにでもいる平凡な三十男と変わらなくなってる……毎日、ほんのすこしずつスローダウンしていってるだけだけど、あなたはそれがこわい。生命力の衰えを感じてるのよ。ベッドの上ではすごいけど、先週、あるいは先月、あるいは去年とくらべたら、それも確実に弱くなってる。あなたの血液、あなたの心臓、あなたの――まあとにかく、あなたの体はそのことを知っているし、あなたの心もそのことを知ってる。わたしが助けてあげる」

「じゃあ助けてくれよ。べらべらしゃべってばかりいないで」

「その、アクセル・カミンスキーという男にコンタクトしなさい」

ラーズは思わず目を上げた。マーレンの目は本気だ。いかめしくうなずいている。

「そして、相手をイワンと呼んでやるのよ。向こうはそれでむかっときて、あなたをジョーとかヤンクとか呼ぶでしょうけど、あなたは気にしない。イワン、とあなたは話しかける。そっちはアイテム265に関するくわしい情報が欲しい。そうだよな、イワン？　そこでだ、ピープ・イーストのわが同志、その情報をやるかわりに、そちらの女性兵器ファッション・デザイナー、ミス・トプチェフの写真をくれ。きれいに撮れたカラーの、欲をいえば3D写真がいい。ああ、もちろん動画でもいい、彼女の声がちゃんとはいったやつ。そうすれば、ひとり寝の夜のひまつぶしになるから。それに、もしおたくが持ってるならの話だが、彼女が出てる、ぐっとくるようなポルノ映像があれば――」

「乗ってくると思うか？」

「ええ」

ラーズは思いをめぐらした。おれはこの会社のボスだ、この女はおれに雇われている。まちがいなくあと一年は。それにおれの心理的な問題はもう……しかし、おれには才能がある、サイ能力がある。だから、トップの地位を守っていられる。しかし、この女を——自分の愛人を目の前にすると、自分の万能の力も、空虚なものに思えてくる。いざ彼女の口からカミンスキーとの取り引きを（いかにも風変わりないいかたではあったけれど）提案されてみると、じつに簡単なことに思える。しかしそれでも、自分ひとりではぜったいに思いつけなかっただろう。信じられない！

そして、この取り引きはきっとうまくいく。

8

木曜日の午前中を、ラーズはランファーマン・アソシエーツで、原寸モデルやプロトタイプや模型を点検して過ごした。デザイナー、設計担当者、ポリなんとかの専門家、エレクトロニクスの天才、ひと目でわかる狂人などなど、ジャック・ランファーマンに雇われた集団がいそがしく立ち働いている。その姿を見ると、ラーズはいつも、どこかエキセントリックな印象を受ける。

ジャック・ランファーマンが部下の仕事を細かく詮索することはけっしてない。ちゃんとした報酬を与えてさえやれば、鞭も脅(おど)しも脅迫も社内通達もいっさいなしに、才能のある人間はベストをつくしてくれると信じているようだ。

奇妙なことに、どうやらそれは正解らしい。ジャック・ランファーマンはオフィスにいる必要がないのだ。彼はほとんどいつも、酒池肉林の快楽の宮殿のどれかに住んでいて、最終製品を市場に出すときにだけ、地球に降りてくる。

今回の場合は、スケッチ278をもとにした製品で、すでにすべての確認作業と〈試射〉をすませている。これは、いままでに発表されてきた奇妙としかいいようのない製品群の中でも、とりわけユニークなものだった。アイテム278のことを考えると、ラーズ・パウダードライ自身、笑うべきか泣くべきか、いまだに決められないでいる。それにはいま、名前だけで判断するパーサップスのウケをねらって、もっとまがまがしい名前がつけられている——〈精神剝奪ビーム〉というのがそれだ。

ピート・フライドとジャック・ランファーマンのふたりにはさまれて、中央カリフォルニア某所の地下にある小劇場の客席に腰を下ろしたラーズは、〈精神剝奪ビーム〉が「作動」する場面をおさめたアンペックス・ヴィドテープをながめていた。これは対人兵器なので、一千百万マイルのかなたから、軌道上のばかでかいぶかっこうな宇宙戦艦を吹き飛ばす、といった使いかたはできない。標的は人間にかぎられる。みんなと同様、ラーズもそこが気に入らなかった。

〈精神剝奪ビーム〉のデモンストレーションは、だれが見ても世の中の役には立ちそうにない凶悪犯グループが、ガニメデにある孤立した（いいかえると、救助の期待できない）ウェス・ブロック小規模コロニーの支配権を奪おうとしているところを発見された、という設定で行なわれる。くだんの新兵器が、その悪漢どもの精神をからからに吸いとってしまうという段どりだ。

スクリーンでは、悪者どもが凍りついている。破砕器（ティア・ウェップ）——恐怖の道具——を予期して。

因果応報というやつか、とラーズは思う。ドラマとしては、よくできている。いまこの瞬間まで、悪者どもはコロニー内で非道のかぎりをつくしてきた。場末の映画館の入口に飾ってある、古い映画のグロテスクなペンキ塗りの看板さながらに、悪者どもは若い娘の服を引き裂き、老人をなぐり倒し、酔っぱらった兵士同様、燃えやすい建物に火をつけ……およそありとあらゆる種類の悪事に手を染めていた。彼らがやっていない悪業といえば、永遠に失われたソフォクレスの四悲劇を含む、七十万巻のかけがえのない巻き物をおさめたアレクサンドリア図書館を焼き打ちにすることくらいだろう。

「ジャック」ラーズはかたわらのランファーマンに声をかけた。「舞台をヘレニズム時代のパレスチナにするわけにはいかないのか？　パーサップスがあの時代にどんなに愛着を抱いているかは知ってるだろ」

「ああ」とランファーマンはうなずき、「ソクラテスが処刑された時代だな」

「それだけじゃないが、まあ、一般的にはそういうことだ。おたくのアンドロイドがソクラテスをレーザー・ガンで撃ち殺すってのはどうだ？　きっとすごい見せ場になるぞ。もちろん英語で吹き替えるか、字幕を入れればいい。パーサップスにもソクラテスの嘆願がわかるように」

ピートが画面に見入ったままささやいた。

「ソクラテスは嘆願なんかしないよ。あいつはストア派（ストイック）だった」

「わかったよ」とラーズ。「でも、不安そうな顔くらいはさせられるだろう」

いましも画面上では、アイテム278を携えたFBIが、その歴史上はじめて、犯罪現場の急襲に成功していた。視聴者の便宜(べんぎ)をおもんぱかって、その模様を、だれあろう、ラッキー・バッグマンその人のおだやかなナレーションが解説している。悪者どもは顔面蒼白で、古くさいレーザー・ガンだかなんだかに手をのばす。たぶん、コルト・44フロンティア・モデルだな、とラーズはむっつり思った。だが、どのみち、悪者たちの命運はつきている。

こいつは「アトレウス家の崩壊」よりひどい、とラーズは結論を下した。失明、近親相姦、野獣に引き裂かれる娘たち……人間の集団にふりかかりうる運命の中で、もっとも悲惨なのはなんだろう？　ナチ強制収容所における、緩慢な餓死——殴打と重労働、恣意的な辱(はずかし)めの毎日のあげくに、ザイクロンBシアン化水素ガスを満たされた「シャワー室」へと連行される——だろうか？

だが、それにもかかわらず、アイテム278が、人類の技術の宝庫に新しく加えられるわけだ。ロバのようにこき使われる、歯を食いしばったよつんばいのアリストテレス。そうしたものを、パーサップスは求めている。まちがいなく、そうしたものこそ彼らの喜びなのだ。それともそれは、おぞましい、根本的にまちがった推量なのだろうか？

ウェス・ブロックの支配エリートは、この手の動画が人々の慰めになると信じている。

信じがたいことに、こうしたヴィデオは夕食どきに放映され、そのカラー写真は翌朝の食卓の新聞を飾り、玉子やトーストといっしょに消化される。パーサップスは、みずからが無力だと感じているがゆえに、力が誇示されるところを見ることを好む。アイテム278が、青ざめた凶悪犯たちを挽き肉にする場面は、彼らを元気づけるのだ。FBIの超高速ガンから発射されたアイテム278は、熱探知弾となって標的を追尾し——。

そして、ラーズは目をそむけた。

「ただのアンドロイドだぜ」と、ピートがあっさりいう。

ラーズは食いしばった歯のあいだから、

「わたしには人間に見える」

ラーズの吐き気にもおかまいなく、テープはまわりつづけている。いまや悪者どもは、トウモロコシの殻、ひからびた皮膚、しぼんだ風船にも等しい存在になって、あてもなくただそのあたりをうろうろしている。目も見えなければ、耳も聞こえていない。衛星や建物や街が吹き飛ばされるかわりに、一団の人間の脳が、ろうそくのように、ふっと吹き消されたのだ。

「外に出たい」とラーズ。

ジャック・ランファーマンが同情するように、

「正直いって、そもそもどうしてきみがここに来たのかわからんよ。外でコークでも飲むんだな」

「見なけりゃならなかったのさ」とピート。「彼は自分の責任をはたしてるんだ」

「なるほど」ジャックは納得顔でうなずき、前かがみになると、放心した顔のラーズの膝をぽんとたたいて注意をうながした。「なあ、ラーズ。278がじっさいに使われるってわけじゃないんだ。じっさいには――」

「じっさいには、きみたちがいまいましいほど完璧な仕事をしたってことだ」とラーズ。

「ひとつ考えがある。テープを逆まわしにしてくれ」

ジャックとピートはたがいに顔を見合わせ、それからラーズの顔色をうかがった。わかるもんか。けっきょくのところ、病気の男だってたまにはいいアイデアを思いつくかもしれない。一時的に気分の悪くなった男だって。

「いまの状態のこの連中を、最初に見せるんだ」とラーズ。「精神も脳もない、脊髄神経だけの反射機械――彼らは最初、そういう状態で登場する。そこにFBIの船がやってきて、人間性の本質を彼らの中にそそぎこむ。わかるか？　名案だろう？」

ジャックがくすっと笑った。

「おもしろい。〈精神回復銃〉とでも呼ばなきゃならなくなるな。しかし、それは無理だ」

「なぜだ？」とラーズ。「わたしがパーサップスだったら、脳みそのない脱け殻に人間性を与えてやる場面にはほっとすると思うがね。きみはほっとしないか？」

「しかし、考えてみろ」と、ジャックはしんぼう強く言葉を重ね、「アイテムを作動させた結果生まれるのは、チンピラどもの集団ということになる」

なるほど。そこまでは考えていなかった。

ところが今度は、ピートが味方にまわってくれた。

「いや、テープを逆回転させるとすると、やつらはチンピラには見えないはずだぜ。美術館の火事を消し止め、病院を爆破から修復し、若い娘たちのグラマーな体に服を着せ、老人たちの殴られてへこんだ顔をもとにもどしてやるわけだから。そして、死人に命を吹きこむんだ、手もふれないで」

「そんなものを放映したら、パーサップスの夕食はだいなしになる」ジャックがきっぱりといった。威厳をこめて。

「なにがパーサップスの心を動かすんだ？」

と、ラーズはジャックに向かってたずねた。ジャック・ランファーマンなら答えられるはずだ。ジャックの仕事は、そういう質問に対する答えを用意しておくことなのだから。彼はその種の知識によって生計をたてている。

ためらいひとつ見せず、ジャックは答えた。

「愛だ」

「じゃあ、これはどういうことだ？」

と、ラーズはスクリーンのほうにあごをしゃくった。画面ではＦＢＩが、かつては人間だった脱け殻を、麻酔された去勢牛さながらカートに山積みにして、せっせと運んでいる。

「パーサップスは」ジャックは、これが軽薄な答えではないことをラーズに念押しするように、重々しい口調で、「心の奥底で、これに類する兵器の存在を恐れている。われわれがテープを見せなくても、パーサップスはどのみち、どこかにそれが存在すると信じるだろう。そして、自分に対してその武器が使われるかもしれないという漠然とした不安を抱く。そうなったら、そいつはジェット・ホッパーの免許料を期限内に払わなくなるかもしれない。あるいは、税金をごまかすかもしれない。あるいは——あるいは、心の奥底で、神が最初につくりたもうた姿からはずれてしまっている自分に気づくかもしれない。そして、自分でもはっきりとは理解できない原因から、そいつはだめになってしまう」

「その運命を、アイテム２７８によって変えてやるのが、われわれの当然の義務なんだ」

と、ピートがうなずく。

「だが、そいつの考えはまちがってる」と、ラーズは反論した。「当然なんてことはない。２７８や２４０や２１０によって変わる運命なんて、そもそもありはしないはずだ。そいつにしても、ほかのパーサップスにしても」

「しかし、２７８は存在する」とジャック。「パーサップスはそれを知っている。そして、

278が、自分よりも劣っていると思える人間に向けられるところを見れば、きっとこう思うだろう。なんだ、それじゃあおれは見逃してくれるな。こいつらはほんとうの悪党だ、ピープ・イーストのくそどもは。だから、このおれは、278にやられることを心配しなくてもいい、だからおれは、五十年先まで生きて、ちゃんと墓にはいれるわけだ……と。つまり――ラーズ、これがかんじんなところだ――そいつは、いますぐは自分の死について心配しなくてもよくなる。死ぬことなんかないというふりをすることができるんだ」

しばらく間をおいてから、ピートがいかめしい声で、

「パーサップスに安心感を与え、自分は生き延びられるとほんとうに信じさせることのできるのは、唯一、自分のかわりにだれかが犠牲になるのを見ることだけだ。だれかほかの人間が、身代わりになって死ぬことなんだよ、ラーズ」

ラーズはなにもいわなかった。いうことなどあるだろうか？　たしかに正論に聞こえる。ピートとジャックの意見は一致しているし、ふたりともプロフェッショナルだ。ふたりは明確な目的意識を持って、理性的に仕事にとりくんでいる。一方ラーズは、マーレンが指摘したとおり、象牙の塔の愚かな住人でしかない。たしかに能力はある、けれどなにひとつ――まったくなにひとつ、彼は知らないのだ。ピートとジャックがこうだといえば、ラーズはうなずくしかない。

「この分野で――」と、やがてジャックが口を開き、「つまり、破砕器の分野で、これま

でにおかされた唯一の過(あやま)ちは、二〇世紀なかばの、愚かで狂った無差別兵器の開発だ。すべての人間を吹き飛ばしてしまう爆弾。こいつはどうしようもないまちがいだった。やりすぎだった。方向を逆転させる必要があった。だからわれわれは、戦術兵器を開発しはじめた。以来、ますます特殊化が進み、とくに破砕器クラスでは、標的を見つけだすだけではなく、精神的な攻撃をかけることまで可能になっている。わたしは破砕器を支持する。その思想を理解している。しかし、局部限定、これがいちばん重要な点だ」

　ジャックはわざと耳ざわりなお国なまりを使って、

「標的がないんだよ、ミースター・ラーズ閣下、世界じゅうを吹き飛ばすザップ・ガンを手に入れても。たとえそれが、すばらしい恐怖をまきちらすとしてもね。きみが――」と、農夫のような笑みを浮かべ、「きみが手に入れるのは、自分の頭の上に振り下ろすハンマーなんだ」

　なまりと冗談めかした口調をぬぐいさって、ジャックは最後につけくわえた。

「水素爆弾は、怪物的な、偏執狂的な論理の誤謬(ごびゅう)だった。偏執狂の能なしの産物だ」

「いまじゃあ、もうそんな能なしは生き残ってない」と、ピートが静かにつけくわえる。

　ジャックがそくざに、

「われわれは、それを知っている」

　三人は、たがいに目と目を見かわした。

大陸の反対側で、サーリイ・G・フェブスはいった。

「ワシントンDCフェスタン行き直行ロケットの急行片道切符を一枚。ファーストクラスの窓際の席を頼む。早くしてくれよ、お嬢さん」

フェブスはTWAの予約窓口の前の真鍮（しんちゅう）のカウンターに、一枚の九十ポスクレッド札を慎重に広げた。

9

TWA座席予約／手荷物預かり窓口の順番を待つ列に並んだサーリイ・G・フェブスのすぐうしろで、上等のコートを着た恰幅のいいビジネスマンふうの男が、もうひとりうしろの男に話しかけていた。

「あれを見ろよ。いまさっき、空の上をうしろに飛んでいったやつ。新しい軌道衛星だ、それも、向こう側の。こっちの衛星じゃない」

男はホメオペイプの朝刊を開いてみせた。

「まったくね」とうしろの男はおとなしくあいづちをうつ。

ワシントンDCフェスタン行きのチケットを待つあいだ、サーリイ・G・フェブスは、その会話を聞くともなしに聞いていた。

「ありゃあヘッジホッグかな」と恰幅のいいビジネスマン・タイプがいう。

「いいや」とうしろの男は大きくかぶりを振った。「それならこっちが反対してる。ジョージ・ニッツ将軍ともあろう男が、そんなことを許すと思うか？　政府としての公式の抗議をすみやかに――」

サーリィ・フェブスはさっとふりかえり、

「〝抗議〟だって？　冗談だろう？　こっちにそんな指導者がいるもんか。必要なのは言葉だと、本気で思ってるのか？　もしピープ・イーストが、あらかじめSINK-PAに公式にスペックを登録せずにあの衛星を打ち上げたんなら――」と、両手を広げ、「ドッカーン。落っこってくるさ」

フェブスはチケットと釣りを窓口嬢から受けとった。

急行ジェットに乗りこみ、ファーストクラスの窓際席に腰を下ろしてみると、となりはさっきの、恰幅のいいビジネスマンふうの男だった。数秒のうちに――飛行時間はぜんぶで十五分に満たない――ふたりはまた、重みのある会話をかわしはじめていた。ロケットはいま、コロラド州上空にさしかかり、つかのま眼下にロッキー山脈が見えたが、高級な会話に熱中するあまり、ふたりはその広大な景観を無視した。ロッキー山脈はずっとそこにあるだろうが、ふたりのほうはもういなくなっているかもしれない。ことは急を要するのだ。

「ヘッジホッグだろうとそうでなかろうと、ピープのミスはメンだ」とフェブス。

「はあ？」と恰幅のいいビジネスマン。

「ピープ・イーストのミサイルはすべて脅威（メナス）だ。みんな、なにか特別な目的がある」よからぬ目的が、とフェブスは心の中でつぶやき、相手のペイプに肩ごしにちらっと目をやった。「見たことのない型だ。なにを運んでいるかは、神のみぞ知る。率直にいって、〈ゴミ缶爆竹〉をニュー・モスクワに落っことすべきだと思う」

「そりゃなんだい?」

平均的な人間が、自分のように公共図書館ではてしない研究をつづけていたわけではないことを重々承知しているフェブスは、相手のレベルにあわせて、

「大気に大きな亀裂を生じさせるミサイルだよ。〝大気〟という言葉は、〝呼吸〟を意味する、サンスクリット語のアートメンから来てる。〝サンスクリット〟の語源は、〝開墾された〟という意味のサムスクルトラで、これは、〝同じ〟を意味するサマに、〝――する〟という意味のクルと〝かたちづくる〟という意味のクルプがあわさったものだ。まあ、そんなことはともかく、この兵器は、人心――人口中心地――上空の大気を標的とする。ジューダス・イスカリオットⅣ型をニュー・モスクワ上空に移動させ、半マイル上空からこいつを投下する。雨あられと降りそそぐ〈ゴミ缶爆竹〉は、小型化され、H化された――つまり、恒常的に――」

ごくふつうの一般大衆とコミュニケートするのは骨がおれる。だが、フェブスは、最善をつくして、このさえない男にも理解できる言葉をさがした。

「〈ゴミ缶爆竹〉は、ガムの包み紙くらいの大きさだ。街じゅうをふわふわ漂い、コナプ

ト・ビルの中まではいっていく。コナプトは知ってるよな？」

ビジネスマンふうの男はむっとしたように、

「わたしはコナプトに住んでる」

フェブスはすこしも動じず、有益な講義をつづけた。

「〈ゴミ缶爆竹〉は、カム——カメレオンだ。どこに着地しても、その場所とおなじ色になり、そこに溶けこんでしまう。だから、見つけだすことができない。そうして、夜になるまで、ずっとそのままでいる。そうだな、だいたい十時くらいまで」

「十時になったことがどうしてわかる？　みんな腕時計をしてるのか？」

フェブスにかつがれているのではないかと警戒しはじめたらしく、男の声にはかすかにあざけるような響きがあった。最大限の歩み寄りを示して、フェブスはしんぼう強く、

「大気温度の低下によって、だ」

「ああ」

「十時ごろ、みんなが眠りにつくと——」

この戦術兵器が正確に作動しはじめるところを思い描いて、フェブスは心の中でにんまりした。この兵器が敷くのは一本の細い道だ——救済の門へと至る道。審美的には、文句のつけようがない。たとえそれがじっさいに使われることはないにしろ、〈ゴミ缶爆竹〉について知ることは楽しめる。

「わかったよ」とビジネスマン。「で、十時になって――」

「完全に偽装（カム）されたそれぞれのペレットは、音を出しはじめる」フェブスは相手の顔色をうかがった。この男が〈週刊兵器情報（ウェップ・ウィーク）〉にさえ目を通していないことはまちがいない。その情報誌（インフォ・マグ）はウェス・ブロックおよびピープ・イーストの新しい兵器すべての写真、記事、それに、可能な場合は正確なスペックを満載した兵器専門誌だ。おそらく、どこかで聞いた覚えがある、KICHだかKUCHだかKECHだかというデータ収集会社を通じて情報を仕入れているのだろう。フェブスは〈ウェップ・ウィーク〉のバックナンバーをコンプリートで持っている（しかも全冊、表紙・裏表紙付きの美本）。かけがえのない財産だ。

「どんな音だい？」

「おぞましい音だ。ブーッという、たとえば――いや、自分の耳で聞いてみないことにはわからないよ。要は、その音を聞くと眠れなくなるってことだ。眠りが浅くなるとか、そんななまやさしいものじゃない。目がぱっちりあいちまう。〈ゴミ缶爆竹〉の音を一度でも聞いたら最後――たとえば、ペレットのひとつが住んでるコナプト・ビルの屋上にでも落ちたら最後二度と眠れなくなる。そして、四日も眠らずにいたら――」フェブスはパチンと指を鳴らし、「仕事なんかできなくなる。まったくの役立たずになっちまう」

「すばらしい」

「それに、ペレットが、SeRKebメンバーのだれかの家のそばに落ちて、すぐに偽装する可能性もおおいにある。そうなれば、政府は転覆だよ」

「しかし」と、ビジネスマンはかすかに心配そうな声で口をはさみ、「向こうにも、それとおなじくらい恐ろしい武器があるんじゃないか？　つまり――」

「ピープ・イーストは報復するだろう、当然。やつらはたぶん、〈洗羊液隔離剤〉を使うだろうな（洗羊液は殺虫剤として用いられ、強烈な悪臭で知られる）」

「ああ、あれか」とビジネスマンはうなずき、「なにかで読んだことがある。去年、イオにあるピープ・イーストのコロニーで反乱が起きたときに使われたやつだな」

「西側の人間は、だれひとり、〈洗羊液隔離剤〉が放つ不快な臭気を嗅いだことがない」

「たしか、壁の中のネズミが死んだとか――」

「それよりはるかにすごい。たいしたものであることは認めるよ。ジュリアンⅥ型アポステイト衛星から、濃縮状態で投下される。着地すると、そのしずくは、およそ十平方マイルにわたって飛び散る。そして、どんな場所にでも、分子レベルで――つまり、分子と分子のあいだに、ってことだ――浸透し、たとえ例の新型消臭剤〈超解－X〉を使っても、除去することはできない。この臭いを消せるものは存在しないんだ」

フェブスはたんたんとした口調で語り、この破砕器が防御不能であることを示した。定期的に歯医者に通わなければならないのと同じ、これは人生の現実なのだ。ピープ・イーストはそれを所有し、使用するかもしれない。しかし、この〈洗羊液隔離剤〉でさえも、さらに強力なウェス・ブロックの兵器を使えば、じゅうぶん対抗できる。

とはいいながらも、フェブスは、アイダホ州ボイシに〈洗羊液隔離剤〉が投下される場面を想像していた。百万の市民に対して、それがもたらす効果を心の中に思い描く。人々は強烈な悪臭に目を覚ますだろう。そして、そのときにはもう、建物の中、地下および地上の乗り物、自動工場(オートファク)などなど、いたるところに〈洗羊液隔離剤〉が分子レベルではいりこんでいる。その悪臭は、百万の人間を街から追い立てることになる。アイダホ州ボイシは、ゴーストタウンと化す。残る住人は、鼻を持たない――したがって臭気を感じることのない――自動機械だけ。

これは、まじめに考えてみる必要があるぞ。

「だが、やつらがじっさいにあれを使うことはない」フェブスは考えた末の結論を、声に出していった。「そんなことをすれば、こちらも報復する。たとえば――」

彼は、記憶にしっかりと埋めこまれた膨大なデータ・バンクを探った。たちどころに、〈洗羊液隔離剤〉など子どものおもちゃに思えるような報復兵器のリストが心に浮かぶ。

「こちらは――」フェブスは、ウェス・ブロックの命運が自分の決断にかかっているとでもいうような重々しい口調で、「〈市民情報歪曲弾(シヴィル・ノーティフィケーション・ディストーター)〉を使うことにしよう」

「いったいぜんたい、そいつはなんだ?」

「ぼくの見解では、それは、n－e兵器の分野における、究極の発明だ」

n-e。いまは彼もその一員となった国防局委員会（神の叡知は誉むべきかな！）をはじめとする兵器業界で使われている、ニードル・アイの略称。ニードル・アイ化は、この半世紀近く、兵器の発展がたどってきた基本線だといっていい。それは単純に、考えうるかぎり最高の正確性を兵器に与える、という考えに基づいている。理論的には――まだじっさいにはつくられていない。おそらくミスター・ラーズその人も、まだそれをトランスしていないのだ――ピープ・イーストのある特定の街の、ある特定の交差点にいるある特定の人間を、ある特定の時刻に殺すことのできる兵器も想像しうる。それをいえば、場所がウェス・ブロックでもおなじことだ。ピープ・イーストとウェス・ブロック。いったいどんな違いがある？　重要なのは、兵器自体の存在だ。完璧な兵器。

ああ、心の中に、はっきりとその姿を思い描くことができる。だれかが――このぼくが――ある部屋の中で椅子に腰を下ろす。目の前には、ダイアルが並ぶコントロール・パネル……と、ボタンがひとつ。計器類の表示を読み、セッティングに気を配る。時間と空間、ふたつの次元要素のシンクロニシティが、一点に向かって重なってゆく。そうして、ガフネ・ロストフ（敵の平均的一般市民をあらわす名前だ）が、早足で歩いてくる。そして、その時刻、その地点に到達する。彼、フェブスは、ボタンを押し、そしてガフネ・ロストフは――。

はて。消えてしまう？　いや、それではあまりにも奇術じみている。現実的とはいえない。ガフネ・ロストフ、ソヴィエト政府の予算の少ない某省につとめる下っぱ役人として、デスクひとつとゴム印と窮屈なオフィスを与えられている男は、ただ消えてしまうのではない。変身するのだ。

「人形に、変身する」と、フェブスは声に出していった。

恰幅のいいビジネスマンは、目をぱちくりさせた。

「人形だよ」と、フェブスはいらだたしげにくりかえす。「わからないか？　それとも、ユダヤ－キリスト教の伝統に判断を曇らされてるのか？　あんたはどういう愛国者なんだ？」

「わたしは愛国者だとも」ビジネスマンはあわてて抗弁する。

「ガラスの目がついたやつだ」とフェブス。「人間そっくりの。もちろん、歯並びが悪くて色が汚いとか、詰めものが目ざわりだとか、黄色いしみがどうしてもとれないということなら、壁掛けにしてもいい。ぺちゃんこの」頭は捨ててしまえばいいからな。

恰幅のいいビジネスマンは、おちつかないようすでペイプを読みはじめた。

「〈市民情報歪曲弾〉の内幕を教えてやるよ」とフェブス。「n－eだが、こいつは恐怖の的じゃあない。終末兵器とは違う。つまり、人間を殺しはしないんだ。コンフ・クラスでね」

「それなら知ってる」

ビジネスマンは、ホメオペイプから目を上げずに、早口でいった。どうやら議論をつづけることにはあまり熱心でないようだ——フェブスにはその理由は見当もつかないが。いや、たぶん、この男は、生死にかかわる問題から目をそむけてきたことがうしろめたいんだろう、とフェブスは判断した。

「混乱（コンフュージョン）だろ。情報攪乱（かくらん）だ」

「〈市民情報歪曲弾〉の作動原理は——」とフェブスがつづける。「現代社会においては、あらゆる公式文書が、三通、四通、もしくは五通一組でマイクロ化されて記録されなければならないという大前提に基づいている。あらゆる瞬間に、三、四、ないし五通のコピーがつくられる。この兵器の機能は、比較的単純だといっていい。複写されたマイクロ・コピーは同軸ケーブルを通じてファイル保管所に転送される。大きな戦争があった場合に備えて、保管所は通常、人口中心地から離れた場所の地下につくられている。つまり、人間は死んでも記録は残るというわけだ。

さて、〈市民情報歪曲弾〉は、地対地兵器で、たとえばニューファウンドランドから北京をめざして発射される。北京を選んだのは、ピープ・イースト人口の半分を占めるシノ・サウス・アジアの官庁がそこに集中しているからだ。つまり、そこには、ピープ・イーストの保有する全記録の半分が保管されている。〈市民情報歪曲弾〉は数マイクロ秒のうちに地下に潜りこみ、姿を消す。目に見える痕跡はなにも残らない。そして、ただちに偽足をのばし、地下を探って、ファイル保管所へとデータを運ぶ同軸ケーブルを見つけだす。わかったか？」

「ふむ」とビジネスマンは新聞を読もうとつとめながら半分うわの空であいづちをうち、

「なあ、この新しい衛星は、デザインからして、ひょっとすると――」

「そして歪曲弾は、その瞬間から作動しはじめる。劇的といってもいいような影響を及ぼすんだ。データの流れを歪め、基本的なメッセージ・ユニットを変えて、データが一致しなくなるようにする。いいかえると、もとの文書のコピー1とコピー2は違うものになってしまうわけだ。コピー3とコピー2の違いは、それより一桁大きいオーダーになる。もしコピー4があったとすると、それは――」

「兵器のことをそんなによく知ってるんなら」と、恰幅のいいビジネスマンが不快げに口をはさみ、「どうしてワシントンDCフェスタンにいないんだ？」

サーリイ・G・フェブスは、かすかに笑みを浮かべて、

「いるんだよ、それが。まあ待ってなって。きっとぼくの噂を聞くことになるから。サーリイ・G・フェブスという名前を覚えておいてくれ。いいか？　サーリイ・フェブス、だ。Fはきのこ(ファンガス)のF」

「率直にいって、ファンガスのFのフェブスさん、わたしはもうなにも聞きたくない。これ以上はがまんできない。だが、その前にひとつだけ教えてくれ。〝人形〟っていったよ

な。そいつはなんだ？　どうして人形なんだ？　〝ガラスの目〟だと？　それに、〝人間そっくり〟とかなんとか」嫌悪の情もあらわに、おちつかない声で、「いったいどういう意味なんだ？」

「つまり」とフェブスは静かに、「記念碑としてなにか残るべきだ、ということさ。そうすれば、自分のやったことがわかる」

フェブスは、自分の気持ち、自分の意図にぴったりの言葉をさがした。

「トロフィーだよ」

ラウドスピーカーが鳴った。

「当機はまもなく、エイブラハム・リンカーン空港に着陸いたします。三十五マイル東にございますワシントンDCフェスタンへの地上交通は、わずかな追加料金でご利用になれます。低料金でご利用いただくために、お手もとに当機のチケットをお持ちください」

離陸してからはじめて、フェブスは窓のほうに目をやり、自分の新しいすみかとなるウェス・ブロックの首都、どこまでも広がる人口中心地の景観を満足げに見下ろした。ありとあらゆる権力の源泉。そして、その権力の一部は、いま、彼のものとなった。

ぼくのこの知識があれば、世界情勢は急速に上向きに転じるだろう。となりの男との会話のおかげで、それが予見できる。

地下〈クレムリン〉で開かれる、超極秘の委員会非公開会議で、ぼくがニッツ将軍やミスター・ラーズやほかの連中と並んで席につく日を待つがいい、とフェブスはひとりごちた。東西の勢力バランスは根本的に変化を余儀なくされる。ニュー・モスクワや北京やハバナにいる連中は、そのことを思い知らされるだろう。

逆噴射ジェットの轟音を響かせて、機体は降下態勢にはいった。

でも、どういうやりかたをすれば、わが陣営にいちばん寄与できるだろう？　コンコモディーのひとりひとりが改鋳(ブラウシエア)を要請される六分の一の部品で満足するつもりはない。ぼくにはそれでは足りない。さっきの会話のあとでは。あの男としゃべったおかげで、状況を明確に把握できるようになった。ぼくは最高の兵器エキスパートだ——たしかに、大学やシャイアン空軍軍事アカデミーの正式の学位は持っていないけれど。改鋳(ブラウシエア)？　ローマ帝国時代にまでさかのぼっても比肩する者のない、この、希有(けう)な知識と才能の持ち主が、たったそれだけのことでしか貢献できないのか？

違うとも。フェブスはいまそれを理解した。改鋳(ブラウシエア)は平均的な人間に与えられる仕事だ。コンピュータから見れば、統計的に考えれば、たしかにぼくもその一員かもしれない。しかし、じっさいには、ぼくはサーリイ・グラント・フェブスなのだ——ついさっき、となりの男にいってきかせたとおり。平均的な人間など掃いて捨てるほどいる。委員会の席にはつねに六人の人間がすわっているではないか。しかし、サーリイ・フェブスはただひとりしかいない。

ぼくには兵器ぜんぶが必要だ。

そして、彼らとともに、公式に委員会の席につきしだい、ぼくはそれに着手する。彼らが好むと好まざるとにかかわらず。

10

アイテム278のヴィデオを流していた部屋から、ラーズ・パウダードライの一行が出てきたとき、外でぶらぶらしていた男が近寄ってきた。

「ランファーマンさん」

ボタンのような目、フットボールみたいな体つき、安物の服を着た、頼りがいのなさそうなその男は、巨大なサンプル・ケースを手に、息をはあはあさせながらそう声をかけてくると、一行の正面にたちはだかって道をふさいだ。

「ほんの一分だけ。ひとことだけ話をさせてください――いいでしょう?」

末端の技術者――たとえばこの男、ヴィンセント・クラグのような――に付きまとわれるのは、ジャック・ランファーマンの頭痛の種のひとつだった。場合によっては、どちらに同情すべきかを判断するのはむずかしい。一方のジャック・ランファーマンは、強大で、権力を握り、贅沢(ぜいたく)に暮らし、ひまな時間などまったくない――けれど、快楽主義者として、その時間を肉体的快楽に費やすことはためらわない男。そしてもう一方の、クラグは……。

もう何年も、ヴィンセント・クラグはこのあたりをうろうろしている。ランファーマン・アソシエーツのこの地下セクションへ、彼がどうやってはいりこんだのかは知るよしもない。おそらく、下っぱ社員のだれかが、哀れをもよおして水門をほんのちょっと上げてやったのだろう。入れてやらないと、あきらめることを知らないこの疫病神にいつまでも悩まされると思ったのかもしれない。しかし、ランファーマン・アソシエーツの末端地上社員のこの自己満足的な同情は、疫病を一階分下に移動させただけのことだった。比喩的にいえば、一階分上に。いまのクラグは、ボスその人を悩ませる地位にまで昇格したのだ。

世界はおもちゃを必要としている、というのがクラグの主張だった。

それが、社会の重要な人々が直面しているあらゆる問題に対するクラグの解答だった。貧困、増加する性犯罪、老衰、放射線被曝による遺伝子変異……ひとつ問題を挙げれば、クラグはその巨大なサンプル・ケースを開いて、解決策を放り出す。このおもちゃ職人が自説をとうとうと弁じたてるのを、ラーズは何度か聞いたことがある。生自体、耐えがたいものであり、したがって、それは改善されなければならない。カント的な物自体としては、じっさいに生を生きることはできない。どこかに出口がなければならない。精神的道徳的物理的清潔さがそれを要求している。

「これを見てください」

うんざりした顔で、まだいまのところは足を止めているジャック・ランファーマンに向かって、息を切らせてそういうと、クラグはひざまずいて、ケースからとりだしたミニチュアの人形を廊下の床に置いた。目にも止まらぬ速さで、つぎからつぎへと人形が並んでゆき、あっというまに十二体がせいぞろいした。クラグは最後に、小さな砦（とりで）をそこにつけたした。

その砦が武装要塞であることはまちがいない。歴史的なもの——たとえば、中世の城とか——ではないが、かといって現代のものでもない。そのデザインは魅惑的で、ラーズは心を奪われた。

「このゲームは」とクラグが説明をはじめる。「〈争奪〉といいます。ここに並んでいる側は——」と、十二体の人形を指さす。奇妙な軍服を着た兵士たちであることが、ラーズにもやっとわかった。「中にはいろうとします。そしてこれは——」と今度は砦のほうをさし、「それを妨害しようとします。人形のうちのたったひとりでも侵入に成功すれば、ゲームはおしまいで、攻撃側の勝ちになります。しかし、〈モニター〉が——」

「なんだって？」とジャック・ランファーマンがききかえす。

「これです」と、クラグは愛情のこもった手つきで砦にふれ、「配線に六カ月かかりました。もしこれが、攻撃側の兵士十二体をすべて破壊すれば、守備側の勝ちになります。さて」

サンプル・ケースの中から、クラグはもうひとつの部品をとりだした。

「これは、プレーヤーが攻撃側を選んだ場合には兵士たちを、守備側を選んだ場合には〈モニター〉を、それぞれ操作するためのコントローラーです」

クラグはそれをジャックに向かってさしだしたが、ジャックは黙って首を振った。

「ともかく」と、クラグはさとりきったような口調で、「これは、七つの子どもでもプログラムできるサンプル・コンピュータです。六人までなら何人でもプレーできます。プレーヤーは交替で――」

「わかったよ」ジャック・ランファーマンは忍耐強くいった。「きみはプロトタイプを製作した。で、わたしにどうしてほしいんだ？」

クラグはそくざに、

「自動工場（オートファク）のラインに乗せるのにどの程度のコストがかかるか見積もりしていただきたいんです。ロットは五百。もちろん、最初は、ですが。そして、あなたの工場で生産していただきたい。世界最高の自動工場をお持ちですから」

「いわれなくてもわかってるよ」とランファーマン。

「お願いできますか？」

「このアイテムのコスト見積もりにかかる費用さえ、きみには出せないだろう。もしそれだけの金があったとしても、五百はもちろん、たとえロットが五十でも、うちの工場のラインをあけるのに必要な保証金をひねりだすことは不可能なはずだ。わかってるだろう、クラグ」

ごくりと唾を飲み、額に汗を浮かべて、クラグはしばしためらってから、

「わたしの信用ではだめですか、ジャック？」

「だめもなにもない、きみの場合、信用なんてものはそもそも存在しないんだ。きみはその言葉の意味さえわかってない。信用というのは――」

「わかってますよ」とクラグがそれをさえぎり、「いま買うものの代金をあとから払うことができる能力のことです。しかし、もし秋の新製品市場向けに、こいつを五百セット用意できれば――」

「ひとつききたいことがあるんだが」とランファーマン。

「もちろんですよ、ジャック。ランファーマンさん」

「きみの妙ちきりんな脳みそは、宣伝方法についてはどう考えているんだね？　これは製造・流通のどの過程においても、きわめてコストの高い製品になる。小売り市場ではとくに高額な商品だ。自動デパート・チェーンのバイヤーを通じて取り引きすることはできない。コグ・クラスの家庭向けに販売することになるし、コグ雑誌に広告を出さなければならない。そして、それにはかなりの金がかかる」

「ははあ」とクラグ。

ラーズが口を開き、

「クラグ、ひとつきいていいかな？」

「ええ、ラーズさん」クラグは熱っぽく手をさしだした。

「ほんとうのところ、きみは、道徳的に見て、戦争ゲームが子どもたちにとって適切なおもちゃだと思っているのかい？　このゲームは、きみのあの理論からはずれないのか？

〝現代社会の腐敗を正すために――〟」

「いや、待って」とクラグは片手を上げ、「待ってください、ラーズさん」

「待っているよ」ラーズは待った。

「〈争奪〉によって、子どもたちは戦争のむなしさを学びます」

ラーズは疑い深げに相手の目を見た。おまえさんはたしかに学ぶだろうさ、と心の中でつぶやく。

「うそではありません」クラグは自分自身を納得させるように、激しく縦に首を振った。

「いいですか、ラーズさん。わたしは内幕を知ってるんです。一時的であれ、たしかにわたしの会社は破産しています。それでもわたしは、コグ社会の内輪だけの知識を持っています。わたしはわかっていますし、正しいと思っています。信じてください。わたしはほんとうに、心から共感しています。あなたのなさっていることには、まったく賛成です。誓ってもいい」

「わたしがなにをしてるって？」

「あなただけのことではありません、ラーズさん。もっともあなたは一流の――」

ようやく聴衆を獲得したクラグは、頭の中で煮えたぎる思いを表現する言葉を必死にさがしている。クラグにとって、聴衆というのはゼロ人以上、二歳以上のことらしいな、とラーズは思った。コグもパーサップスも関係ない。クラグはどちらに対してもわけへだてなく嘆願するだろう。彼のしていること、彼の望みはそれほど重要なことなのだから。

ピート・フライドが口を開き、

「なにか単純なおもちゃのモデルをつくるんだ、クラグ」と、おだやかな口調でいった。「自動デパート・ネットワークがほんのはした金で市場に出せるような。動く部分が一個所しかない程度のやつだ。二、三千ならこの男に都合してやれるだろ、ジャック？　もしこいつがほんとに単純なおもちゃを持ってきたら」

それから、またヴィンセント・クラグに、

「スペックをよこせば、おれがプロトタイプをつくってやるよ。コスト計算までしてやってもいい」ジャックのほうに向かっていそいでつけくわえる。「もちろん、プライベートな時間にやるよ」

ランファーマンはためいきをついて、

「うちの作業所(ショップ)を使っていい。だが、頼むから、こんなやつを助けるために時間を浪費しないでくれ。クラグはもうずっとおもちゃ商売にかかわってて、きみが大学を出る前に手ひどい失敗をやらかした。それからいままで、挽回のチャンスは掃いて捨てるほどあったのに、みんなしくじってるんだ」

クラグはみじめな顔で下を向いている。

「わたしは一流のなんだって？」とラーズがあらためてたずねた。

クラグは顔を上げずに、

「われわれの病んだ社会を治療し、破壊から救う最高の力です。そしてあなたがたは、かけがえのない存在ですから、けっして害が及んではならないのです」

一瞬の沈黙のあと、ラーズ、ピート・フライド、ジャック・ランファーマンの三人はいっせいに笑いだした。

「わかりました」

クラグはそういうと、鞭打たれた哀れな犬みたいに、さとりきったようすで肩をすくめ、十二人の小さな兵隊と〈モニター〉の砦をしまいはじめた。いままでになくむっつりとふさぎこみ、暗い顔で、自分からこの場を立ち去ろうとしている――クラグにしてはめずらしいことだ。じっさい、こんなことははじめてだった。

「誤解しないでくれ、われわれが笑ったのは――」とラーズが口を開きかける。

「誤解ではありません」と、クラグが遠い声でいう。「あなたがたにとっていちばん聞きたくないのは、あなたがたが、堕落した社会の病的な傾向に迎合しているのではないということです。あなたがたにとっては、悪いシステムに雇われて仕事をしていると考えるほうが楽なのでしょう」

「そんなおかしな論理はこれまで聞いたことがない」純粋に困惑した顔で、ジャック・ランファーマンがいった。「あんたはどうだね、ラーズ？」

「彼のいいたいことはわかるよ、ただそれを表現する言葉を知らないだけさ。彼がいってるのは、われわれ兵器デザインおよび兵器製造にかかわっている者は、自分がタフでなければならないと感じているということだ。それがわれわれの偉大なる本分なんだ、聖公会祈禱書（きとうしょ）にあるとおりね。われわれのように、兵器を発明し供給して、ほかの人間を吹き飛ばしている人間は、シニカルであるべきだ。ただ、じっさいには、われわれは愛すべき人間なんだがね」

「ええ」とクラグがうなずき、「それですよ。愛があなたたちの、あなたたち全員の基盤になっています。あなたたちはみんな愛を共有している。とくに、ラーズさん、あなたは。権力を持つ現実的で恐ろしい存在である警察官や軍人とあなた自身をくらべてみるといい。あなたの動機を、ＫＡＣＨやＦＢＩやＫＶＢのそれとくらべてみるといい。ＳｅＲＫｅｂや国家局と。彼らの基盤は――」

「胃腸の不調がおれの人生の基盤だよ」とピートがいった。「とくに、土曜の深夜はね」

「わたしは結腸のぐあいが悪くてね」とジャック。

「わたしは慢性の泌尿器感染症だ」とラーズ。「バクテリアが増殖するんだよ、オレンジ・ジュースをばか飲みしたあとはとくにひどい」

クラグはわびしげに、巨大なサンプル・ケースのふたをしめた。

「では、ランファーマンさん」

そういうと、クラグは中身のいっぱいつまったケースの重みによろよろしながら歩きだした。その体から、ゆっくり空気が抜けていくようだ。

「お時間をさいていただいて、どうも」

ピートがうしろから声をかけ、

「おれのいったことを忘れるなよ、クラグ。動く部分がひとつだけのおもちゃを持ってくれば、おれが——」

「ありがとうございます」

クラグはそこはかとない威厳を漂わせて、廊下の角を曲がった。

「頭がおかしいな」と、しばらくしてからジャックがいった。「ピートがいったことを考えてみろ。彼の時間と技術を提供するといったんだぞ。それにわたしは、作業所を使ってもいいといった。なのにあいつは、すたすた行っちまった」ジャックは首を振り、「わからんよ。じっさい、どうしたらあの男の心が動くのか、さっぱりわからん。あれだけ長いどん底暮らしを経験してるっていうのに」

「おれたちはほんとに愛すべき人間かな?」とピート。「まじめな話、おれは知りたいね。だれか教えてくれよ」

反論のしようがない、最終的な答えを、ジャック・ランファーマンが返した。

「そんなこと、いったいなんの関係がある?」

11

それでも関係はある。サンフランシスコからニューヨークの本社にもどる高速急行エア・シップの中で、ラーズはそんなことを考えていた。ふたつの思想が歴史を支配しているのだ。力に訴える思想と、クラグのいった、癒す思想――いいかげんに、「愛」と呼ばれているもの。

もの思いにふけりながら、キャビン・アテンダントが前のテーブルに置いていってくれた最新のペイプに目をやった。巨大な見出しが躍っている。

ピープ・イーストは新衛星に関与せず　SeRKebが声明発表／可能性は全世界に拡大／UN・W国防局に調査を要請

調査を要請したのが、〈合衆国議会〉なる謎めいたあいまいな組織であることを、ラーズはつきとめた。代表者は、ネイサン・シュヴァルツコプフ大統領と名乗る黒人。国際連合と同様、この種の政治組織はいまだにしつこく生き永らえている。

そして、ソヴィエト社会主義共和国連邦では、最高ソヴィエト会議と称する、同様に実体のない組織が、正体不明の新しい衛星に注意を払うべきだとわめきたてている。七百ある衛星のひとつに過ぎないとはいえ、これは別格なのだ。

「映話したいんだが」ラーズはキャビン・アテンダントに声をかけた。

乗務員は映話機を運んでくると、座席のわきに接続した。やがてスクリーンに、ワシントンDCフェスタン交換台にいる男の用心深そうな顔が映しだされた。

「ニッツ将軍を頼む」

ラーズはぜんぶで二十桁になんなんとする自分のコグ・コードを告げ、確認のために映話機の横のスロットへ親指をさしいれた。複雑怪奇な機械がラーズの指紋を分析し照合した結果、地下〈クレムリン〉交換台の自動回路があっさり人間の公務員につないでくれた。ニッツ将軍と現実とをへだてる盾の役割を果たしている長い列の、最初のひとりに。

高速船がニューヨークのウェイン・モース宙港に向かってゆっくりと降下態勢にはいるころ、ようやくニッツ将軍本人にまでたどりついた。

頭が大きく、あごのとんがった、ニンジンそっくりの顔がスクリーンにあらわれる。金壺まなこと灰色の髪。その顔はまるで――ひょっとしたらじっさいにそうなのかもしれないが――ところどころゴムでできた人工のマスクのように見える。みごとな勲章で飾られた鋼鉄のようにかたいカラーが、のどもとできっちり留められている。威厳に満ちたメダルそのものは、いまは見えない。ヴィデオ・カメラのスキャナーの下になっている。

「将軍」とラーズは口を開き、「委員会が招集されていると思いますが。まっすぐそちらに行きましょうか？」

将軍は、こばかにしたような口調で——それがニッツのいつものしゃべりかたなのだ——いった。

「どうしてそんなことをきくんだね、ラーズくん？　わけを教えてくれ。国防局会議室の天井まで意識を飛ばして彼らのところに行くか、降霊術で会議に心霊メッセージを送るかするつもりでいたのかね？」

ラーズは当惑して、

「〝彼ら〟というのはだれのことです？」

ニッツは無言のまま接続を切った。

ニッツの声の余韻だけを残して、からっぽのスクリーンがうつろにラーズを見返している。

もちろん、これほど重大な局面では、おれのことになどかまっていられないのだ。ニッツ将軍はほかに山ほど心配の種をかかえている。

ラーズはふるえる体を座席にあずけ、荒っぽい着陸に耐えた。まるでパイロットができるかぎり早く危険な空から逃れたいと思っているみたいな着陸だった。いまはピープ・イーストへの亡命にふさわしいときじゃないな。向こうも、UN－W国防局と同程度に神経をすりへらしているだろう。あるいは、それ以上かもしれない……もしあの衛星を打ち上げたのがほんとうに彼らでないのなら。そしてどうやら、こちらは向こうのいうことを信じている。

そして向こうは、そのお返しに、こちらを信じている。両陣営のあいだのコミュニケーションがここまで進んでいたことを、神に感謝しなければ。どちらの側も、まちがいなく傘下の雑魚のチェックをすませているはずだ。フランス、イスラエル、エジプト、トルコ。そのうちのどれでもなかった。だから、地球上のどの国でもない。証明終わり。

吹きっさらしの滑走路を歩いて横切り、流しの自動ホッパー・カーを大声で呼びとめる。

「目的地をどうぞ」

乗りこんだラーズに向かって、ホッパー・カーがたずねた。

いい質問だ。ミスター・ラーズ社に行く気はしない。なんだかわからないがいま空で起こっていることにくらべれば、会社の仕事などとるにたりない。いやそれどころか、委員会の活動さえもとるにたりない。ワシントンDCフェスタンまで、このホッパーで飛んでいくこともできる。ニッツ将軍がどんな皮肉をいおうと、そこがラーズの属している場所なのだから。けっきょく彼は、委員会の正式メンバーであり、公式に会議が招集されるなら、出席する権利がある。とはいえ――。

おれは必要とされていない。単純な話だ。

「どこかいいバーを知ってるか？」ラーズはホッパー・カーにたずねた。

「はい」ホッパー・カーの自動回路が答える。「しかし、いまはまだ午前十一時です。午前十一時に酒を飲むのはアル中だけです」

「でも、こわいんだ」

「なぜですか？」

「彼らがこわがってるからさ」

おれのクライアントが、だ。ラーズは思った。あるいは雇い主。委員会。委員会の不安がはるばる線を伝わって、おれのとこにまでやってきた。とすると、パーサップスたちはどんなふうに感じるんだろうな。

この状況では、問題から目をそむけてもなんの役にも立たない。

「映話したい」

きいきいと音をたてて旧式の映話機があらわれ、ラーズのひざの上にどしりとのった。パリ支社の、マーレンの番号をダイアルする。

「聞いたか？」

マーレンの顔が灰色のミニチュアとなってやっとスクリーンにあらわれると、ラーズはいきなりそう切りだした。カラー映話でさえない——おそろしく古い機種を使っている。

「映話してくれてほんとによかった!」とマーレン。「ありとあらゆる種類のスタッフが、ほら、トピーカの、グレイハウンドのバス・ステーションからあふれだしてるわ。ゲルタラー・ゲマインシャフトを出て。向こうからよ。信じられない」

「まちがいじゃないのか?」とラーズは相手の言葉をさえぎり、「向こうが新型衛星を打ち上げたんじゃないんだな?」

「誓ってるわ。請け合ってる。信じてくれと懇願してる。違う、自分たちじゃない、と。神の御名(みな)のもとで。母親に誓って。ロシアの土にかけて。なんでもいいわよ。気でも狂ったんじゃないかと思うけど、彼らは、彼らっていうのは、いちばん偉い官僚たち、ＳｅＲＫｅｂの二十五人の男女全員がよ、文字どおりに床に這いつくばってそう訴えてる。威厳もなにもかなぐりすてて、かけ値なし。ひょっとすると、ひどくやましいところがあるせいかもね。わからないけど」

マーレンはくたびれはてた顔だった。目からはいつもの輝きが失せている。

「いや」とラーズ。「そいつがスラブ人気質(かたぎ)なんだ。ほかに感情表現のやりかたを知らないのさ、やつらの毒舌と同じことだよ。具体的にはなんといってきてるんだ? それとも、うちを通さずに委員会と直(ちょく)で話し合ってるのか?」

「直接フェスタンとよ。回線はぜんぶ開きっぱなし。さびついててシグナルひとつ送れないはずなのに、いまはちゃんと役に立ってる。たぶん、線の向こうの人間がみんな大声で叫びたててるおかげね。ラーズ、神様に誓っていうけど、連中のひとりなんか、ほんとに泣いてたのよ」

「そういう状況なら、ニッツがそっけなく映話を切ったのも納得できるな」

「彼と話したの？　ほんとにつながった？　聞いて」と思いつめたような口調でいう。「もうすでに、兵器を投入する試みが実行されてるの——エイリアン衛星に対して」

「エイリアン……」

ラーズは茫然と、その言葉をおうむ返しにした。

「そして、そのロボット兵器の一団は、消えた。もちろん頭の先までがっちり防御されてたのに、影もかたちもなくなってしまった」

「たぶん、水素原子にもどったんだ」

「こちら側の奇襲攻撃だったのよ。ラーズ？」

「ああ」

「おいおい泣いてた例のソヴィエト官僚だけど。赤軍の男なのよ」

「わたしはいきなり締め出しを食ったらしい。ヴィンセント・クラグみたいに。ほんとうにぞっとするような感じだ」

「あなたはなにかしたい。なのに、おいおい泣くことさえできない」

ラーズはうなずいた。

「ラーズ、いい？　だれもかれも、締め出されてるの。委員会も、ＳｅＲＫｅｂも――みんな外にいるのよ。内側はないわ。ともかく、ここにはね。だからこそ、〈エイリアン〉って言葉がもうわたしの耳にまではいってるわけ。いままで聞いた中じゃ最悪の言葉だわ！　わたしたちには三つの惑星と七つの月があって、〝われわれ〟って言葉で考えることができた。それがいきなり――」

マーレンはむっつり口をつぐんだ。

「いってもいいか？」

「ええ」とマーレンがうなずく。

ラーズはかすれた声で、

「わたしの最初の衝動は――飛び下りる――ことだった」

「いま飛行中？　ホッパーから？」

しゃべることができず、ラーズは黙ってうなずいた。

「いいわ。パリまで飛んできなさい。お金はかかるけど。払えばいいわ！　とにかくここに来て、そうしたらあなたとわたしで――」

「無理だよ」

どこか途中で飛び下りてしまいそうだ。そんな気がする。そして、彼女もそれをさとったのが、表情でわかった。

必要とあれば発揮できる、女性特有の偉大な母なる冷静さと平衡感覚で、マーレンはいった。

「ねえ、ラーズ、聞いて。聞いてる？」

「ああ」

「着陸して」

「わかった」

「かかりつけの医者はだれ？　トートをべつにして」

「トート以外の医者とつきあいはない」

「弁護士は？」

「ビル・ソーヤー。知ってるだろう。ゆで玉子みたいな頭の。色は鉛だが」

「よかった。彼のオフィスに降りて。職務執行令状っていうのを書かせるのよ」

「わからないよ」

マーレンの前では、小さな子どもにもどったような気分になる。いいつけにしたがうつもりはあるのに、混乱してわけがわからなくなった子ども。自分のささやかな能力を超えた問題に直面している。

「職務執行令状を、委員会に対して使うのよ。それさえあれば、会議に出席するのを認めさせることができる。あなたの法的な権利でしょ、ラーズ。本気でいってるのよ。あなたには、〈クレムリン〉のあの会議室にはいっていき、席について、会議の決定に参加する、法的な、神に与えられた権利がある」

「しかし」とラーズはしわがれ声で、「わたしはなんの役にも立てない。なにもできない。なにもできないんだ！」

「それでもあなたには出席する権利がある。空のクソ玉のことなんか心配してないわ。わたしが心配してるのは、あなたのことよ」

それから、驚くラーズの前で、マーレンは嗚咽しはじめた。

12

三時間後——弁護士が令状に最高裁判所判事のサインをもらうのにそれだけの時間がかかった——ラーズはトート医師をともなって、ニューヨークからワシントンDCフェスタンへと向かう気圧チューブ式ノンストップ列車に乗りこんだ。フェスタンまでの所要時間は、制動時間を含めて八十秒。

つぎに気がつくと、ラーズはワシントンのダウンタウン、ペンシルヴェニア・アヴェニューの地上交通に飲みこまれ、カタツムリのようなスピードで、ワシントンDCフェスタン地下〈クレムリン〉への玄関となる、おそろしくつつましやかな地上建築物へと這い進んでいた。

午後五時三十分、ラーズはトート医師とともに、若い空軍将校の前に立っていた。レーザー・ガンを携えたその将校に、ラーズは黙って令状をさしだした。

多少、時間がかかった。ホールディングの監督下にある将校たちが順ぐりに令状を読み、たしかめ、照会し、順ぐりにイニシャルをサインしていく。ようやく解放されたラーズは、トート医師といっしょに無音の液圧式エレベーターに乗りこみ、下りはじめた。地下の、地下深くの、下層に向かって。

エレベーターには、緊張し疲れきった顔の陸軍大尉が乗りあわせていた。

「どんな手を使ってここまでやってきたんだい？」と大尉がたずねてきた。どう見ても、書類送達かなにかのくだらない仕事をしている人間のようだ。「よくこれだけのセキュリティ・チェックを抜けてこられたもんだな」

「うそをついた」とラーズ。

会話はそこでとぎれた。

エレベーターのドアが開き、三人は降りた。ラーズとトート医師——ここまでやってくる道すがら、そして、令状を提示する試練のときのあいだも、医師はひとことも口をきいていない——は歩きに歩いて、ようやく、会議中のUN‐W国防局委員会を外界から遮断する、最後の、そしてもっとも警戒厳重なセキュリティ・ポイントにたどりついた。

いま、自分とトート医師にまっすぐ向けられている武器が、ミスター・ラーズ社のデザインを製品化したものであることを見てとって、ラーズはひそかに誇らしく思った。

床から天井までのびた透明の、しかし貫通不能の遮断壁のせまいスリットから、ラーズは携帯している書類すべてをさしだした。壁の向こう側では、灰色の軍服を着た老将校が、知性をうかがわせる猛禽類のような目で、ラーズの身分証明書と執行令状を調べている。

時間がかかりすぎる……いやしかし、かかりすぎとはいえないかもしれない。こんな状況で、そんなことがだれにわかる？

壁のスピーカーを通じて、有能そうな老将校がいった。

「入室を許可します、ミスター・パウダードライ。しかし、同伴のかたについては許可できません」

「主治医なんだ」とラーズ。

「あなたのお母さんであってもおなじことです」

遮断壁が開き、ラーズがかろうじてすりぬけられるくらいのすきまができた。ラーズがそこを通ろうとしたとたん、警報ベルの音色が変わった。

「武器を携帯していますね」老将校はさとりきったような口調でいい、片手をさしだした。

「わたしてください」

ラーズはポケットの中のものをかたっぱしからとりだして、相手に見せた。

「武器はないよ。キー・ホルダー、ボールペン、コイン。ほら」

「すべてここに置いていってください」

と、老将校が指さした。壁に開いた小窓から、けわしい目つきの女事務員が、小さな金属かごを押してよこす。

ラーズはそのかごに、ポケットの中身をぜんぶ放りこんだ。それから、指示にしたがって金属のバックルのついたベルト、最後に、まるで夢を見ているみたいだな、と思いながら、いわれたとおり靴を脱いで入れる。トート医師を残して、ラーズは靴下だけの足で大会議室までぺたぺた歩いていき、ドアをあけ、中にはいった。

　会議テーブルについたニッツ将軍の首席補佐官、マイク・ドウブロフスキー（やはり将軍だが、三つ星クラス）が目を上げて、こちらを見た。彼は表情を変えずにうなずいて目礼すると、自分のとなりの空いた席を――有無をいわさぬようすで――指さした。ラーズは足音もたてずに歩み寄り、席についた。議論は一瞬の間も、ラーズに対するひとことのあいさつもなくつづいている。

　獲得宣伝担当者（アクプロップ）――たしか、ジーンなんとかという名前だ――が、やはり靴下一枚の足で起立して、身振り手振りをまじえ、かんだかい耳ざわりな声でなにかしゃべっている。ラーズはいかめしい表情をつくり、話に聞き入っているふりをしたが、じっさいにはぐったり疲れて、ほっとひと息ついていた。とにかく中にはいれたのだ。いま起きていることは、アンチクライマックスのような気がする。

「ラーズくんが来ている」

　だしぬけにニッツ将軍がジーンなんとかの話をさえぎっていった。びくっとしたのを気どられないように、ラーズはすばやく背筋をのばした。

「できるだけ早く来たつもりだが」

と、つい間の抜けたことをいってしまう。

ニッツ将軍は、

「ラーズくん、われわれはロシア人たちに、うそをついても無駄だといってやった。BX3——新衛星にこちらがつけた暗号名だ——を打ち上げたのはそちらだ、これは二〇〇二年の改鋳条約第十条に対する重大な違反であり、衛星を打ち上げた事実を一時間以内に認めないかぎり、われわれは地対空ミサイルを発射して、BX3を撃墜する、と」

沈黙が流れた。

ニッツ将軍が発言を待っているようなので、ラーズはしかたなく口を開き、

「それで、ソヴィエト政府の回答は?」

「彼らは」とマイク・ドウブロフスキーが答えをひきとった。「われわれのミサイルが正確に標的を破壊できるよう、向こうの追跡ステーションが記録したあの衛星に関するデータすべてを喜んで提供すると回答し、それを実行した。じっさい、こちらがまだつかんでいなかった情報まで、自発的によこしたよ。向こうの観測装置が発見した、BX3の周囲の歪曲場に関するものだ。どうやらそいつは、熱探知ミサイルの針路を狂わせるためのものらしい」

「たしか、知覚延長型ロボット兵器チームを飛ばしたのでは?」とラーズ。

しばらく間をおいてから、ニッツ将軍が、

「ラーズ、きみが百歳まで生きたとしても、わしを含めて会う人間全員に、こういってきかせることになる。知覚延長型ロボット兵器チームなど派遣されなかった。それが事実である以上、その〝チーム〟が蒸発したとかいうたわごとは、ろくでもないホメオペイプ記者たちのでっちあげだ。あるいは、あのなんとかいうTVパーソナリティがセンセーションを巻き起こそうと意図的に流したデマだ、と。あいつの名前はなんていった？」

「ラッキー・バッグマンです」

と、コンコモディーのひとり、モリー・ニューマンが答える。

「バッグマンみたいな輩が、ここ、フェスタンにコネを持ってると視聴者に信じこませるために思いつきそうな話じゃないか。だが、あの男にコネなどはない。視聴者がどう思っていようと」

しばらくして、ラーズは口を開き、

「いまの状況は、将軍？」

「いまの状況だって？」

ニッツ将軍は、メモやマイクロフィルムや報告書やコンピュータ・プリントアウトの散乱するテーブルの上で、ぽんと両手を打ちあわせた。

「なあ、ラーズ――」

ニッツは目を上げた。その疲れた、ニンジン型の顔に、とつぜん、おもしろがるような奇妙な表情が浮かんだ。

「ラーズ、おかしな話だと思うかもしれんが、ここにいる人間のひとり、つまり、この会議の正式出席者のひとりが、現実にこう提案したんだ――笑うなよ――きみに、例の、お得意の派手なパフォーマンスを一発やってもらえないものか、とね。ほら、あの――」とニッツは顔を歪めて、「トランスというやつだよ。ラーズ、きみは、超次元空間から、兵器を見つけてこられるか？　正直なところ、いますぐに。BX3に対抗できるものをわれわれに提供することができるか？　なあ、ラーズ、うそや冗談はなしだ。おとなしく、ひとことノーといってくれたら、投票できみをここから追い出すようなまねはせんよ。おとなしくなにかほかの手を考えるから」

「ノー。できない」と、ラーズはいった。

一瞬、ニッツ将軍の目がきらっと光った。それは、もしかしたら、しかしあまりありそうなことではないが、同情の光だったかもしれない。

なんだったにしろ、その光はすぐに消えた。それからまた、例のこばかにしたような輝きがもどり、

「ともかく、きみは正直に答えてくれたわけだ、わしが頼んだとおりに。わしはノーという答えを要求し、ノーという答えをもらった」

ニッツは吠えるように笑った。

「やってみることはできるはずです」ミン・ドスカーという名の女が、場違いにかんだかい、貴婦人ふうの声でいった。

「ええ」ラーズはニッツ将軍にとめられないうちに、すばやく答えた。「説明させてください、わたしは――」

「説明はしないでくれ」ニッツがゆっくりとラーズをさえぎった。「頼むよ、このわしに免じて。ラーズ、ミセズ・ドスカーは、SeRKebのかただ。きみにはいい忘れていたが。しかし――」と肩をすくめ、「ともあれ、その事実に鑑みると、きみがどうやってデザインを手に入れるか、きみになにが可能でなにが不可能かを、ここで細かく話してもらうわけにはいかんのだ。ミセズ・ドスカーが出席されている以上、なにもかも包み隠さず腹を割って討議することはできない」

それから、SeRKeb代表に向かって、

「ご理解いただけますな、ミンさん？」

「それでもわたくしは、あなたがたの兵器霊媒にやってみていただきたいと思います」

ミン・ドスカーは、手もとの書類を神経質にいじりながらいった。

「おたくのほうはどうなんです？」とドウブロフスキー将軍がたずねる。「トプチェフってお嬢さんは？」

「わたくしが聞いているところでは、彼女は――」

ミセズ・ドスカーはそこで口ごもった。まちがいなく、彼女のほうも、伝えていい情報に制限を課せられている。

「――死んだ」と、ニッツ将軍が耳ざわりな声でいう。

「違います!」

ミセズ・ドスカーは叫んだ。その顔に浮かぶ恐怖の表情は、まるで汚い言葉を聞いてショックを受けたバプテスト派の日曜学校の先生みたいだ。

ニッツがなげやりに、

「緊張に耐えきれず世を去った、とか」

「いいえ。たしかに、ミス・トプチェフは――ショック状態にありますが、現状は完全に理解しています。ニュー・モスクワのパブロフ研究所で安静にしていますから、いまのところ仕事はできませんが、しかし、死んではいません」

「いつです?」コンコモディーのひとり、どうでもいい男がたずねた。「ショックからはすぐに回復するんですか? はっきりいつといえますか?」

「あと数時間、とわれわれは願っています」ミセズ・ドスカーは熱をこめていった。

「わかった」

ニッツ将軍がとつぜんぶっきらぼうにいった。両手をこすりあわせ、顔をしかめて、ふぞろいな本物の黄色い歯をむきだしにする。それから、ラーズに向かって、

「パウダードライ、ラーズくん、ラーズ、なんと呼んでもいいが、とにかくきみが来てくれてうれしい。心からそう思っている。きみもそうだろう。きみのような人間は、受け身で気をもんでいることには耐えられないはずだ」

「どんな人間が――」

とロを開きかけたが、ドウブロフスキー将軍の反対側にすわっているブロンシュタイン将軍が射すくめるような視線を向けてきたので、ラーズは口をつぐみ、顔を赤らめた。

ニッツ将軍はつづけて、

「この前アイスランドのフェアファックスに行ったのはいつだ？」

「六年前」

「その前は？」

「いえ、そのときだけ」

「行く気はあるか？」

「どこにでも行きますよ。神のみもとにでも。ああ、喜んで行かせてもらう」

「よし」ニッツ将軍はうなずいて、「ミス・トプチェフも、そうだな、ワシントン時間で今夜真夜中には、ショック状態から回復しているだろう。いかがですかな、ミセズ・ドスカー？」

「だいじょうぶだと思います」ＳｅＲＫｅｂ代表ミン・ドスカーは答えた。病気にかかった弱い茎（くき）の上にのった巨大な白いカボチャみたいに、その頭が激しく上下する。

「ほかの兵器霊媒と共同作業した経験は？」獲得宣伝——たぶんそうだろう——担当者がラーズに向かってたずねた。

「いいえ」さいわい、平静な声を保つことができた。「しかし、わたしの能力と長年の経験をミス・トプチェフのそれとわかちあえることは喜びです。じっさいのところ——」ラーズは口ごもり、ようやく政治的な決まり文句を見つけて発言をしめくくった。「このような共同作業は、両陣営にとって大きな利益となるのではないかと、つねづね考えていました」

　ニッツ将軍が、なにげない口調を装って、

「ウォリングフォード・クリニックにこちらの精神分析医がいるんだが、最近、三人の、新しい兵器霊媒（メディア）候補を見つけたそうだ。複数形はこれでよかったかな？（「霊媒」の意味では、ミーディアムの複数形はメディアではなくミーディアムズが正しい）ああいや、まだきちんとテストされたわけではない。しかし、あてにすることはできる」

　それから、ラーズに向かって、いきなりぞんざいに、

「きみは気に入らんだろうな、ラーズくん。そんな連中は頭から願い下げだろう。だから、われわれも、ようすを見ることにする。いまのところは」

　ニッツ将軍は右手で痙攣（けいれん）するようなしぐさをした。会議室のつきあたりにいた若い合衆

国士官が背をかがめ、ヴィドセットのスイッチを入れる。のどにつけたマイクに向かって、部屋の外の人間となにごとか相談していたが、やがて背筋をのばしてヴィドセットを指さし、準備が――なにかの準備が――整ったことを伝えた。

ヴィドセットに、神秘的な人間の顔があらわれた。かすかに波うっているのは、信号がはるかかなたから衛星中継で送られてきている証拠だ。

ラーズを指さして、ニッツ将軍は、

「うちの坊やとおたくのお嬢さんが会って協議することは可能かね?」

マイクを通じて若い士官がニッツの言葉を通訳するあいだ、ヴィドスクリーン上の波うつ顔が、遠くを見るような目でラーズを検分していた。

「だめだ」とスクリーンの顔がいった。

「なぜだ、元帥?」とニッツ。

それは、ピープ・イーストの最高首脳にして最高権力者、共産党中央委員会委員長兼SeRKeb長官である人物の顔だった。両陣営の連合についてたったいま否定的な決断を下したスクリーンの男は、赤軍元帥マクシム・パポノヴィッチその人なのだ。そして問題の人物は、世界じゅうの人間すべての願いを無視して、いった。

「彼女のプライバシーは守られなければならない。彼女はぐあいがよくない。病気だ。遺憾ながら。残念だ」

そして、パポノヴィッチは、血走った目で、猫のように、ラーズの反応をうかがった。まるでおなじみの難解な暗号を解読するように。

ラーズはうやうやしく立ち上がり、いった。

「パポノヴィッチ元帥、あなたは恐ろしい過ち(あやま)をおかしています。ミス・トプチェフとわたしは、救済の手だてとなりうるかもしれないのです。ソヴィエト連邦は、この最悪の状況にあってもなお、救いを求めることに反対するのですか?」

憎しみの色を浮かべた目が、あいかわらずスクリーンからまっすぐこちらを見つめている。

「ミス・トプチェフと協力しあうことが許されなければ、わたしはこの件から手を引き、ウェス・ブロックの保安を強化します。考えを変えてくださるようお願いしているのは、ピープ・イーストの数十億の人命を守るためなのです。わたしは、東と西に分かれた才能をひとつに集めようとするわれわれの試みについて、たとえこの公式委員会会議がどう決定しようとも、すべてを公表するつもりです。わたしは、ラッキー・バッグマンのTVレポーターをはじめ、インフォメディアに直接ルートを持っています。そして、あなたが拒否すれば――」

「わかった」とパポノヴィッチ元帥はいった。「ミス・トプチェフは、いまから二十四時間以内に、アイスランドのフェアファァックスに到着する」

そして、彼の表情はこう語っていた。われわれを説得できたなどと思うなよ。われわれはやりたいことだけをやる。そして、この件についてはおまえが全責任を負うことになる。したがって、失敗したら、おまえのせいだ——。だから、われわれの勝ちだよ。ありがとう。

「ありがとうございます、元帥」

そういって、ラーズは腰を下ろした。たとえうまうまと相手の思う壺にはまったのであろうと、かまいはしない。かんじんなのは、いまから二十四時間以内に、ついにミス・トプチェフと会えるということだ。

13

ミス・トプチェフのデリケートな精神状態のことがあるので、いますぐアイスランドに行ってもしかたがない——そのおかげで、マーレンが提案した計画を実行に移す時間ができた。

映話ではなく直接、ラーズはニューヨーク・シティのソヴィエト大使館に赴いた。ソヴィエトが天文学的金額で借りている現代的な建物の中にはいり、最初に目にはいったデスクの女の子に、アクセル・カミンスキー氏への面会を申し込む。

大使館は狂乱状態だった。てんやわんやの大騒ぎで、だれもかれもが引っ越しをするかファイルを燃やすか、最低でも、お茶の会のアリスそこのけに会議テーブルの席をあっちこっちに移動している。だれかがきれいなカップをもらい、べつのだれかは汚いカップをもらう。せわしなく歩きまわる大小さまざまのソヴィエト連邦官僚たちをながめながら、ラーズはそう結論した。そしてもちろん、きれいなカップをとるのは高級官僚だ。大多数のパーサップスは、前よりも不満の多い席にすわっている自分を発見することになる。

「いったいどうなってるんだい?」

ラーズはにきび面の不器用そうな若い大使館員に声をかけた。デスクにすわって、非・機密扱いらしいKACHの写真の山をせわしなく調べている。

大使館員はいかにも英語らしい英語で、

「この一階オフィスを情報交換用の場所として使うことで、UN-W国防局とのあいだに合意が成立したんです」創造的とはお世辞にもいえない仕事を中断する口実ができたのがうれしいらしく、男はつづけて、「もちろん、ほんとうの交渉場所はアイスランドで、ここではありません。ここはきまりきった日常業務用で」

といって、顔をしかめてみせる。とつぜん、なだれをうって押し寄せてきた仕事の山にうんざりしているのだろう。エイリアン衛星に対して、ではない。官僚世界の片隅に生息するこの下っぱ事務員にとって、そんなことは関係ない。問題なのは、状況の変化にともなって押しつけられてきた単調な労働のほうだ。そして、労多くして実りのすくない仕事から、どうやらこの先何年も、この若い男は解放されそうにない。

いま、両陣営は、何組ものトランプを集めてババ抜きをやっているみたいに、科学、技術、文化、政治、あらゆる分野にわたる文書の山を、共有財産としてたがいにキャッチボールしている。東と西は、KACHや、傘下の国家秘密警察組織などなどの職業スパイに金を払って、たとえばソヴィエト社会主義共和国連邦北東部のツンドラ地帯における豆乳の生産概況のコピーを手に入れたりするのは、およそ予算の無駄遣いであるということで合意に達した。そうした決まりきった非・機密扱い書類の山が日に日に高くなり、官僚制の壁を崩壊させかねないところまで来ているのだ。

「ラーズさん！」

その声に、ラーズは立ち上がった。

「カミンスキーさん、お元気でしたか？」

「いや、ひどいもんです」カミンスキーは過労でいまにもぶったおれそうな顔だった。引退した、もとは腕のいい自動車修理工を思わせる。「空の上のあれ。あれは何者なんです？　ご自分でも考えてらっしゃるでしょう？」

「ええ、カミンスキーさん」ラーズはしんぼう強く答えた。「さんざん考えてますよ」

「お茶でも？」

「いえ、わたしはけっこうです」

「ごぞんじですか、おたくのニュースTVがたったいま伝えたことを？　オフィスでたまたま見てたんですが、速報がはいるときの、例のチリンという音がして、それから——」カミンスキーは暗い顔でちょっと口ごもり、「すみません、ラーズさん。悪いニュースだったものですから。テルモピレーの戦いからもどってきたスパルタ兵士の心境ですよ。ともあれ——いま、ふたつめのエイリアン衛星が軌道に乗っています」

ラーズは答えを返せなかった。

「わたしのオフィスで話しましょう」

カミンスキーは混乱の中をつっきり、ラーズを小さな部屋に導いた。ドアをしめ、こちらに向きなおると、もっとゆっくりした口調で、

「お茶は？」

ともう一度おなじことをたずねた。ヒステリーの老人じみたうわずった響きはだいぶんおさまっている。

「いえ、けっこうです」

「あなたがここでお待ちになっているあいだに、ふたつめが軌道に乗ったんです。ということはつまり、彼らは好きなだけ増やせるわけです。その気になれば百個でも。われわれの空に。考えてみてください。われわれが哨戒艇や衛星を送ることしかできない、木星や土星の軌道にではなく、この地球の軌道上に、ですよ。簡単な段階をすっとばしてしまったのです」

カミンスキーはちょっと言葉を切り、

「いや、彼らにしてみれば、これも簡単なことなのでしょう。問題のふたつの衛星は、明らかに、船から射出されたものです。打ち上げられたものではなく、卵を落とすみたいに投下され、軌道投入されたのです。だれも船を見ていません。どのモニターにも、なにひ

とつ映ってはいません。反物質恒星間宇宙船。なのに、われわれはずっと――」

「われわれはずっと」とラーズがひきとって、「日用品のかたちに擬態できる、タイタンのキノコ状皮下生命体こそ、最大の外敵だと思っていた。花瓶かなにかのかっこうをしていて、背中を向けたとたん、人間の皮膚の細胞壁からしみこんで体内に侵入し、外科手術をしなければとりだせない、あのタイタン生物だけを警戒していた」

「そうです」とカミンスキーもうなずき、「わたしも彼らを憎んでいます。一度見たことがあります。擬態しているところではなく、体内の包嚢の状態で。コバルト照射されるところでした」

カミンスキーは病人のような顔になった。

「しかし、ラーズさん、その事実は、われわれに示唆するところがあるのではないでしょうか？　可能性はあったのです。つまり、われわれが知らないことがあると、われわれにはわかっていたはずなのです」

「知覚延長装置は、まだ彼らの外見についてのどんな手がかりももたらしていない。あの――」これまでにラーズが聞いている唯一の言葉は〝エイリアン〟だった。「――あの敵の」

「お願いです、ラーズさん。ふたりで、もっと楽しい話もできるはずです。なにがお望みですか？　悪いニュースはもうたくさん。なにかべつの話を。なんでもいいです」

カミンスキーは冷たくなった濃い紅茶を自分のカップに注いだ。

「わたしは、彼女の精神状態がおちつきしだい、リロ・トプチェフとフェアファックスで会うことになっています。あのコーヒー・ショップで会ったとき、あなたは、あの部品のことをたずねた——」

「かけひきは必要ありません。兵器アイテムのことは忘れましょう。ラーズさん、われわれはもう、改鋳（プラウシェア）してはいないのです。もう二度と改鋳（プラウシェア）することはないでしょう」

ラーズは獣（けもの）のようなうなり声を発した。

「そうです」とカミンスキー。「もう二度と。あなたとわたし、個人としてではなく、種族の代表として——東と西は——野蛮と荒廃から脱却しました。親友どうしとして取り引きし、〇二年条約の言葉を使えば、手を握りあったのです。われわれは——ユダヤ・キリスト教聖書ではなんといいましたか？　やつでの葉を持たない状態にもどったのです」

「はだかに」とラーズ。

「そしていま、街の一般大衆が——お国の言葉ではなんといいましたっけ？　貧愚（プァ・サップ）。貧・愚（プァ・サップス）たちはふたつの新しい衛星、われわれのものではない衛星のことをホメオペイプで読んで、ちょっと心配するかもしれません。そしてこんなふうにいうでしょう。最新兵器のうちで、今度の敵にいちばん有効なのはどれだろう？　これは？　だめ？　ではあれだ」

カミンスキーはそうした兵器がこの小さな執務室に押し寄せてくるようなジェスチュア

をした。苦悩のあまり、すすり泣くような声になり、

「木曜に、最初の彼らの衛星。金曜日に、二番めの彼らの衛星。そして土曜日には——」

「土曜日には」とラーズが口をはさみ、「われわれは兵器カタログのアイテム241を使い、それで戦争に決着がつく」

「241ですか」カミンスキーはくすりと笑った。「なるほど、それはどうも。外骨格型の生命体にのみ有効な兵器ですね。キチン質を溶かし——ポーチド・エッグに変えてしまう。違いましたかな？　ええ、貧愚たち（ファ・サップス）が喜びそうな兵器ですね。そうそう、241の劇的な作動場面を記録した海賊版ヴィドテープをKACHに見せてもらったことがありますよ。キチン質生命体の鼻を明かす舞台にカリストを選んだのは正解でしたね。でなければ、とてもあれほどの視覚効果は得られなかったでしょう。このわたしでさえ、あれには感銘を受けました。カリフォルニアの地下、ランファーマン社のカタコンベで、あれが創造される過程をつぶさに見るというのは、きっとスリリングな体験でしょうね。違いますか？」

「ええ、そうですね」ラーズは無表情で答えた。

カミンスキーはデスクの上からゼロックスした書類を抜きだした。いまの時代にはめずらしく、それは一枚きりの書類だった。

「これは、わたくしどもソヴィエト大使館がウェスト・ブロックのニュース・メディアに流

す情報です。もちろん、公式のものではありませんよ、おわかりだと思いますが。〃リーク〃というやつです。ホメオペイプやTVレポーターが大使館内の議論を〃盗み聞き〃して、ピープ・イーストの今後の計画についておおざっぱにまとめたもの、という設定です」

カミンスキーはその紙をラーズのほうに投げてよこした。

それをとりあげ、ラーズはＳｅＲＫｅｂの思惑をひと目で見てとった。

驚いたもんだ。一枚だけのピープ・イーストの書類コピーを読みながら、ラーズは思った。彼らは、知性の欠如したふるまいをすることになんの抵抗も感じない。彼らはただ、そうした知性の欠如を騒ぎたてられないようにすることにのみ汲々としている。それも、いまのうちから。エイリアンが着陸したあとでも、われわれが彼らに敗北したあとでもない。最終的になにかが起きてからでは遅いということだろう。パポノヴィッチやニッツや名も知れぬ控えの選手たちがせわしなく書類を書きなぐっているのは、四十億の人民をかつてない（文字どおり）頭上の脅威から守るためだけではない。ずるがしこいろくでなしである自分たち自身が責任逃れをするためなのだ。

人間の虚栄心。最高の地位にある人間にしてなお、それから逃れられないのか。

ラーズはカミンスキーに向かって、

「この書類のおかげで、神と天地創造にまつわる新しい理論を思いつきましたよ」

カミンスキーは能面のような無表情で丁重にうなずき、つづきを待っている。

「楽園追放までの経緯が、いまはっきり理解できました。なぜ物事が悪いほうに向かいはじめたかがやっとわかった。お役所書類のせいですね」

「あなたは頭がいい、ラーズさん」カミンスキーは疲れた声でいった。「同感です。わかっているはずなんです。創造主はへまをやらかし、そのへまを正すかわりに、だれかほかの人間に責任があることを証明するうそ八百をでっちあげたんです。そもそものいいだしっぺである正体不明の間抜けをね」

「だから、コーカサスのちっぽけな下請け業者が、政府との契約を失い、告訴されることになる。その自動工場(オートファク)の監督は——わたしにはその男の名前も工場の名前も発音できませんが——自分も知らなかった事実を知らされるというわけですね」

「その男はもう知っていますよ」とカミンスキー。「さあ、そろそろ教えてください。どうして大使館においでになったのですか?」

「ミス・トプチェフのきれいに映っているカラー立体写真か、もしあればヴィドテープがほしいんです」

「お安いご用です。しかし、あと一日待てばいいのでは?」

「前もって心の準備をしておきたいんです」

「それはまたどうして?」カミンスキーの目に老練な鋭い光が宿る。

「見合い写真という言葉をあなたはごぞんじない」

「ああ。むかしの芝居で見たことがあります。オペラや英雄伝説にも出てくる過去の遺物、永遠に葬りさられたはずのものですね。本気なのですか、ラーズさん？　もしそうなら、やっかいなことになりますよ。ウェス・ブロックの言葉でいえば、問題(プロブレム)に」

「わかってます」

「ミス・トプチェフはしわだらけでよぼよぼのおばあちゃんです。霊媒の能力がなければ老人ホームにいてしかるべき」

ラーズの頭は衝撃で真っ白になった。体が石にでもなってしまったような気がする。

「あなたは失格ですな。いや、失礼しました、ラーズさん。パブロフ式の心理テストですよ。すみません、あやまります。でも、考えてみてください。あなたがフェアファックスにいらっしゃるのは、四十億の命を救うためです。マーレン・フェインのかわりになる新しい愛人、リーベスナハトを見つけるためではありません。あなたがマーレン・フェインを見つけて、前の女を放り出したときとは違うんです。あの娘の名前はなんといいましたっけ？　ベティでしたかな？　あなたの前の女ですよ、ＫＡＣＨの報告では、脚線美がみごとだったとか」

「くそっ」ラーズは毒づいた。「いつもいつもＫＡＣＨだ。生きとし生けるものすべてをデータにして、一インチいくらで売りさばいてる」

「しかも、買い手にはおかまいなしでね」とカミンスキーがつけくわえる。「彼らはだれにでも売る。あなたの敵にも、あなたの友人にも、妻にも、雇い主にも、いや、雇い人にさえも。KACHのおかげで、恐喝はカビのようにはびこっています。しかし、ミス・トプチェフのピンぼけ写真の場合のように、彼らはいつも、なにかとっておくのです。つながりを残しておくために。相手にまだなにかほしいものがあることを確実にするために。ラーズさん、わたしには家族がいます。ソヴィエト連邦に妻と三人の子どもを残してきています。われわれの空に浮かんでいる彼らの衛星は、家族を殺すといってわたしを脅迫することができます。あなたを脅迫することもできるでしょう。たぶん、パリにいるあなたの愛人が恐ろしい死にかたをすれば。汚染されるか、浸透されて――」

「ああ」

「わたしはただ、あなたにお願いしておきたいのです。それだけです。あなたはフェアファックスに行き、そういう災いがわれわれの身にふりかからないようにする。わたしは、あなたとリロ・トプチェフがなにか盾となる傑作兵器を手に入れてくれることを神に祈っています。われわれは、父親の庇護のもとで遊んでいる子どもなのです。おわかりいただけますか？　もしあなたがそのことを忘れるようなら――」

カミンスキーはキーをとりだし、デスクの古いタイプのひきだしをあけた。

「――わたしにはこれがあります。年代物です」

彼がとりだしたのは銃弾に火薬がつまっているタイプの自動小銃だった。カミンスキーは銃口がラーズのほうを向かないように気をつけながら、

「燃やしてしまうか破壊するかでもしないかぎり、ぜったいに変わることのありえない組織の一員として、わたしが事前に教えてさしあげられる情報はひとつだけしかありません。いいですか、フェアファックスに出発する前に、あなたは、引き返す道はないことを知らされるはずです。帰ろうとすれば、どこかで事故が起こることになります。哨戒艇か広半径軌道監視衛星か、あるいは太陽衛星が故障する。そしてそのせいで、たとえば中継システムなり知覚延長装置なりが役に立たなくなる」

カミンスキーは肩をすくめ、自動小銃をデスクのひきだしにしまった。用心深くまた鍵をかける。

「いいすぎました」

「ウェス・ブロックに駐在しているうちに、一度精神分析医にかかったほうがいいね」

ラーズはそういい捨てると、くるりと背を向け、カミンスキーのオフィスをあとにした。ドアを押しあけ、大部屋の喧騒の中に足を踏みだす。

追いかけてきたカミンスキーがオフィスの戸口で立ち止まり、うしろから叫んだ。

「わたしは自分でやりますよ」

「なにを?」

ふりかえり、ぶっきらぼうにそう聞き返す。

「あなたに見せたもので。鍵をかけたデスクの中のもので」

「ああ」ラーズはうなずいた。「わかったよ。覚えておこう」

それから、大使館の下っぱ役人たちがいそがしく走りまわるあいだを力なく歩き、正面のドアをあけて、おもてに出た。

あいつらは頭のネジがはずれている。ラーズは心の中でつぶやいた。いまでもまだ――ほんとうに深刻な状況、ほんとうに重大な局面を迎えたいまになってもなお、これまでとおなじやりかたで事態を解決できると信じている。この五十年間の東側の進歩は、すべて表面だけのものだったのだ。一枚皮をめくれば、なにも変わっていない。

だから、われわれは、地球の軌道をめぐるふたつのエイリアン衛星の存在に対処するだけではなく、この予期せざる緊張のもと、過去の冷戦状態への回帰をも耐え忍ばなければならない。盟約も協定も条約も、カンザス州トピーカのグレイハウンド・バス・ステーションも、ベルリンのゲルタラー・ゲマインシャフトも、フェアファックスそのものも――すべては幻想にすぎない。そしてわれわれ双方、東側も西側も、その幻想を共有している。彼らの責任であると同時に、われわれの責任でもある――簡単な道を信じ、喜んでそれを選んだのは。自分のことを考えてみろ。この危機にさいして、おれはまっすぐソヴィエト大使館に行ったじゃないか。

そして、おれがなにを得た？　身体の安全を守るために使用される旧式の自動携帯兵器が、おれの腹のかわりに、天井に向けられたのだ。

だが、あの男のいったことは正しい。カミンスキーは、怒り狂ったわけでもヒステリーに身をまかせたわけでもなく、真実を教えてくれたのだ。リロとおれがしくじれば、ふたりとも破滅だ。両陣営はほかに助けを求めるだろう。ジャック・ランファーマンと部下の技術者たち、とりわけピート・フライドは、たいへんな重荷を背負うことになる。もし、彼らもしくじれば、神よ、彼らにお恵みあれ。もしそうなれば、彼らもまた、リロとおれのあとを追って、墓場にやってくることになる。

墓場。ラーズは古い詩句を思い出した。おまえはかつて、死者の勝利はどこにあるかとたずねられた――。かわりにおれが教えてやろう。ここにある。このおれが、勝利なのだ。

通りかかったホッパー・カーを呼び止めながら、ラーズはふと気づいた。大使館を訪れた目的のものを手に入れることは、けっきょくできなかった。リロのきれいな写真は手にはいらなかった。

その点でも、カミンスキーの言葉は正しかった。ラーズ・パウダードライは、フェアファックスでの会見まで待たなければならない。前もって心の準備をしておくことはできないのだ。

14

その夜遅く、ラーズがニューヨークのコナプトで眠りについていたとき、彼らがやってきた。

「彼女はもうだいじょうぶです、ミスター・ラーズ。ですから、いそいで服を着ていただけますか？　ほかのものはこちらでまとめて、あとから送ります。あなたは、われわれといっしょにまっすぐ屋上に行っていただくことになります。こちらで用意した船が待っています」

ＦＢＩかＣＩＡか、神のみぞ知る組織に属する男たち——ともかくプロフェッショナルであることにはまちがいなく、夜のこんな時間にたたき起こされて職務をはたすことにも慣れっこになっているらしい——のリーダーは、そういうなり、ぽかんとしているラーズの目の前で、黙ったまま効率的に、機械のような正確さでドレッサーやクローゼットをひっかきまわし、ラーズの衣類をまとめはじめた。部下の男たちはそのまわりで、それぞれ派遣されてきた目的をはたしている。ラーズは眠い目をこすりながらベッドを出て、冬眠中を襲われたクマみたいに、ぼんやりそのようすをながめていた。

だが、ようやくその状態を抜け出し、ぱっちり目を覚ますと、ラーズははだしでバスルームに歩いていった。

顔を洗っていると、となりの部屋にいる男のひとりが、気安い口調で声をかけてきた。

「やつらは三つめを上げたよ」

「三つめ……」

鏡の中の、しわの浮いた寝起きの顔を見つめながら、ラーズは間の抜けた答えを返した。髪の毛がかわいた海藻みたいに額にへばりついている。ラーズは機械的に櫛に手をのばした。

「衛星が三つ。それに、今度のやつはいままでと違うんだ、追尾ステーションはそういってる」

「ヘッジホッグか？」とラーズ。

「いや、とにかく違うんだと。モニター用じゃない。情報を集めてるんじゃないんだ。最初のふたつはそうだったけどな。たぶん、集めるだけの情報はもう集めちまったんだろう」

「すくなくとも、まだ空に浮かんでるということは、われわれに撃ち落とすことができなかった証拠だ」

ふたつの衛星に対して発射された高度な機械装置の大群も、役には立たなかった。虚空を相手にしているのもおなじだ。

男たちはそろってグレーのマントを身にまとい、頭はつるつるに剃りあげていて、厳格そのものの修道僧のように見える。ラーズは彼らのあとについてコナプト・ビルの屋上に登った。ラーズの右側の、血色のいい顔をした男が、

「今日の午後、ソヴィエト大使館に行きましたね」

「そのとおり」とラーズ。

「あなたが持っている令状によれば――」

「向こうがわたしに接触してくることを禁じているだけだ。こちらからは接触できる。彼らは令状を持っていないからね」

「収穫は？」

ラーズは返答につまった。答えられず、黙ったまま考えこむ。このＦＢＩだかＣＩＡだかの連中は、おれがカミンスキーのところに行った理由を知ってるんだろうか？ 航続距離の長い、追跡クラスのありふれた政府船に向かって屋上離着陸場を横切りながら、ラーズはようやく、

「ああ、彼は彼の主張を通したよ。それを〈収穫〉と呼ぶならね」

船は離陸した。背後のニューヨークが急速に遠ざかってゆく。やがて、大西洋上空に達

した。はるか下方に見える人間の住む街の光がしだいに小さくなり、視界から消えた。ラーズは後方に目をやって、不安を感じた。神経症的な後悔と呼んでもよさそうな不安。鋭く激しい喪失感。永遠に、けっして埋め合わせることのできない喪失。

「どんなふうにやるつもりだね？」と操縦席の男がたずねる。

「わたしが正直で、純粋で、あけっぴろげで、誠実で、おしゃべりだという印象を、絶対的に全体的に徹底的に無条件に与えるさ」

相手は鋭い声で、

「この大ばか野郎――おれたちの命がかかってるんだぞ！」

ラーズは陰気に、

「きみはコグだな」

男は――ふたりの男両方が――うなずいた。

「じゃあ知ってるだろう。わたしはきみたちに機械を提供することができる。六十段階のガイダンス・システムの改鋳部品は、葉巻に火をつけ、新しいモーツァルト弦楽四重奏を作曲し、そしてまた、べつのマルチプレックス・アイテムから改鋳された部品は、食事を用意し、人間のかわりに嚙んでくれ、必要とあれば、種を吐き出して、それをまたべつの機械が――」

「兵器ファッション・デザイナーがあんなに嫌われてるわけがわかったよ」男の片方が相

棒に向かっていう。「こいつらはホモだ」

「違う。きみはまちがってる。わたしを悩ましてるのはそんなことじゃない。なにが悩みか知りたいか？　フェアファックスに到着するまでどのくらいある？」

「すぐだよ」ふたりが同時に答える。

「できるだけやってみよう。わたしの悩みはこういうことだ。わたしは仕事の面での失敗者だ。仕事に失敗することは人を傷つける。人をおびえさせる。だが、わたしは失敗者であることによって金をもらっている――いままでは、もらっていた。失敗者であることが仕事だったんだ」

となりにすわっていた男が口を開き、

「パウダードライ、あんたとリロ・トプチェフはやれると思うか？　やつらが――」と、まるで古代の農民のように、あるいは、何度も何度も辛酸をなめたヨブのように、畏れをこめて空を指さして、「なにかを落っことす前に？　やつらはそのために衛星ネットワークをつくって計算させたんだ、投下したとき目的の場所にちゃんと命中するように。たとえば、こいつはおれの考えだが、やつらは太平洋を蒸発させて、おれたちをロブスターみたいにゆでちまおうとしてるんだ」

ラーズは黙っていた。

「こいつはなにもいわないよ」

操縦席の男が、奇妙に感情のいりまじった声でいった。怒りと悲しみ。小さな男の子みたいな口調だった。ラーズはそのことに同情を感じた。ラーズ自身の言葉も、きっと何度か、こんなふうに聞こえたことがあったはずだ。

ラーズは口を開き、

「ソヴィエト大使館の連中は、リロとわたしが手ぶらでトランスからもどるか、あるいは、これまで何十年もそれでかせいできた疑似兵器しか持たずにもどったら、わたしと彼女を殺す、本気でそういった。彼らはじっさいにやる——きみたちが先にやらなければだが」

操縦席の男はおだやかに、

「おれたちが先にやる。おれたちのほうが近いからな。だが、いますぐじゃない。適当な間をおいて、だ」

「きみはそういう命令を受けてるのか？」ラーズは好奇心からたずねた。「それともきみ自身の考えなのか？」

答えはない。

「きみたちの両方が、わたしを殺すことはできないよ」

ラーズは、その言葉が哲学的であると同時に軽薄に響くようにとむなしい努力を試みたが、哲学的であることには失敗し、軽薄さは歓迎されなかった。

「いや、できるかもしれないな」とラーズは言葉を重ね、「聖パウロは、人間は生まれかわることができるといった。一度死に、ふたたびよみがえることができる、と。人間が二度生まれることが可能なら、二度暗殺されることだって不可能じゃないかもしれない」

「あんたの場合は」と、となりの男がいい、「暗殺にはならないさ」

ではなんになるのか、ということについては、男はなにもいわなかった。言葉にはできないのだろう、とラーズは思った。彼らのいりまじった感情、憎しみと恐れ、そしていまなお残る——信頼とが、ラーズには重荷だった。彼らは何年ものあいだ、純粋に人を殺すための兵器をつくらないことに対してラーズに報酬を払いつづけ、そしていま、今度はおそろしいほどの純朴さを見せて彼にすがりつき、懇願している——カミンスキーが懇願したように。そして、それにもかかわらず、その背後にはみにくい脅迫がある。失敗した場合には、死が待っているのだ。

内側にいて、ほんとうの内情を知っているからといって、彼らの生活が気楽なものになるわけではない。ラーズ同様、彼らも被害者なのだ。彼らはけっして、得意満面でも、鼻たかだかでも、自信たっぷりでも、（最近だれかから聞かされたように）傲慢でもない。ほんとうはなにが起きているかを知っていることが、彼らを不安にする——おなじ理由から、それを知らないことが、大多数のパーサップスたちに平穏な眠りを約束する。重すぎる荷が、大きすぎるツケが、重すぎる責任が、コグたちの上におおいかぶさっている……このふたりの連邦職員、そして、ラーズのコナプトに残っているその仲間たち（いまごろはきっと彼のコート、シャツ、靴、ネクタイ、下着をかたっぱしから箱やスーツケースにつめこんでいるだろう）を加えた、彼ら下っぱ連中でさえ、その重荷を背負っている。

そして、重荷の本質は、こういうことだ。

ラーズ自身と同じく、彼らもまた、自分たちの運命が愚か者の手に委ねられていることを知っている。単純そのものの話だ。東にも西にも、愚か者はいる。パポノヴィッチ元帥やニッツ将軍、それに——と、顔に火がついたような羞恥心を感じながら、ラーズは気づいた——このおれのような。強力なリーダーシップの消失こそが、支配階級の人間たちをおびえさせている元凶なのだ。最後の〈超人〉、最後の〈鉄人〉は、ヨシフ・スターリンだった。彼以後は、とるにたりない普通人、ただ職務を遂行するだけの人間しかあらわれていない。

だがそれでも、もうひとつの道よりはましなのだ——そして、彼ら全員、パーサップスさえも含めた全員が、おなじレベルでそのことを知っている。

彼らはいま、上空に浮かぶ三つのエイリアン衛星というかたちで、そのもうひとつの道を目のあたりにしている。

操縦席の男がまのびした声で、どうでもいいことのようにいった。

「アイスランドだ」

眼下に、フェアファックスの明かりがまたたいていた。

15

まばゆく輝く光が織りなす黄金と白のトンネルを、ラーズは歩いた。骨までしみる風が北の氷河から吹きつけ、執拗に襲いかかってくる。ラーズは足を速め、ふたりの連邦職員があとにつづいた。ふたりのほうもがたがたふるえている。三人は、いちばん近い建物に向かってできるかぎりの速さで歩いた。

背後で建物のドアがしまると、暖気が彼らを包みこんだ。三人はやっと足を止め、はあはあと息をあえがせた。ふたりの連邦職員の顔は、まっかにふくらんでいる。急激な気温変化のせいではなく、緊張からくるものだ。まるで、締め出しをくらって中にはいれないのではないかと恐れていたみたいだ。

KVB——ソヴィエト秘密警察の警官四人が、古くさいコート、超やぼったいウールのスーツ、先のとがったオックスフォード・シューズにニット・タイといういでたちで、どこからともなく姿をあらわした。まるで、なにか超科学的手段によって壁を抜け、ラーズとふたりの連邦職員が荒い息をついているフェアファックス宙港ロビーにいきなり出現したように思えた。

　黙ったまま、儀式ばったしぐさで、ウェスト・ブロックとソヴィエトの秘密警察官たちは、ゆっくりと身分証明書を交換した。彼らが携帯している身分証明用品は、ひとり分だけでも重さ十ポンドはあるにちがいない、とラーズは考えた。カード、書類、脳波パターンの交換は無限につづくように思える。

　そしてだれひとり、ひとことも口をきかない。六人のうちだれひとり、他人の顔を見ることさえしない。すべての関心は、身分証明の品々だけにそそがれている。

　ラーズはその場を離れ、ホット・チョコレートの自動販売機を見つけてコインを放りこみ、一瞬後には紙コップを手にしていた。立ったまま熱い飲み物をすすりながら、全身にたまった疲労、頭痛と不精ひげに気づいた。この場にふさわしからぬ、てっとりばやくいえば浮浪者のような、標準以下の自分の姿を痛いほど意識する。よりにもよってこんなときに。よりにもよってこんな状況で。

　ウェス・ブロック政府職員が、ピープ・イーストの同業者との身分証明一式の交換をようやく終えると、ラーズは辛辣に、

「まるでゲシュタポの犠牲者になったような気がするよ。ひげをそるひまもなく、いちばんひどい服でベッドからひきずりだされ、そしていまから――」

「いまからあなたが会うのはライヒスゲリヒトではありません」

と、わきでラーズの言葉を聞いていたピープ・イースト職員が口をはさんだ。その英語の正確さには、どことなく人工的な響きがある。きっと聴覚教育テープで英語を覚えたのだろう。ラーズはすぐに、ロボットやアンドロイド、機械全般を連想した。吉兆ではない。これほど安定した、抑揚のないしゃべりかたは、ある種の精神疾患――はっきりいえば、脳損傷全般――を示している場合が多い。ラーズはのどの奥でうめき声をあげた。世界は爆発とともにではなく、泣き声とともに終わるというT・S・エリオットの言葉が、いまやっと理解できた気がする。世界は、彼を捕虜にしている――好むと好まざるとにかかわらず、それが彼の置かれている状況の真相なのだ――連中の機械的な性格に対する、ラーズ自身の聞きとれない不満のうめきとともに終わるだろう。

ウェス・ブロックは、ラーズにはむろん知らされていない理由から、リロ・トプチェフとの会見をソヴィエト連邦の支配下で行なうことに同意した。たぶんそれは、ニッツ将軍とその側近が、この会見からなにか値打ちのある結果が生じることに、いかに期待していないかの証拠なのだろう。

「すまないが」と、ラーズはソヴィエト警官に向かって、「ドイツ語はまるきりわからないんだ。説明してくれないか」

でなきゃ、〈オーヴィルくん〉に質問するんだな、あのアパートメントで。あの、いまは失われた、もうひとつの世界で。

警官はいった。

「そう、あなたがたアメリカ人は外国語をまるで話せないのでしたね。しかし、あなたはパリにも本社を置いているはずです。どうやって切りまわしているのですか?」

「フランス語もイタリア語もロシア語もぺらぺらの愛人がいるのさ。おまけにベッドの中でも最高の。おたくにあるわたしのファイルを見ればみんな書いてあることだがね。彼女はうちのパリ本社の社長だ」

それから、いっしょに来たふたりの連邦職員に向かって、

「わたしは置いていかれるのか?」

罪悪感も関心のかけらもない口調で、ふたりは答えた。

「はい、ミスター・ラーズ」

人間が道徳的責任を放棄する、ギリシャ悲劇のコロス。ラーズはぎょっとした。もしソヴィエトが彼を返さないことにしたら? そのあと、ウェス・ブロックはどこから兵器デザインを手に入れるつもりなのだろう? もちろん、エイリアン衛星による地球大気圏包囲網を打ち砕くことができたとしての話だが……。

しかし、だれひとり、本気でそうなると信じてはいない。

そういうことだ。その事実が、ラーズをたんなる消耗品の地位におとしめている。

「来てください、ミスター・ラーズ」

四人のソヴィエトKVB職員に周囲をかためられ、気がつくとラーズは、宙港の斜路を昇っていた。途中の待合室では人々が——ごくふつうの、名前と顔とを持つ個人である男女——が、椅子に腰を下ろし、乗り換えの便か、迎えの親戚かを待っている。夢のように不気味な光景。

「ちょっと新聞スタンドによって、雑誌を買ってもいいかな？」ラーズはたずねた。

「もちろんです」

四人のKVB職員は巨大な雑誌陳列台の前にラーズを連れてゆき、なにか読むものをさがす彼を、社会学者のように見守っている。なにがいいだろう。聖書？　いや、それより、その正反対をためしてみるか。

「こいつはどうだい？」

安っぽくけばけばしい色で印刷されたコミックブックを手にとって、ラーズはKVB職員たちにたずねた。『タイタンの青い頭足人間（セファロポド・マン）』。ラーズの見るかぎり、それはこの巨大なディスプレー・カウンターで売られている中でも最悪のゴミだった。合衆国コインで自動店員に金を払うと、相手は鼻にかかった自動音声で礼をいった。

五人がまた歩きはじめてから、KVB職員のひとりが、

「いつもそういうものを読んでいるのですか、ミスター・ラーズ？」

と、ていねいな口調でたずねてきた。

「創刊号からコンプリートでそろえてるよ」とラーズ。

答えはなかった。ただ、礼儀正しいほほえみだけ。

「しかし、めっきり質が落ちてきたね」とラーズはつけくわえて、「去年あたりから」

ラーズはコミックブックをくるくるまるめて、ポケットにつっこんだ。

ソヴィエト社会主義共和国連邦政府軍ヘリコプターで、フェアファックスの屋上から飛びたったあと、ラーズはコミックブックをポケットからとりだし、頭上の薄暗い読書灯の下で読みはじめた。

もちろん、こんなクズに目を通すのははじめてだった。とはいえ、なかなかおもしろい。〈青い頭足人間〉は、栄光ある長い伝統にのっとって、ビルを破壊し、悪漢どもをたきのめし、そして毎回最後には、色白のコンピュータ・オペレータ、ジェイスン・セント・ジェイムズに変身する。こうした変身もやはり、コミックブック芸術の歴史からすべり落ちてしまった理由から、お決まりのパターンになっている。この本の場合には、どうやらそれは、西アフリカで販売され人気を誇っている神秘的ホメオペイプ〈モンロヴィア・クロニクル－タイムズ〉にグルメ・コラムを書いている、ジェイスン・セント・ジェイムズのガールフレンド、ニナ・ホワイトコットンとなにか関係があるらしい。

興味深いことに、ミス・ホワイトコットンは黒人だった。そして、このコミックブックのほかの登場人物もすべて右におなじ。〈青い頭足人間〉その人でさえ、人間に変身してジェイスン・セント・ジェイムズとなったときには黒人なのだ。そして、どのエピソードでも、舞台に設定されているのは、「ガーナのどこかにある巨大なメトロポリタン・エリア」だった。

きっと、アフロ・アジア読者向けに出版されているコミックブックだ。全世界に広がる自動配本メカニズムの気まぐれで、ここ、アイスランドにまで出現したのだろう。

第二話では、〈青い頭足人間〉は、「ベテルギュース星系で産出する」レアメタル、ズラリウムの隕石によって、一時的にその超常的な力を失ってしまう。だが、主人公の相棒であるレオポルドヴィルの物理学者ハリー・ノースが、電子装置を使って間一髪のところで失われた力をとりもどしてくれたおかげで、〈青い頭足人間〉は「プロクシマ第四惑星アガカナ」から来た怪物をこてんぱんにたたきのめす。くだんの電子装置は、ラーズの兵器デザイン・アイテム204に驚くほどよく似ていた。

こりゃあいい。ラーズは先を読みつづけた。

第三話、このコミックブックの最後のエピソードでは、これまた見覚えのある——しかし、正確になんだったかは思い出せない——マシンが、いつもながらタイミングのいいハリー・ノースの活躍でうまく作動して、〈青い頭足人間〉はまたもや勝利する。今度の敵は、オリオン星系第六惑星から来たやつだ。相手にとって不足はなかった。そいつらは、胸がむかつくような外見だったからだ。アーティストは、じつにみごとな仕事をしている。

「おもしろいですか？」

と、ＫＶＢのひとりがたずねてくる。

ああおもしろいさ、とラーズは心の中でいった。このコミックのライターそして／あるいはアーティストが、ＫＡＣＨを使って盗ませた、おれの技術的にいちばんおもしろいアイデアのいくつかとおなじくらいおもしろい。民事訴訟を起こせるだけの材料はあるんだろうか。

しかし、いまはそんなことを考えている場合ではない。ラーズは黙ってコミックブックをしまった。

ホッパーは、とあるビルの屋上に着陸した。エンジンが回転を止めると同時に、ラーズのためにさっとドアが開かれる。

「ここはモーテルです」例の人工的に正確な英語で、ＫＶＢのひとりが説明する。「ミス・トプチェフが建物全体を占有しています。他の宿泊客は退去させて、護衛用の歩哨を配置してあります。じゃまははいりません」

「へえ？　ひっかけはなしだろうな？」

ＫＶＢ職員は心の中でその言葉をこねくりまわしてから、ようやく口を開き、

「なにかあれば、いつでも呼んでください。それに、サンドイッチやコーヒー、酒なども、もちろんご用意できます」

「薬は？」

ＫＶＢ職員の目がさっとこちらを向いた。いかめしいフクロウのように、四人の男がそろってラーズを見つめる。

「わたしは薬の常習者なんだ」とラーズが説明する。「ＫＡＣＨから聞いてないのか？　一時間おきに飲まなきゃならないっていうのに！」

「どういう種類の薬ですか？」

疑わしげな、とはいわないまでも、用心深い口調の質問だった。

「エスカラティウム」とラーズ。

このひとことは効いた。ＫＶＢのあいだに動揺がはしる。

「しかし、ラーズさん！　エスカラティウムは脳に有害です。半年で死にますよ！」

「それに、コンジョリジンも飲んでるよ。こいつは体内毒物の代謝バランスを保つんだ。この二種類をまぜあわせ、まるいティー・スプーンで押しつぶして、粉末を水に溶かし、注射器で吸い上げて――」

「でも、そんなことをすると死んでしまいますよ！　心臓発作で、三十分以内に」

四人のＫＶＢ職員は目をまるくしている。

「わたしの副作用といえば、後鼻漏くらいのものだけどね」

四人の男は額を集めて相談し、やがてそのうちのひとりが、

「ウェス・ブロックのあなたの主治医、トート医師を呼ぶことにします。彼なら薬物投与を監督できるでしょう。われわれでは責任が持てません。薬物による刺激は、あなたがトランス状態にはいるのに欠かせないものなのですか？」

「ああ」

四人はまたなにごとか相談してから、

「下へどうぞ」とようやくラーズに指示した。「そこでミス・トプチェフと合流していただくことになります。われわれの知るかぎり、彼女は薬に頼ってはいませんが。トート医師が到着し、二種類の薬物の準備が整うまで、ミス・トプチェフといっしょにお待ちください」

四人はきびしい目つきでラーズをにらんでいる。

「最初に薬のことを話しておいてくれるか、トート医師を連れてくるかすべきでしたね。ウェス・ブロック当局からはまったく聞かされていませんでした」

どうやら彼らは、本気で腹をたてているらしい。

「わかったよ」

ラーズはそういうと、下り斜路に向かって歩きだした。

ほどなくして、ラーズはＫＶＢのひとりに伴われ、リロ・トプチェフのいる部屋のドアの前に立っていた。

「こわい」

ラーズは声に出していった。KVBの男はドアをノックしながら、

「こわいというのは、ラーズさん、われわれの霊媒と能力を競わせることがですか？」

言外に、激しい侮蔑（ぶべつ）がこめられている。

「いや、違う」

こわいのは、リロが、カミンスキーの形容したとおりのものになってしまうことだ。黒ずんでしなびた、骨と皮だけの脱け殻。用済みになった古い革の財布みたいな。職業上の義務を果たすために、ありったけの力をすべて使いつくしてしまうかもしれない。彼女が「クライアント」から、どんな法外な要求をされているか知れたものではない。世界のこちら半分の人間は、はるかに苛酷なのだ……西側の人間がずっと前から知っているとおり。ニッツ将軍が、兵器デザインにおける今回の共同作業を、ウェス・ブロックではなくピープ・イーストの監督下で行なうことにした理由も、それで説明がつくかもしれない……ラーズはふとそのことに思いあたった。ここのほうが、もっと強いプレッシャーがかけられると思ったのだろう。東側の人間のもとでのほうが、おれは能力をもっと発揮できる、と。

いいかえれば、これまでずっと、おれが能力を出し惜しみしてたと考えてるってことか。ラーズはむっつり思った。しかしここでなら、KVB監督下でなら、ソヴィエト連邦の最

高機関ＳｅＲＫｅｂのもとでなら、それが変わるだろう、ニッツ将軍はそう考えた。

ニッツは、雇い人から結果をひきだすことにかけては、自分の組織よりもピープ・イーストの能力のほうに信を置いている。なんと不合理でおかしな考えかただ。しかしよく考えてみると、なるほどという気がしないでもない。

そして——とラーズは気づいた——おれ自身も、そう信じている。

なぜなら、おそらくそれが真実だろうから。

ドアが開き、そこにリロ・トプチェフが立っていた。

黒いウールのセーター、スラックスにサンダルというファッション。髪はリボンでうしろに束ねている。せいぜい十七、八歳にしか見えない。おとなの女に変わりつつある思春期の少女といったところ。片手にぎこちなく持った葉巻は、ラーズやＫＶＢの男たちに対しておとなっぽく見せようとする、彼女なりにせいいっぱいのジェスチュアなのだろう。

ラーズはかすれた声で、

「ラーズ・パウダードライだ」

にっこり笑って、リロ・トプチェフは片手をさしだした。その手は小さく、冷たく、なめらかで、いまにもこわれそうだ。それとは正反対のごつい手で、ラーズはおずおずとその手を握りしめた。ちょっと力をこめると、とりかえしのつかない傷をつけてしまいそうな気がする。

「こんちは」と、彼女はいった。

ＫＶＢの男が、ラーズを部屋の中に押し出した。その背後でドアが閉ざされる。ＫＶＢの男は、外に残った。

部屋の中には、ラーズとリロ・トプチェフだけ。夢がかなったのだ。

「ビールはどう？」

とリロがいう。口もとからこぼれる白くて小さい歯は、驚くほどきれいにそろっている。ドイツ女性に似ている。ノルド人的だ、スラブ人的ではなく。

「きみはおそろしくうまい英語をしゃべるんだな。言葉の壁はどうやって越えるんだろうと思っていたのに」有能だが控えめな通訳がつねに同席することをラーズは予想していた。

「どこで習ったんだい？」

「学校でよ」

「ほんとに？ウェス・ブロックに来たことは一度もないの？」

「ソヴィエト連邦の外に出たことは一度もないわ。それどころか、ピープ・イーストのほとんどの場所、とくに中国の支配下地域には立入禁止なの」

リロ・トプチェフはしなやかな足どりで、多少なりともコグ階級ふうの贅沢なスイートの中を歩き、キッチンに行って冷蔵庫の缶ビールをとったところで、だしぬけにこちらに手を振って、ラーズの注意をうながした。つきあたりの壁に向かってうなずいてみせる。

それからまたラーズのほうを向き、もう一度壁に視線をもどす。そして、声は出さず唇だけを動かした——盗・聴・器、と。

ＡＶシステムがいそがしくふたりをモニターしている。もちろん、盗聴していないわけがない。首斬り役人が来たぞ！——ラーズはオーウェルの古典的傑作『一九八四年』の一節を思い出した。ただしいまの場合には、おれたちは監視されていることを知っているし、その相手は、すくなくとも理論的には、われわれのよき友人なのだ。われわれはみんな、友人どうしだ——いまは。アクセル・カミンスキーがいったように、そして事実そのとおり、もしもわれわれが燃える火の輪をうまくくぐりぬけられなかった場合には、話が違ってくるだろうが。そうなれば、われわれのよき友人たちは、おれたち——リロとおれを殺すだろう。

だが、どうしてそれを責められよう。オーウェルの主張は的をはずれている。彼らが正しく、こちらがまちがっている場合だってありうるのだから。

リロがビールを持ってきてくれた。

「幸運を祈って」

といいながら、にっこりほほえむ。

おれはもう恋に落ちてしまった、とラーズは思った。

それを知ったら、彼らはおれたちを殺すだろうか？　だとしたら、かわいそうな連中だ。

東と西、彼らと彼らの融合した文化は、そんな代償を払ってまで保存するほどの価値はないのに。

「さっきの、薬がどうこうって話はなんなの？」とリロ。「外でKVBと話してるのが聞こえたけど。ほんとのこと、それともただの——ええっと——いやがらせ？」

「ほんとうなんだ」

「薬の名前が聞きとれなかったわ。部屋のドアをあけて、聞き耳をたててたんだけど」

「エスカラティウム」

「うそ！」

「それと、コンジョリジン。そのふたつをいっしょにして、粉々につぶして——」

「そこは聞こえたわ。両方の粉を溶かして注射する。うそじゃないのね。わたしてっきり、わざとあんなことをいったんだと思った」

ラーズを見つめるリロのもったいぶった顔には、おもしろがるような表情が浮かんでいる。彼女が感じているのは、嫌悪でもショックでもなく、KVBの男——必然的に単純な精神構造の——が見せた道徳的な憤(いきどお)りとも違う。むしろ、賛嘆の念に近い。

「だから、主治医が来るまでぼくはなにもできない。できることといえば——ビールを飲みながら待つことくらいさ」そして、きみを見つめること。

「わたし、薬持ってるわ」

「聞いた話と違うな」

「あの人たちの知ってることなんて、クソの山にミミズが掘ったトンネルくらいのものよ」

それから、さっきラーズに教えてくれたＡＶモニター・システムのほうに向かって、

「あなたのことよ、ゲシェンコ！」

「だれだい、それ？」

「ＫＶＢ監視チーム赤軍情報局少佐。いまあなたとわたしのようすを記録してるテープを、あとで調べる人間よ。そうでしょ、少佐？」

と、隠された監視装置に向かってつけくわえてから、

「わかるでしょ」今度はラーズに、おだやかな声で説明する。「わたしは囚人なの」

ラーズはリロの顔を見つめた。

「つまり、きみはなにか罪をおかしたのかい……法的な罪に問われて、裁判にかけられて――」

「裁判で有罪になったわ。すべて疑似――なんていうのかしら。メカニズム、そうそれ、メカニズムね。その疑似メカニズムによって、わたしはいまも、ソヴィエト社会主義共和国連邦憲法に定められた政治的市民権にもかかわらず、まったく救いの余地のない人間なの。ソヴィエトの法廷では、わたしはぜったいに勝てる見こみがない。どんなに優秀な弁

護士でも、わたしを救いだすことはできないわ。あなたとは違うの。あなたのことは知ってるわ、ラーズ、それともミスター・ラーズ、それともミスター・パウダードライ、なんと呼べばいいのかわからないけど。ウェス・ブロックであなたがどんな地位にあるかも知ってる。何年も前から、あなたの地位、あなたの自由と独立が、ほんとにうらやましかった」

「ぼくならあいつらの顔に、いつでも唾を吐きかけてやれると思ってるんだ」

「ええ。知ってるのよ。KACHが教えてくれた。ゲシェンコみたいなクソの山の住人と違って、彼らはちゃんと教えてくれる」

「KACHはきみにうそをついたんだ」

16

リロ・トプチェフは目をしばたたかせた。火の消えた葉巻とビールの缶がふるえる。

「いまのぼくは、きみと同じ境遇だよ」

「でも、フェアファックスには自分の意志で来たんでしょ？」

「もちろんそうさ」とラーズはうなずき、「それどころか、この計画については、パポノヴィッチ元帥その人と直接話し合ったんだ。だれに強制されたわけでもない、頭にピストルをつきつけられたわけでもない。もっとも、デスクのひきだしからピストルをとりだしてぼくに見せ、教えてくれた人間はいたけどね」

「ＦＢＩ？」

とほうもない冒険物語に聞き入る子どもみたいに、リロは目をまんまるに見開いている。

「いや、ＦＢＩじゃない、厳密には。ＦＢＩの友人ではあるけどね、友好的で協力的ないまのこの世界では。でも、そんなことはどうだっていいじゃないか。暗い話はよしにしよう。ただ、彼らがいつでもぼくをどうにかできるんだってことさえ、わかってもらえればいいんだ。そして、必要とあれば、彼らはそのことをぼくに思い知らせるんだってことをね」

「じゃあ」と、リロがゆっくりいう。「あなたもそんなに変わらないのね。あなたは気分屋だって聞いたけど？」

「そう、ぼくは扱いにくいタイプだ。頼りにならない。それでも、彼らはぼくから望みのものを手に入れることができる。それでじゅうぶんだろ？」

「ええ、そう思うわ」と、リロは従順に答えた。

「きみはどんな薬を？」

「フォルモフェイン」

「なんだか新型のマジック・ミラーみたいだな」はじめて聞く薬だった。「でなきゃ、ひとりでにふたがあいて、ひとしずくもこぼさずにシリアルの皿に注げるプラスチック製のミルク・カートンだ」

リロは慣れない手つきで不器用に缶ビールを飲みながら、

「フォルモフェインはめずらしいの。西側にはないわ。ナチ以前にまでさかのぼる古い製薬カルテルから発展した東ドイツの会社がつくってる。ほんとは――」

リロは言葉を切った。いっていいものかどうか考えているのだ。そしてようやく、

「わたしのために、特急でつくってくれてるのよ」

いってしまってほっとしたような顔になり、

「ニュー・モスクワのパブロフ研究所が六カ月かけてわたしの脳代謝を分析して、どうすればいいかを調べたの——その薬を向上させるのに。で、彼らはこの薬の化学式を見つけて、そのコピーをA・G・ケミー社にまわしたわけ。A・G・ケミー社はわたしのために、月に六十個の半顆粒錠剤をつくってくれる」

「で、どんな効き目が？」

「わからない」リロは用心深く答えた。

ラーズは恐怖を感じた。彼女のために。彼らがやったこと——そして、好きなときに何度でもまたくりかえせることに対して。

「なにか効果があるんだろう？　トランス状態が深くなるとか長くなるとか。トランス後の疲れが軽減されるとか。なにか気がつくはずだよ。スケッチの質が向上するとか——それだ、きっとスケッチの程度を高めるために、きみにその薬を飲ませてるんだ」

「それとも、わたしを死なせないために、とか」

心の中の恐怖が大きくなる。

「どうして死ぬんだ？　説明してくれ」ラーズはできるだけ感情を抑えて、低い声でいった。なにげない口調で。「たとえ、一種の癲癇気質があるとしても——」

「わたしはひどい病人なの——精神的に。〝鬱病〟って呼ばれてる持病があるのよ。だからいままで──これからもずっとだけど──パブロフ研究所で長い時間を過ごしてるの。わたしに仕事をつづけさせるのはたいへんなのよ、ラーズ。単純なこと。毎日毎日がそれとの闘いで、フォルモフェインが助けてくれる。だから飲むの。薬には感謝してる──〝鬱〟だかなんだか知らないけど、それが嫌いだから。どんなものか知ってる？」

リロはラーズのほうに身を乗り出し、追いつめられたような目で見つめて、

「知りたい？」

「ああ」

「一度、ずっと自分の手を見てたことがある。血の気が失せ、死人の手みたいにしなびて、ぼろぼろに崩れて塵になってしまうの。それから、それがからだ全体に広がって、わたしはもう生きていない。そして──またよみがえる。つまり、来世の自分になっているの。死後の……ねえ、なにかいってよ」

リロはラーズの返事を待っている。

「そうだな、宗教団体が興味を持つだろうね」

とっさには、それくらいのことしか考えつかない。

「ねえラーズ、わたしたちで、わたしたちふたりで、あの人たちの望んでいることがやれると思う？　彼らが〝ザップ・ガン〟て呼んでるものを手に入れられると思う？　あれを──口にしたくもないけど──本物の兵器を？」

「もちろん」

「どこから？」

「ぼくたちが――訪れる場所からさ。シロシビンを飲んだときにトリップする場所みたいな。シロシビンていうのは、知ってのとおり、副腎皮質ホルモンのエピネフリンに関係のある幻覚剤だけどね、キノコからとれる。でも、どっちかっていうとぼくは、テオナナカティルを飲んでるみたいだと考えるのが好きなんだ」

「それはなに？」

「アステカの言葉でね。〝神の肉〟って意味。アルカロイドのことさ。メスカリンだ」

「あなたとわたしは、おなじ場所に行くのかしら？」

「たぶんね」

「で、あなたはどこだっていったっけ？」リロは頭をぐいとそらせ、待っている。耳をそばだて、じっと見ている。「あなたはなにもいわなかった。知らないのね！　わたしは知ってるわ」

「じゃあ教えてくれ」

「あなたがフォルモフェインを飲んだら教えてあげる」

立ち上がり、リロはとなりの部屋に消えた。もどってきたときには、ふたつの白い錠剤を手にしていた。それを、ラーズに向かってさしだす。

自分でもなぜだかわからないが――正直な話、そんなことはどうでもよかった――ラーズはおとなしく、抗議の言葉ひとつ口にしないで、その二錠をビールで飲み下した。錠剤はしばらくのどの奥に残っていた。ひっかかったかな、と思ったが、つぎの瞬間には、咳きこんで吐き出すことのできる地点を通りすぎていた。いまはもう、ラーズの肉体の一部となっている。この薬がなにをもたらそうと――どんな影響を彼の代謝システムに与えようと――あとは信じるしかない。そういうことだ。

薬を、ではなく、リロ・トプチェフを信じること。

リロのつぎの言葉に、ラーズはハッとした。

「そんなことをするのは――挫折した人間よ」

彼女の顔はさびしげだが、がっかりしているようすはない。彼の信頼が、彼女の奥底の本能的なペシミズムに力を与えたかのようだ。それとも、なにかべつのことが？　スラブ的な運命論だろうか？

笑うしかない。おれは彼女を戯画化している。彼女のことはまだなにひとつ知らないのに。いまの時点では、彼女の心理を読むことなどまるで不可能だというのに。

「あなたは死ぬわ」リロがいった。「このときを待っていたの。あなたがこわいから」

それから、にっこりほほえんで、

「いつも脅されてた――もしわたしが彼らを失望させたら、ウェス・ブロックに潜伏しているKVBの殺し屋があなたを誘拐し、ブルガニングラードに連れてきてピープ・イーストの新しい兵器デザイナーにする、そうなればわたしはお払い箱で、彼らのいう〝歴史のゴミため〟になってしまうんだ、って。それも、古くさいやりかた——スターリンが採用していたような方法で」

「きみがほんとうのことをいってるとは、一瞬だって信じないよ」

「わたしに殺されるためにはるばるここまでやってきたんだとは思わないのね」

ラーズはうなずいた。

しばらくしてから、リロはためいきをつき、

「そのとおりよ」

ほっとして、体から力が抜ける。息がようやくもとにもどった。

「いまでも、あなたがこわい」とリロがつづける。「彼らはあなたを使ってわたしを脅しつけた。あなたの存在がいつも頭上にのしかかってた。だから、あなたのことなんか、考えるのもいやだった。あなたが死ねばいい、そう思ったわ。ほかの人もみんな死んでしまえばいい。過去からいままでの、ほかの人間みんなが死んでしまえばいい、と。

でも、さっきあなたにわたした薬で、じゃないわ。あれは、セロトニンに似た脳の代謝刺激剤。わたしがいったとおりのもの。あなたにどんな効果があるかをどうしても知りたかったからわたしたの。わたしの考えてることがわかる？　あなたの二種類の薬と、わた

しの薬を両方いっしょにためすことよ。才能をいっしょにするだけじゃなくて、代謝刺激剤もいっしょにして、なにができるかをたしかめる。だって——」

リロは子どものようなためらいを見せた。表情は暗いが、興奮しているのがわかる。

「——わたしたちは成功しなければならないんだから。どうしても成功しないといけないのよ、ラーズ」

ラーズは勇気づけるように、

「成功するさ」

それから、片手に缶ビールを持ってそこにすわったまま——ぼんやりそれを味わい、デンマークの上質の黒ビールだと思いながら——薬が効いてくるのを感じた。

とつぜん、押し寄せてくる業火のように、それは彼を圧倒し、ラーズは床にへたりこんだ——のばした手からビールの缶が落ち、ころころ転がって、じゅうたんに黒くみにくい泡のしみをつくる。まるで、巨大な動物がなすすべもなく殺され、生命が体から流れだしていくように。リロの言葉とは裏腹に、おれは死に向かって足を踏みだしたようだ、とラーズは思った。神よ！　おれはみずから死を選んだのだ——服従することによって。おれはなにに服従しているのだろう？　死はいつわることができる。死は隠れた言葉でおまえの命を要求し、そしておまえは、それがなにかまったくべつのもの、権威あるもの、霊的で自由なもの、楽しめるはずのものだと思う。おまえが望むのはそれだけだ。楽しみたい。そしてそのかわりに、死は、おまえをとらえる。彼らではなく、死が。彼らはおまえの死を歓迎するだろうが、いまのところはまだ、彼らはそれを望んではいない。

それなのに、おまえはただで生命をくれてやった、こんなにも早く。彼らは気に入らないだろう。専制政体は、みずから基準を定める。早すぎる死に向かってとびこむことは、死から尻ごみしてほかの逃げ道をさがすことと同じく、歓迎されないのだ。そして、立ち上がって死と戦うことさえも、やはり歓迎されはしない。

「どうかしたの?」と、遠くでリロの声がする。

「きみのセロトニンが」と、やっとのことで声をしぼりだす。「効いてきたみたいだ。ひどい。アルコール……ビールのせいかもしれない。たぶん。教えて――くれ」

ラーズは身を起こし、一歩、二歩、歩きだそうとした。

「バスルームは?」

リロはおびえた顔でラーズを案内した。ラーズには、彼女の、恐怖が刻みこまれた表情がわかった。

「心配しなくていい。ぼくは――」

それから、ラーズは息絶えた。

世界は消えた。彼は死んで、いまだ知られざる、まばゆい、恐ろしい世界にいた。

17

石を彫刻したみたいな彫りの深い顔だちの、偶像を思わせる男が、一分のすきもない制服に色とりどりの勲章を山のようにつけて、ラーズのそばにかがみこんでいる。

「だいじょうぶだ、生きている」と男はいった。

床までの丈の白衣を着た医療スタッフがふたり、うろうろしている。大病院にあるような、おそろしく高価な救急医療設備や、ホース・計器類・自家発電装置つきの巨大な機械がぶんぶんうなり、なにもかもフル回転している。空気はオゾンと化学薬品のにおいがする。テーブルの上にはさまざまな医療器具がのっている。そのうちのひとつはラーズにも見覚えがあった。気管切開に使う装置だ。

だが、ソヴィエトの医療関係者も、この装置に頼る必要はない。手遅れになる前に、ラーズはどうにか意識を回復したのだ。

モニターのおかげだ、と、ラーズは思いあたった。壁に隠されて、うまずたゆまずテープをまわしつづけていた機械。不吉な秘密の目的のために、ふたりを監視しつづけていたもの。それがラーズの失神を目撃し、そのおかげで助けが呼ばれ、かろうじて間にあって、命を救ってくれた。

バスルームに行って吐くくらいでは、とても間にあわなかっただろう。

糊のきいた制服に勲章をつけた、肩幅の広い赤軍将校に向かって、ラーズは、

「ゲシェンコ少佐ですか？」

「そのとおりです、ミスター・ラーズ」

ほっとしたせいか、石像のようだったその顔はいくぶんやわらいだ感じで、色が白くなっている。

「迷走神経ですよ。脊髄と、とくに食道になにか問題があったらしい。正確なところはわたしにもわからんが、しかし、ほんとうに危ないところだった。もちろん、いよいよというこになれば、あなたを冷凍して、空輸したでしょう。しかし――」と、身振りをする。

ラーズはうなずいて、

「危なかった。間一髪って感じでしたよ」

ラーズはやっと、リロ・トプチェフを見つけた。つきあたりの壁にもたれて立ち、ラーズの視線にも目をそらそうとはしない。

リロがいった。

「わたしがわざとやったと思う？」

その声は遠く、やっと聞きとれるくらいだった。一瞬、空耳かと思ったが、やがて彼女が声に出してそういったことに気づく。そして、その答えもわかった。真実はわかっている。だが、声に出しては、彼女を守るために、こういった。

「事故だよ」

「ええ、そうだったの」リロがかぼそい声で答える。

「みんなわかっているとは思うが」と、緊張した響きのある口調でゲシェンコ少佐がいった。「アレルギー反応だったのだ」

あんたはリロを信じるのか？　と、ラーズは胸の中でつぶやいた。あんたみたいな商売の人間が？　それとも、おれには知らすべきではないということか？

少佐殿、あんたをだますことなんかできやしない。あんたはプロだ。このおれでさえ、事故と本物の区別くらいつく。こいつは本物だ。やってはみたものの、リロはすぐにこわくなった。自分自身もおしまいになってしまうだろうから。薬がじっさいに効きはじめたとき、おれの体の反応の激しさを見て、やっとそれに気づいたのだろう。彼女はまだおとなになっていない、それだけのことだ。自分のすることがどういう結果を招くか、予想できないんだ。

でも、なぜ？　おれが彼女にとってかわることを恐れた？　それとも、まるでべつの恐怖があったのか。

はるかに合理的な恐怖が。

ラーズは口を開き、リロに向かって、

「兵器だね」

「ええ」リロはこわばった顔でうなずいた。

「きみは手にはいると思った。彼らが望んでいるとおり、われわれふたりの力で」

「越えてはいけない線があるのよ」

ラーズは理解した。

「条約が成立する前の時代」とラーズはいった。「取り引きもぺてんもなかったころ。兵器が本物だった時代」

「もどってくるわ」とリロがささやくようにいう。「あなたを見た瞬間、それを感じた。わたしたちはふたりでやりとげる、そして、いったんそうなったら、だれにも変えることはできない。わたしたちは、拡大した意識で、だれにも行けないところまで行く。たとえメスカリン－シロシビン－シロサイブ・メキシカーナ－ストロファリア・キューベンシス－d－リセルグ酸ジエチルアミドを使っても行けないところに。ついてはこれないし、この人たちにもそれはわかってる」

少佐が声を荒らげ、リロ・トプチェフに向かってどなりつけるように、

「衛星だぞ！　それも三つ！　聞いてるのか？　いずれは四つめ、五つめがあらわれて、

そうなればわれわれはおしまいなんだ！」

「わかったわ」リロはおちついた声でいう。「聞こえてる。あなたのいうことはまちがいなく正しい」

敗北を認めたような声だった。

ラーズに向かって、ゲシェンコ少佐は侮蔑を含んだ苦い口調で、

「まちがいなく、ね」

といい、厳しい目でラーズを見つめて反応をうかがう。

ラーズはやっとのことで口を開き、

「わたしやわたしの態度を心配してもらう必要はもう二度とない。彼女には障害がある、情緒的にね。はっきりわかったよ、きみたちがどうして彼女を常時こうした監視のもとに置いているのか。完全に理解できる。これからは、わたしはトート医師と——」

「医師はあと数分で到着する」とゲシェンコ少佐はいった。「そして、彼はあなたとつねにいっしょにいることになる。だから、彼女がありもしない攻撃から身を守ろうと、あなたにまたなにか心理的な不意打ちをかける可能性はまったくない。それに加えて、われわれの医療スタッフが——」

「トートだけでじゅうぶんだ」

そういって、ラーズは身を起こした。

「だといいが」ゲシェンコ少佐はなにか重大な秘密を握ってでもいるかのようないいかたをした。「ともあれ、この件についてはあなたの意見を尊重することにしよう」

それから、リロに、

「きみをかたづけることくらい、いつでもできるんだぞ」

リロは黙っている。

「わたしはこのチャンスに賭けたい」とラーズ。「彼女との共同作業をつづけたい。現実には、まだはじめてもいないんだ。いますぐ、とりかかったほうがいい。この状況ではそうするしかないと思う」

黙ったまま、リロ・トプチェフはふるえる指で、また葉巻に火をつけた。ラーズを無視し、手にしたマッチに視線を固定して、灰色の煙を吐き出す。

そのとき、ラーズはさとった。これから長い長いあいだ、彼女を信用することはないだろう。彼女を理解することさえも。

「聞きたいことがある」と、ラーズはゲシェンコ少佐に向かっていった。「きみには葉巻を消してくれと彼女にいう権利があるのか？　息苦しくてね」

ふたりのKVB職員が、すぐさまリロのほうに歩み寄った。

リロは火のついた葉巻を、けんか腰で床にたたきつけた。

部屋の中は静まりかえり、全員が彼女を見つめている。

「ぜったいに自分で拾いやしないよ」とラーズ。「いつまで待っても無駄だ」

ＫＶＢのひとりが腰をかがめ、葉巻を拾い上げると、手近の灰皿でもみ消した。

ラーズはリロに向かって、

「それでも、きみと仕事をするつもりだ。いっしょにやってくれるか？」

リロの顔をじっと見つめ、なにを考え、なにを感じているかを読みとろうとしたが、どんな表情も浮かんではいない。まわりにいるプロフェッショナルたちでさえ、なにも手がかりをつかめないでいるようだ。彼女はおれたちの手をすりぬけてしまった、とラーズは思った。この悲惨な状況を、なんとかして乗り越えなければ。彼女の子どもっぽい手に、われわれの生命がかかっている。

ああ、なんてこった。

立ち上がろうとするラーズに、ゲシェンコ少佐が手を貸してくれた。部屋の中の全員が、それを手伝おうと右往左往する。まるでサイレント時代のコメディを見ているようで、場合が場合でなければ、ラーズも必死に笑いをこらえなければならなかったところだ。

少佐はラーズを手招きし、ふたりだけで話のできるところへと導いた。

「われわれがこんなに早く助けに駆けつけられたわけはおわかりだと思う」

「彼女が監視装置のことを教えてくれたよ」とラーズ。

「そして、なぜそれが備えつけられているかも理解できるだろう」

「理由なんかどうでもいい」

「彼女はちゃんとやるよ」ゲシェンコ少佐が請け合った。「われわれはリロのことを知っている。すくなくとも、予想がつけられるだけのことを学ぼうと、最大限の努力はしてきたつもりだ」

「しかし、今回の一件は予想できなかった」

「われわれが予想していなかったのは、彼女の脳代謝に有益な薬品が、きみには有害だということだ。リロがどうしてそのことを知っていたのか、納得がいかない。当てずっぽうでやってみたのでなければだが」

「当てずっぽうだったとは思わないね」

「きみたち霊媒には、未来予知（プレコグ）的な能力もあるのか？」

「おそらくね」とラーズ。「医学的に見て、彼女は病気なのか？」

「心理学的に、ということか？　いや。向こう見ずなだけだ。彼女の心は憎しみでいっぱいだ。われわれを嫌っているし、協力しようとしない。しかし、病気ではない」

「行かせてやればいい」とラーズ。

「行かせる？　どこへ？」

「どこへでも。自由にしてやるんだ。監視はやめて。放っておくことだ。わからないだろうな、きみには」

わかりきったこと……説明するだけ時間の無駄だ。しかし、ラーズはもうすこし努力してみることにした。この男はばかではない。狂信者でもない。ゲシェンコはただ、環境にがんじがらめにされて、ほかの考えかたができなくなっているだけだ。

「心理学用語で、遁走っていうのを知ってるか？」

「ああ。逃げだすことだろう」

「あの子を好きなだけ逃がしてやれ、行きつく先まで。最後に——」ラーズはそこでためらった。

ゲシェンコは、自分自身の限界からも、このソヴィエト世界の限界からも自由な、経験による知恵を発揮して、あざけるような口調で、

「最後にどうなるんだね、ミスター・ラーズ？」

ゲシェンコは答えを待っている。

ラーズはあくまでもがんこに、

「できるだけ早く、彼女とわたしがやらなければならない仕事にとりかかりたい。なにが起きようと。時間を置くのは逆効果だ、ふたりの共同作業をなかったことにしようとする彼女の気持ちに力を与えることになるから。だから、ほかの人間をみんな追い出して、主治医と話をさせてくれ」

静かにはいってきていたトート医師が口を開き、

「まず多段階検査をさせていただきたい」

ラーズは医師の肩に手を置いて、

「彼女とわたしにはやることがあるんだ。テストはまたいつかということにしよう。ニューヨークにもどってからでも」

「〝デ・グスティブス〟」背が高く、むっつりした、鋭いかぎ鼻のトート医師が、あきらめたようにいう。「〝ノン・ディスプタンドゥム・エスト（「蓼食う虫も好き好き」を意味するラテン語の格言）〟きみは頭がおかしいと思うね。彼らはあの毒薬の公式をよこそうとしないから、こちらで分析することは不可能だ。きみの体にどんな影響を与えたかは、神のみぞ知る」

「わたしは死ななかったし、それで満足するしかない。とにかく、わたしたちがトランス状態にあるあいだ、しっかり目を開いて見ていてくれ。なにか測定装置を持ってきていて、わたしにセットしたいのなら――」

「ああ、そう。ＥＥＧとＥＫＧで常時記録しておくつもりだ。ただし、きみにだけ。彼女はべつ。リロ・トプチェフに関しては、彼らが責任を持つだろう。わたしの患者ではないからね」トート医師の口調は悪意に満ちていた。「わたしの考えていることがわかるかね？」

「わたしがさっさと帰るべきだと思ってるんだろう」

「ＦＢＩなら、きみをここから――」

「エスカラティウムとコンジョリジンの顆粒カプセルは持ってきてくれただろうね？」

「ああ。ありがたいことに注射せずにすむ。きみがはじめて下した理性的な判断だな」

トートは、ふくらんだふたつの小さな袋をラーズにさしだした。

「注射する気にはならないよ。彼女がくれたあの薬が、さらに強力にされてるかもしれないからな」とラーズ。

すでに教訓を学んでいる。薬を飲んでもいい気になるまでには、まだしばらくはかかるだろう——たとえそれが効果のよくわかっている薬でも。あるいは、よくわかっていると思っている薬でも。

リロ・トプチェフのところまで歩いていき、ラーズはまっすぐその顔を見つめた。リロは焦点の定まらない視線を返してくる。

「考えてみると」と、ラーズはなだめるような口調で声をかけ、「きみはあの錠剤を、ふたつじゃなくて四つ飲ませることもできたはずだ。そうしたら、こんなもんじゃすまなかったろうね」

「よしてよ」とリロはうちひしがれた声でいった。「あきらめるわ。あなたと心を融合させる、この愚かしい計画から逃げる道はもうないのね。わたしに残されたたったひとつのもの——わたしがわたしであるってことさえ奪われてしまう。ミスター・ラーズ、あの衛星を軌道に乗せたのはこのわたしだっていったら、驚いてくれる？　まだだれも知らない超心理学的能力を使ってやったんだっていったら？」

リロはうれしそうにほほえんだ。たとえ空想にすぎなくても、じっさいにはありえないことであっても、そう考えることで気をよくしたらしい。

「そういったら、わたしのことをこわがってくれる？」

「いいや」

「賭けてもいいわ、それを聞いてこわがる人間がきっといる。あーあ、あなたみたいに、インフォメディアにコネがあったらな。あなた、かわりにいってくれないかしら、わたしの言葉を引用して」

「そろそろはじめよう」とラーズ。

「わたしと同調して仕事をしたら」とリロ・トプチェフはおだやかにいった。「あなたの身にきっとなにか起こる。やめて。お願い」

「さあ」とラーズ。「トート医師もそばについていてくれる」

「死神医師（デッド）ね」

「なんだって？」ラーズは不意をつかれた。

「そのとおり」と、うしろに控えていたトート医師がいう。「わたしの名前は、ドイツ語でそういう意味になる。彼女のいうことはまったく正しい」

「そして、わたしには見える」リロは半分ひとりごとのように、歌うような口調でいった。

「死が見える。もしいまやめなければ」

トート医師は水を入れたコップをラーズにさしだした。

「これで飲んでください」

トランス状態にはいる前の、いつもの儀式ばったしぐさで、ラーズはエスカラティウムとコンジョリジンのカプセルをひとつずつ飲み下した。注射ではなく。やりかたは違っても、結果はおなじ――だといいのだが、とラーズは思う。トート医師は、きびしい目でラーズのようすを検分しながら、

「彼女にとって欠かせないフォルモフェインがきみには有害で、交感神経を抑圧する働きをしたのなら、こう考えたほうがいい。〝わたしの超心理学的能力は、彼女のそれとどう違うのか？〟と。それは、かなり高い確率で違いが存在する証拠だからね。それも、根本的な違いが」

「彼女とわたしがいっしょにトランスにはいれないと思うのかい？」

「たぶん、無理だろう」トート医師は静かに答えた。

「どうせすぐにわかることだ」とラーズ。

リロ・トプチェフは、壁ぎわから離れてこちらに向かって歩きながら、

「ええ、すぐにわかることよ」

リロの目は輝いていた。

18

ワシントンDCフェスタンに到着したサーリィ・G・フェブスは、一点非のうちどころのない身分証明一式を携帯しているにもかかわらず、中にはいれないことを知って仰天した。

空に浮かぶ敵性エイリアン衛星のおかげで、保安基準、審査手続きその他いっさいが、一新されていた。すでに中にいる者は、中にとどまることになる。しかしながら、サーリィ・G・フェブスは外側にいた。

したがって、外側にとどまらねばならない。

やり場のない欲求不満をかかえて、ダウンタウンの公園のベンチにむっつりすわりこみ、遊んでいる子どもたちをながめながら、フェブスは自問自答した。こんなことのために、ぼくはやってきたのか？　ぺてんもいいところじゃないか！　おまえはコンコモディーだと通知しておいて、いざ来てみると、今度は無視するなんて。

とても承服できない。

あの衛星は、たんなる口実にすぎない。あの卑怯者どもは、自分たちの権力(モノポリー)をじゃまされたくないだけなんだ。ぼくの半分でも、こういう問題について洞察力を持っている人間なら、人間の心理と社会について長い研究をつづけてきた人間なら、ひと目でそれを見破ることができる。

ぼくに必要なのは弁護士だ、とフェブスは結論を下した。超一流の専門家、その気になれば雇うことのできる人間。

ただ、いまはそれに金を使う気になれない。

じゃあ、どこかのホメオペイプに駆けこむか？　しかし、ホメオペイプのページは、衛星に関するセンセーショナルで恐ろしい見出しであふれかえっている。ほかのことになど、大衆愚民(マス・サップ)はだれひとり気にかけないだろう。人間の価値とか、ひとりの市民の身になにが起きたか、などということには。いつものように、無知蒙昧(むちもうまい)な平均的とんまは、その日一日のゴミにころりとだまされる。このぼく、サーリイ・G・フェブスは違う。しかし、たとえそうでも、だからといってワシントンDCフェスタン地下の〈クレムリン〉にはいれるわけではない。

老いぼれがひとり、よろよろと近寄ってきた。着ている服はつぎはぎだらけで、あちこちつくろってある洗いざらしだが、どうやらもとはなにかの軍服だったらしい。男はフェブスのすわっているベンチにゆっくり歩いてくると、ちょっとためらい、それからぎくしやくと腰を下ろした。

「いいお日よりで」

老人はさびついたような声でいった。吐息をつき、咳きこんで、落ちくぼんだ口を手の甲でぬぐう。

「むむむ」

フェブスはうなり声をあげた。話をする気分ではない。とくにこんなよぼよぼのカカシじじいとは。退役軍人ホームにでもはいって、仲間のクズを相手にしているべきなのだ――ずっとむかしに死んでいるべきだったぼろぼろの年寄たちにまじって。

「あのガキたちを見ろよ」老いた元軍人はそういって指さし、フェブスは心ならずもそちらのほうに目をやっていた。「〝オリ・オリ・オクセン・フリー〟（オール・ザ、オール・ザ、アウツ・イン・フリー）（かくれんぼでベースにタッチしたあと、仲間に呼びかけるかけ声）なにがなまったのか、知っとるかね？〝みんな出てきていいぞ〟だ」

クズ野郎はくすっと笑った。フェブスはまたうなり声をあげる。

「あんたが生まれる前からある。ゲームは変わらんよ。これまでに発明された最高のゲームはモノポリーだ。やったことは？」

「むむむ」とフェブス。

「モノポリー盤がある」と、老兵はいった。「わしのじゃないが、どこにあるかはわかっとる。クラブハウスだ」

老兵はまた指さした。その指は冬の枯れ木を思わせた。

「やらんかね？」

「いや」フェブスはきっぱりと答えた。

「なぜだ？　モノポリーはおとな向けのゲームだ。わしはしじゅうやってる――一日八時間やることだってある。わしはいつも、値段の高い地所を買い占めることにしてる、たとえばパーク――」

「ぼくはコンコモディーなんだ」とフェブス。

「そりゃなんだね？」

「ウェス・ブロックの高級官僚」

「あんた、軍人かね？」

「まさか」軍人だと！　あんな低能どもといっしょにされてたまるか！

「ウェス・ブロックは」と老兵がいう。「軍人に支配されとる」

「ウェス・ブロックは」とフェブスがいう。「経済的政治的組織であり、それが効率的に機能する究極の責任は、雑多なメンバーから構成される委員会の双肩に――」

「今度はスナムをはじめたな」と老いた戦争帰還兵がいった。

「なんだと？」

「スナムだ。覚えてるよ。わしが〈大戦〉でなにをしとったか、話したかな？」

「もういい」

フェブスはそういって、そろそろここを離れる潮時だなと考えた。いまの気分では——UN-W国防局委員会の席につく法的な権利を否定されたいまでは——このよぼよぼじじいが古い手柄話をくどくど説明するのを聞くのは耐えられない。

「わしは、TWGの保守主任だったが、軍服は着ていた。前線にいたんだ。TWGの作動するところを見たことはあるかね？ これまで発明された中でももっとも優秀な戦術兵器だが、惜しむらくは動力供給でいつもトラブルを起こしてな。一発分充電すると、砲塔がそっくり焼けついちまうことがある——覚えてるだろう。それとも、おまえさんが生まれるより前の話かな。ともかく、わしらはフィードバックを——」

「わかったわかった」

フェブスはいらだたしげにそういって立ち上がり、歩きはじめた。

「ソード・バルブ・システムから脱落した破片がこっちに飛んできてぶつかったんだ」老帰還兵はなおも話をつづけている。

〈大戦〉か、やれやれ。フェブスはひとりごちた。どうせ、どこかのコロニーのけちな内戦だろう。一日でかたづく程度の騒乱だ。それに〝TWG〟とは！ どんな時代遅れのガラクタかは神のみぞ知る。たぶん、100シリーズ時代の原始的な骨董品に決まってる。兵器をスクラップにするときは、そのオペレータもいっしょに廃棄処分にすることを義務づけるべきだな。こんな哀れな年寄りが重要人物の時間を無駄に消費するなど、あってはならない。

おかげで公園のベンチを離れてしまったから、このさいもう一度、〈クレムリン〉にはいれないかトライしてみよう。フェブスはそう決心した。

数分後、フェブスは当直の衛兵にかけあっていた。「これは重大なウェス・ブロック憲章違反だ！　ぼく抜きで開かれる会議など、茶番でしかない！　ぼくの投票がないかぎり、あらゆる決議は法的に無効だ。上官に連絡したまえ。当直将校に伝えろ！」

衛兵は無表情にまっすぐ前を見つめている。

突然、巨大な黒い政府ホッパーが頭上にあらわれ、衛兵詰め所の先のコンクリート離着陸場へと降下していった。衛兵は瞬間的に映話トランシーバーのスイッチを入れ、指示を下しはじめる。

「だれだ？」好奇心にかられてフェブスはたずねた。

ホッパーが着陸した。そして、ホッパーから降り立ったのは――ジョージ・ニッツ将軍その人だった。

「将軍！」フェブスは叫んだ。その声は、衛兵に守られた補強フェンスを越えて、ホッパーから降りた軍服の男に届いた。「ぼくはあなたの仲間だ！　通知をもらった。合法的に委員会に出席できるコンコモディーとして、あなたの力でぼくを中に入れるように要求する。でないと、不法行為だかなんだかで、あなたを訴えるぞ！　まだ弁護士とは話していないが、ぼくは本気だ、将軍！」

ニッツ将軍が歩きつづけ、地下に広がるフェスタンのささやかな地上構造物の中に姿を消すと、フェブスの声も尻すぼみになって消えた。

ワシントンDCの冷たい風が、足もとに吹きつける。携帯映話機に向かって指示を伝える衛兵の声をのぞけば、静寂が支配している。

「ちくしょうめ」フェブスは捨てぜりふを吐いた。

老朽化した小型タクシー・ホッパーがフェンスのところまで滑空してきたかと思うと、そこで停止した。薄汚れた色の、時代遅れの布製コートをまとった中年の女性が降りてくる。衛兵に近づいて、女はおずおずと、しかしきっぱりした口調で、

「ねえあなた、UN‐W国防局委員会に出るにはどうすればいいのかしら？　わたしはマーサ・レインズ、新しく選ばれたコンコモディーよ」

女はポーチの中をひっかきまわして、証明するものをさがした。

衛兵は映話機を下ろすと、ぶっきらぼうに、

「AAクラス、あるいはそれ以上のランクの通行証を持つかたでもお通しできないんです、マダム。緊急時保安優先規定が150時間帯午前六時に発効しました。お気の毒ですが、マダム」

衛兵は映話機に注意をもどした。

フェブスは意を決して、その中年女性のところに近づいていった。

「ミス、ぼくもあなたとまったくおなじ、屈辱的な状況に置かれているんです」と声をかける。「われわれは、法的に正当な特権を拒否されています。わたしは、責任者に対して大がかりな訴訟を起こす可能性を真剣に考えています」

「あの衛星のせいかしら？」

マーサ・レインズはおどおどとたずねた。しかし、彼女の抱いている疑惑自体は、フェブスのそれとほとんど同一のものだ。

「きっとそうね。みんな衛星のことでてんてこまいで、わたしたちになんかかまっていられないのよ。わたしはオレゴン州ポートランドからはるばるやってきて、もうくたくた。愛国者としてこの仕事をまっとうするために、グリーティング・カードのお店を手放して、義理の妹にまかせてきたのよ。それがどう！　中に入れてもくれない――ええ、わかってるわ」

彼女は怒るより先に、ショックで茫然としているようだった。

「この入口で五番めよ」ようやく同情してくれる聞き手を見つけたマーサは、とうとうとまくしたてる。「ゲートC、ゲートD、それからEもFもためして、今度はここ。そのたんびに、おんなじことをいわれたわ。きっとそう指示されてるのよ」

マーサはきっぱりとうなずいた。こんなことは、およそ自由主義的（ウェス・ブロック）ではない。

「きっとはいれますよ」とフェブス。

「でも、ここの人たちはみんな――」

「あと四人の新しいコンコモディーを見つけだすんです」フェブスは心を決めた。「グループとして行動しましょう。われわれ全員を拒否はしないでしょう――ひとりひとりばらばらだから、彼らもいばりちらすことができる。しかし、われわれ六人全員でかけあえば、追い返せるかどうか怪しいものだ。そんなことをすれば、政策決定レベルの会議を、意図的に不法に行なっているのを認めることになりますからね。それに、賭けてもいいが、そのへんの自動レポーター、たとえば〈ラッキー・バッグマン・ショウ〉のレポーターのところへでも、六人そろって押しかけて真実をぶちまければ、TV局も衛星がどうのというたわごとを一時中断して、正義が行なわれるために時間をさいてくれるはずですよ」

げんにフェブスは、このメイン・ゲートに到着してから、何人かのレポーターを見かけていた。インフォメディア各社は、ここ数日、臨戦態勢で、衛星に関係するニュースを収集している。

あとは、残る四人のコンコモディーを見つけだすだけだ。マーサ・レインズとこうして立ち話をしているあいだにも、またタクシー・ホッパーが降下してきた。乗っているのは神経質な顔をした不安そうな若者。フェブスは、もうひとりの、新しく選ばれたコンコモディーにちがいないと直感した。

そして、中にはいったら、やつらをぎゅうっという目にあわせてやる。フェブスは心の中でそう宣言した。あのジョージ・ニッツのとんま野郎に、身のほどというものを思い知らせてやる。

フェブスはすでに、ニッツ将軍に対して憎しみを抱いていた――さっき、自分になんの関心も示さなかったことで。ニッツは状況が変わろうとしているのに気づいていない。だが、もうすぐ耳を傾けなければならなくなる。そのむかし、前世紀の偉大なアメリカ人、ジョー・マッカーシー上院議員が、とんま野郎どもに無理やり耳を傾けさせたように。一九五〇年代のジョー・マッカーシーは、やつらにびしっといってやった。そしていま、サーリイ・フェブスと五人の典型的市民は、二十億人民の代表というきわめて重要な地位を保証する、絶対的かつまちがいのない身分証明書類を手に、それとおなじことをやってのけるのだ！

ホッパーを降りた神経質な表情の若者のほうに向かって、フェブスはまっすぐ大股に歩いていった。

「ぼくはサーリイ・G・フェブス」とにっこりして、「こちらのご婦人は、マーサ・レインズ。われわれは、新しく選ばれたコンコモディーです。あなたもそうじゃありませんか？」

「え、ええ」若者はごくりと唾を飲んで答えた。「ぼくはゲートEに行ってみたんですが――」

「いいんだよ」

とフェブスはいい、腹の底から自信がわきあがってくるのを感じた。すでに、自動TVレポーターのひとりを視界のすみにとらえていた。それはこちらに向かって近づいてくる。フェブスは決然と、自動レポーターのほうに足を踏みだした。ふたりの新しいコンコモディーは、従順にあとをついてくる。フェブスのうしろにいて、彼にしゃべってもらうことに満足しているようだ。

彼らはリーダーを見つけたのだ。

そしてフェブスは、自分がいままでとはべつの存在に変身したように感じていた。彼はもう、人間ではない。霊的な力なのだ。

いい気分だった。

19

ラーズはリロの向かいに腰を下ろし、彼女の顔をじっと見つめていた。相手の考えていることはほとんどわからない。トート医師は、患者にセットしたEEGおよびEKG測定器が吐き出すテープを調べながら、いそがしく動きまわっている。だが、ラーズは思った。この娘の予言は、きっと現実になるだろう。ふたりの共同作業からは、きっとなにかわざわいが生まれる。それを感じる。そして、この件では、おれなどなんの価値もない。ウェス・ブロックはすでに、おれのあとがまを三人用意している。そしてまちがいなく、東側にはもっと多くの霊媒がいる。

しかし、おれの敵、おれの競争相手は、ピープ・イーストでも、KVBでもない……。ラソヴィエト当局はすでに、本気で彼に協力するつもりでいることを証明してみせた。ラーズの命を救ってくれたのだ。彼の天敵は、いま目の前にすわっている少女、黒いウールのセーター、サンダル、ぴっちりしたスラックスという姿で、髪をリボンで束ねた十八歳の少女なのだ。憎しみと恐怖から、まず手はじめに、彼に対して最初の殺害工作を試みた少女。

しかしきみは、肉体的に、性的に——そう、信じられないくらい性的に——いやになるほど、魅力的だ。

きみのそのセーターの下はどうなっているんだろう。そのスラックスも靴も、リボンさえもとった姿はどんなふうだろう。そういう状況できみと出会える可能性があるだろうか。それとも、AVモニター・システムが、それを阻むだろうか。個人的には、赤軍士官学校の全生徒が夢中になってテープを見たって、おれはちっともかまわない。でも、きみは気にするだろうな。きみの怒りはますますつのる、彼らに対してばかりでなく、おれに対しても。

薬の影響があらわれはじめた。まもなく彼は潜る、そして、つぎにトート医師が蘇生させてくれたときには、結果が出る。スケッチがあるか、それともないか。神経生理学的にいえば、スケッチができる過程は自動的といってもいい。できるか、できないかのふたとおりしかない。

ラーズはリロに向かって、

「恋人はいる?」

リロはけげんそうに眉を上げ、

「どうだっていいでしょ」

「だいじなことなんだ」

トート医師が口をはさみ、

「ラーズ、ＥＥＧによるときみは――」

「わかってる」とラーズ。意識を集中するのがむずかしくなっている。あごに力がはいらない。「リロ、ぼくには愛人がいる。パリ本社の社長だ。知ってるか？」

「なにを？」

リロはあいかわらず、疑い深げにラーズをにらみつけている。

「きみのためなら、マーレンと別れてもいい」

リロの表情がやわらいだ。明るい笑い声が部屋の中に響きわたる。

「まあすてき！　本気でいってるの？」

ラーズはうなずくことしかできなかった。話すことが可能な段階はすでに過ぎている。

しかし、リロは彼がうなずくのを見、そして彼女の顔の輝きは金色の後光に変わる。

壁のスピーカーからビジネスライクな声が、

「ミス・トプチェフ、あなたはミスター・ラーズのトランス相に、アルファ波形を同調させなければなりません。医師をつけましょうか？」

「やめて」リロはそくざに答えた。後光がうすれていく。「パブロフ研究所の人間なんかごめんよ。自分でやれるわ」

リロは椅子からすべり下りると、ラーズのかたわらにひざまずいた。頭をラーズの肩にもたせかける。肉体の接触を通じて、リロのテレパシー放射のいくぶんかが、ラーズの体に流れこんでくる。純粋なあたたかさとして、ラーズはそれを感じた。

トート医師が神経質な口調で、リロに、

「あと二十五秒でミスター・ラーズは潜る。やれるかね？　あなたの脳代謝は活性化しているか？」

「だいじょうぶよ」リロの声にはいらだたしげな響きがある。「わたしたちふたりだけにしてくれない？　いいえ、無理でしょうね」リロはためいきをついた。「ラーズ、ミスター・パウダードライ、あなたは自分が死にかけていることを知ったときにも、こわがってはいなかった。わたしはあなたを見、あなたにはわかった。かわいそうなラーズ」

リロは不器用にラーズの髪の毛をくしゃくしゃにした。

「ねえ、知ってる？　教えてあげるわ。あなたはパリに愛人がいる、それはたぶん、彼女があなたを愛してるから。でも、わたしは愛してない。わたしたちふたりで、どんな兵器ができるかやってみましょ。わたしたちの赤ちゃんよ」

トート医師がかわりにいった。

「彼は答えられないが、あなたの言葉は聞こえている」

「ふたりの他人どうしの子どもが人質になるってわけね！」とリロ。「あなたを殺そうとしたことで、わたしたちは友だちになったのかしら。親友？　無二の親友、っていうんだっけ？　それとも、胸の親友。わたしはそっちのほうが好き」

リロは彼の頭を、ちくちくする黒いウールのセーターに押しつけた。

そのすべてを、ラーズは感じた。黒く、やわらかなセーターのちくちくする感触、彼女の息にあわせて上下する胸。有機繊維と、その下の合成繊維の下着の層、そしておそらくは、その下にもう一層。だから、三つの層が、彼女とおれのあいだをへだてている。しかしそれでも、彼女の体は、おれの唇から、ブックボンド・ペーパー一枚分の厚さしか離れていない。

これからも、この状況はずっと変わらないのだろうか？

「たぶん」とリロがやさしくいう。「あなたはこの姿勢で死ねるわ、ラーズ。わたしの子どもみたいにして。スケッチのかわりに、あなたが子どもになるの。わたしたちの赤ちゃんじゃなくて、わたしの赤ちゃん」

それから、トート医師に向かって、

「わたしも潜るわ。心配しないで。彼とわたしで、いっしょに行く。あなたのついてこれない非・時空間世界で、わたしたちはなにをするのかしら？　あなたにわかる？」

リロは笑った。そしてもう一度、今度はさっきよりもなめらかな手つきで、ラーズの髪の毛をくしゃくしゃにした。

「神のみぞ知る」トートの声が、ラーズの耳に遠く聞こえた。

それから、ラーズは消えた。そくざに、黒いウールのちくちくする感触がなくなる。いちばん大切なものが、いちばんはじめに。

しかし、ラーズはそれをとりもどそうと、必死につかみかかった。かぎ爪の生えた獣のように、かきむしる。だが、それにもかかわらず、彼が指につかんでいたのは、リロ・トプチェフのスリムな体ではなかった。ラーズはそのことを知って、ひどい失望感を味わった。彼がそのごつい手に握りしめていたのは――一本のボールペンだった。

床には、なぐり書きしたスケッチが落ちている。ラーズは、現実世界にもどっていた。ありえないこと、認めることも信じることもできないことに思える。いま感じている不安をべつにすれば。その不安が、周囲のものに現実感を与えた。

トート医師は、スケッチを見つめたまま、

「これはおもしろいね、ラーズ。ところで、あれから一時間たっている。そして、きみは一枚のこのシンプルなデザインを持ってもどってきた――」くすっと笑う。死神医師の笑い。「これは、ドンキー・タイプの蒸気機関だよ」

苦労して身を起こすと、ラーズは床のスケッチを拾い上げた。トート医師の言葉が冗談ではないかもしれないというぼんやりした疑いが、現実のものになる。単純な、古い蒸気機関。おかしすぎて、笑う気にもなれない。

だが、それだけではなかった。

リロ・トプチェフが、うずくまった姿勢で床に倒れている――完成はしたものの、なぜか廃棄処分にされたアンドロイドのようだ――それも、すさまじい高さから投げ捨てられた。リロは、くしゃくしゃになった紙をその手に握りしめている。そこに描かれているもうひとつのスケッチは、おなじみの珍発明とはまるで違うものだ――意識が朦朧としたいまの状態でも、それはひと目でわかる。

ラーズはリロのこわばった指から、スケッチをもぎとった。リロの心はまだ浮遊している。

「ああ」いきなり、リロがはっきりした声でいった。「頭ががんがんする！」身動きも、目をあけることさえもせずに、「結果は？　イエス？　ノー？　改鋳できそうなものだけ？」

目をぎゅっと閉じ、答えを待っている。

「ねえ、だれか答えて」

スケッチがリロの作品ではないことに、ラーズは気づいた。それは、彼の作品でもある。すくなくとも、部分的には。描線の中には、ラーズのスタイルとは違うものもまじっている――もう何年も、KACHに見せてもらってきた作品のそれと同じスタイルのもの。このスケッチのいくぶんかはリロが描き、残りはラーズが描いた。ふたりはスタイルを融合させたのだ。じっさいに、ふたりは同時にそれをつかんだのだろうか？　トート医師ならわかるだろう。ヴィドテープをチェックするソヴィエトのお偉がた連中にも、そして、あとでそれをまわされるFBIにも……あるいは、両方の情報機関に、正確に同時に、結果をわたす合意さえ成立するかもしれない。

「リロ」とラーズはいった。「起きるんだ」

リロは目を開き、頭をもたげた。その顔はげっそりとやつれ、剝製にされた野生の鷹のようだ。

「ひどい顔だな」とラーズ。

「ひどいわよ。犯罪者だもの。わたし、話さなかった？」

よろよろと立ち上がったが、足がもつれ、また倒れてしまいそうになる。顔には表情がない。トート医師が手を貸して、体をささえてやる。

「ありがとう、デッド医師」とリロ。「トランスのあと、わたしはいつもおなかが痛くなるって話、KACHから聞いている？　デッド医師、わたしをバスルームに連れていって。いそいで。それと、フェノチアジン誘導体はあるかしら？」

リロはよろめき、トートが手を貸す。

ラーズは二枚のスケッチといっしょに、床にすわりこんだままだった。一枚は、蒸気駆動のドンキー・エンジン。もう一枚は――。

恒常性維持熱探知自動ネズミ捕り装置みたいに見えるな、とラーズは思った。ただし、IQ二三〇以上のネズミか、千年も生きているネズミ——まったく新しい方法が開発され、すべてがうまくいけば誕生するかもしれないミュータント・ラットを罠にかけるための。直観的に、疑問をはさむ余地なく、ラーズはさとった。この装置はどうしようもないがらくただ。

そして、うなじの下に、巨人が恐ろしい死の息を吹きつけてきた。挫折の寒さに凍りついたまま、ラーズはモーテルの一室の床にすわって身を揺らしながら、自分が恋した少女がたてる物音を遠くに聞いていた。

20

おちついてから、四人はコーヒーを飲んだ。ラーズ、リロ・トプチェフ、トート医師、それに、彼らの看守長であると同時に、内なる狂気から守ってくれる庇護者でもある赤軍情報部少佐、チボール・アポストカジアン・ゲシェンコ。だれも、ひとことも口をきかない。破局への乾杯だ、とラーズは思った。

リロがだしぬけにいった。

「失敗ね」

「もちろん」ラーズが、リロの目を見ずにうなずく。

スラブ人独特の身振りで、ゲシェンコは片手を上げ、僧侶のように宙をたたくしぐさをした。

「まあ、焦(あせ)ることはない。ところで……」

ゲシェンコがうなずくと、副官が、ホメオペイプを持って彼らの円テーブルにやってきた。キリル文字。ロシア語だ。

「衛星がもうひとつ、軌道に乗った。なにか、ある種の場が——電磁波の歪みのようなものらしいが、わたしにはわからん、物理学者ではないからな——ともかくそれが、あなたがたの街、ニューオリンズに影響を与えたそうだ」

「どんな影響を?」

ゲシェンコは肩をすくめ、

「消滅した? 天に消えたか、地に潜ったか? ともかく、コミュニケーションは断絶し、付近の高感度測定装置は、質量の減少を記録している。そして、正体不明のバリアが、消えたものを隠している。衛星の周囲にはりめぐらされた場とおなじものであることが確認された。そもそもわれわれは、こういうことが起こるのではないかと予想していたんじゃないかな?」

ゲシェンコはわざと音をたててコーヒーをすすってから、

「奴隷狩りだ」とつけくわえる。「着陸するつもりはないんだ。これはわたしの推測だが、やつらは人間を連れ去ろうとしている。その手はじめがニューオリンズというわけだ」また肩をすくめて、「われわれがたたき落とす。心配ない。一九四一年にドイツ人が——」

「蒸気ドンキー・エンジンで?」ラーズはリロのほうを向き、「ぼくを殺そうとしたほんとうの理由はこれなんだろう、違うか? ぼくが死んでいれば、ここでこんなふうにまずいコーヒーを飲んでいることもなかったんだからな!」

ゲシェンコ少佐は人間心理に対する洞察力の深さを示し、

「ミスター・ラーズ、きみは彼女に楽な逃げ道を与えている。それは不健康だよ。彼女はそれ以上の責任から逃れられるようになるからね」

そして、リロに、

「それは、ほんとうの理由じゃない」

「いや、そうだといえよ」とラーズ。

「どうして?」とリロ。

「そうしたら、きみが、ぼくたちふたりになにも教えたくないんだと考えることができるからさ。一種の慈悲だ」

「無意識がやることに、責任は持てないわ」

「無意識など存在しない!」ゲシェンコ少佐は語気強く持論を引用した。「そんなものはおとぎ噺だよ。条件反射だ。わかってるはずだよ、ミス・トプチェフ。さて、ミスター・ラーズ、きみがやろうとしていることにはなんのメリットもない。ミス・トプチェフはソヴィエト連邦法の被告なんだから」

ラーズはためいきをつき、ポケットからまるめたコミックブックをとりだした。フェアファックス宙港の巨大なニュース・カウンターで買ったその雑誌を、リロにさしだす。タイタンの〈青い頭足人間〉と、八つの死んだ月の狂暴な原形質生物をめぐる驚くべき冒険。

リロはおもしろそうにそれを受けとった。

「外の世界のながめだよ。ピープ・イーストをあとにして、ぼくといっしょに来ることができれば、きみの人生はこんなふうになるのさ」

「これ、ウェス・ブロックで売ってるもの？」

「西アフリカでだよ、主に」

リロはぱらぱらページをめくり、けばけばしくもおどろおどろしい、むかつくような絵をながめた。ゲシェンコ少佐のほうは宙をにらみ、なにごとか考えにふけっている。目鼻だちのくっきりしたその端整な顔には、これまで声の調子には出さないようにしていた絶望がにじみでている。少佐はまちがいなく、ニューオリンズのニュースについて考えている……正気の人間ならだれでもそうだろうが。彼はコミックブックを読んだりはしないんだ、とラーズは思った。しかし、リロとおれは——おれたちは正気そのものだ、いま、この時点では。それに、これにはもっともな理由がある。おれたちのすさまじい失敗の重大さを考えれば。

ラーズはリロに、

「そのコミックブックに妙なところがなかった？」

「ええ」とリロが大きくうなずく。「わたしのスケッチがいくつか使われてるわ」

「きみのが！」ラーズは自分の兵器デザインにしか気づいていなかった。「ちょっと見せてくれ」

リロは問題のページを開いて、

「ほら。わたしのロボトミー・ガスよ」ゲシェンコ少佐を指さしながら、「彼らが政治犯を使ってテストして、その結果をTVで流したわ。このマンガとまったくおなじ。犠牲者は、破壊された大脳皮質が最後に出した命令を際限なくくりかえすのよ。このマンガの作者はイオの二頭獣にそれをやらせてるわ。兵器BBA-81Dの機能をちゃんと理解してるようだから、きっとウラル共和国で制作したあのヴィドテープを見たのね。でも、あれが放映されたのはつい先週のことだけど」

「先週だって？」

信じられない思いで、ラーズはコミックブックをもう一度手にとった。どう見ても、それよりは前に印刷されたものだ。先月の日付だし、ニューススタンドに並んでから、六十日かそこらはたっているだろう。ラーズはいきなりゲシェンコ少佐に声をかけた。

「少佐、KACHに連絡をとりたいんだが？」

「いま？　すぐに？」

「ああ」

ゲシェンコはラーズの手から黙ってコミックブックをとり、ざっとながめた。それから立ち上がり、合図をする。副官がさっとあらわれ、ゲシェンコはロシア語でなにか話しはじめた。

「ＫＡＣＨを呼んでるんじゃないわ」とリロがわきで説明する。「ＫＶＢにコミックブックの版元を調べるよう指示してるのよ。ガーナにある出版社を」

リロはゲシェンコ少佐にロシア語で話しかけた。ラーズは、外国語に対するアメリカ人の狭量さかげんがつくづく情けなくなった。リロのいうとおりだ。大英帝国の植民地だったなごり。彼らの話が理解できたら、とほぞをかむ。三人はずっとコミックブックのことを話題にしているらしい。そして最後に、ゲシェンコ少佐がコミックブックを副官に手わたした。

副官はそれを持って、急ぎ足で出ていった。そのうしろでドアがばたんとしまる。気でも狂ったような勢いだ。

「あの本はわたしのだったのに」とラーズはいった。惜しいわけではなかったが。

「ＫＡＣＨの人間がひとり来るわ」とリロ。「でも、いますぐにじゃない。それに、あなたが頼もうとした目的のためでもない。少佐たちは、まず自分で調査してから、あなたにやらせるつもりよ」

ラーズは、強権を握る赤軍情報将校に向かって、

「わたしの身柄をＦＢＩの監督下に移管することを要求する。いますぐに、だ。是が非でも」

「コーヒーを飲み終える時間くらいあるだろう」

「どうもおかしい。あのコミックブックだ。きみの態度を見ていればわかる。なにか発見するか、考えることがあったんだろう。いったいなんだ?」

それから、リロに、

「きみは知ってるか?」

「この人、動転してるのよ。KACHがヴィドテープのコピーをコミックブック会社に横流ししてるんだと思ってるわ。ウェス・ブロックが入手するぶんには気にもしないけど、これはべつ。行き過ぎよ」

「ああ、そうだろうな」

とラーズはあいづちを打った。しかし、それだけじゃないはずだ、と心の中でつぶやく。なにかあることはわかってる。このあわてぶりはただごとじゃない。

「時間的な問題があってね」

と、やがて口を開いたゲシェンコ少佐がいい、コーヒーを注ぎ足した。コーヒーはもうすっかり冷めてしまっている。

「コミックブック会社がスケッチを手に入れたのが早すぎる、と?」ラーズはたずねた。

「ああ」ゲシェンコ少佐はうなずいた。

リロがはっとしたように、

ゲシェンコ少佐はリロを一瞥した。一瞬の、冷たい視線。

「そんな、まさか」

「彼らから流れたんじゃないわ」とリロ。「もちろん、わたしたちでもありえない」

「この雑誌の最後のエピソードでは」とゲシェンコ少佐がいう。「不毛な小惑星に島流しにされた青いなんとか人間は、一時しのぎの動力源として、蒸気機関をつくる。半分破壊された船の、停止したトランスミッターに活を入れ、再起動させるために。メイン・エンジンはあとかたもなく吹き飛ばされている」——顔をしかめて、「ガニメデの疑似食虫植物によって」

「じゃあ、向こうからそいつを手に入れればいい。その雑誌のアーティストから」とラーズ。

「おそらくな」

ゲシェンコ少佐はごくゆっくりとうなずいた。まるで、せいいっぱい礼儀をつくそうとするあまり、しかたなくその可能性を考えているのだ、というように。

「じゃあ、不思議はないな——」

「そう、不思議はない」と、冷めたコーヒーをすすって、ゲシェンコは、「きみが職務をはたせなくても。必要なとき、どうしてもなくてはならないときに、兵器が出てこなくても。もとがあんなものだとしたら、本物の兵器などあるわけがないんだ」

ゲシェンコは顔を上げ、苦々しい、とがめるような視線をラーズに向けた。

「しかし、われわれがどこかのコミック・アーティストの心を読んでいただけなのなら、どうしてほかのものがありえるんだ？」とラーズ。

「ああ、そのことなら」と、ゲシェンコが軽蔑したような口調で、「このコミックのアーティストにはおおいに才能がある。発明の才があるんだ。その事実は無視できないよ。彼は、われわれを長いあいだひっぱってきたんだ。われわれ両方を、だよ。東と西を」

「こいつは最悪のニュースだ――」とラーズがいいかける。

「だが、おもしろい」とゲシェンコ少佐。ラーズからリロへと視線を移し、「あわれな話だ」

「ああ、あわれだよ」

ラーズが重い声でいった。

21

ややあって、リロがきっぱりといった。

「どういうことかわかるでしょ。彼らはまっすぐその人のところに行ける。だれだか知らないけど、あのおぞましい、いやらしいマンガを描いた人のところへ。わたしたちは必要ないのよ、ラーズ。もう二度と」

ゲシェンコ少佐は、慇懃無礼な口調で、

「なんのために行くんだね、ミス・トプチェフ？　彼がなにを持っていると思うのかね？　なにかとってあるものがあると思うのかね？」

「もうないよ」とラーズ。「その男は商売でマンガを描いてるんだ。彼の発明は、これまでずっと、まったくのまがいものだった」

「そう、これまではずっと、そうだった」ゲシェンコ少佐は、上品でおだやかな、最高に侮辱的な口調でいった。「それで完全に、必要は満たされていたんだ。だが、それはもう本物じゃない。〈青い頭足人間〉は、宇宙空間を飛行して、エイリアン衛星をこぶしでたたき落とすことはできないんだ。彼に頼ることはできない――彼はあらわれないよ。われわれ自身の皮肉な立場が、何年もわれわれをあざむいてきた。そのアーティストは喜ぶだろうな。明らかに、こいつは変質者だ。そのいやらしいマンガが――ウェスク・ブロックの公用語、英語で書かれてるね――それを証明している」

「われわれが、なにか狂気じみたやりかたで彼のアイデアをテレパシー的に拾い上げていたのなら、彼を責めることはできない」とラーズ。

リロが口を開き、

「この人たちは責めたりしないわ。徹底的に調べるだけよ。捕まえてソヴィエト連邦に連れてきて、パブロフ研究所に放りこみ、ありとあらゆる手を使って、わたしたちからしぼりとれなかったものをしぼりとろうとする。万一、なにかがあった場合にそなえて」それから、「わたしじゃなくて助かったわ」とつけくわえる。

じじつ、いまの彼女はほっとしているようすだった。リロの頭の中には、自分の背にのしかかっていた重荷がとりのぞかれたということしかない。幼い彼女にとって、重要なのはそのことだけなのだ。

「そんなにうれしいんなら」とラーズ。「せめてそれをおもてに出すのはやめろ。自分ひとりの胸にしまっておくんだ」

「これこそ、あの人たちにはぴったりのなりゆきじゃないかという気がしてきたわ」リロはくすっと笑った。「ほんとにおかしいったら。南ガーナのアーティストにはお気の毒だけど、でも笑っちゃうわよね、ラーズ?」

「いや」

「じゃああなたも頭がおかしいんだ、彼とおんなじくらい」

と、リロはゲシェンコ少佐のほうを身振りで示した。軽蔑するようなその態度には、いままでになかった優越感がにじみでている。

「映話してもいいか?」と、ラーズはゲシェンコ少佐にたずねた。

「べつにかまわんだろう」

ゲシェンコがまた副官を手招きし、ロシア語で話しかけた。ラーズが副官のあとについてゆくと、案内された先は、廊下の向こうの公衆映話だった。

ラーズはサンフランシスコのランファーマン・アソシエーツをダイアルし、ピート・フライドを呼び出した。

ピートは仕事疲れした顔で、映話を受ける気分ではなさそうだった。が、映話の主に気づくと、熱っぽい歓迎の身振りをして、

「どうだった、彼女?」

「若いよ」とラーズ。「体も魅力的だ、セクシーといってもいい」

「じゃあ、あんたの問題も無事解決ってわけだ」

「いや。おかしな話だが、まだ解決していない。きみに頼みたい仕事があるんだ。勘定はこっちにまわしてくれ。もし自分ひとりじゃできないとか、気が進まないとかいうようなら――」

「能書きはいい。早くいえよ」

「『タイタンの青い頭足人間』のバックナンバーが全冊ほしい。第一巻第一号からぜんぶ。ああっと、こいつは3Dコミックブックだ」と説明をつけくわえる。「例のどぎつい、腰を振っちゃうようなやつ。もちろん、女の子が、だよ。腰から胸から、体じゅうくねらせる。怪物はよだれをたらす」

「わかった」ピートはメモしている。「『タイタンの青い頭足人間』、と。見たことがあるよ、北アメリカ向けじゃないけどな。うちのガキどもがどっかから手に入れてきたんだ。あの手の中じゃ最悪だが、べつに非合法じゃないし、ポルノ・マンガってわけでもない。あんたのいうように、女の子は腰を振るけど、すくなくとも――」

「一冊ずつ調べてくれ。最高のエンジニアを使って。徹底的に、だ。全エピソードに出てくる兵器アイテムをすべてリスト・アップしてほしい。こっち側のと、ピープ・イースト側のとに分類する。正確なスペックを書き起こしてくれ。ともかく、コミックブックに出てくるデータをもとに、できるかぎり正確なスペックを」

「よし」ピートがうなずく。「いいよ、つづけて」

「われわれのでもピープ・イーストのでもない兵器アイテムすべてを集めて、三つめのリストをつくる。つまり、われわれにとって未知の兵器だ。ひょっとしたらひとつもないかもしれんが、ひょっとしたらあるかもしれん。それについても、可能ならスペックに起こしてほしい。それから原寸モデルと——」

「あんたとリロはなんにも見つけられなかったのか？」

「いや」

「そりゃよかった」

「いわゆる蒸気機関ってやつだよ。ドンキー・タイプの」

ピートがじっと見つめる。

「まじめな話？」

「まじめな話だ」

「八つ裂きにされるぞ」

「わかってる」

「逃げだせるのか？　ウェス・ブロックに？」

「やってみることはできる。逃げることもできる。しかし、いまはもっとだいじなことがあるんだ。さあ、聞いてくれ。ふたつめの仕事だ。じっさいにはこっちを先にやってもらうことになる。ＫＡＣＨにコンタクトしてほしい」

「よしきた」とピートがメモする。

「そのコミックブックの下描き、ペン入れ、見本製作、スクリプト、アイデア提供などなどの作業にかかわった人間ぜんぶを、KACHに調べさせてくれ。いいかえると、『タイタンの青い頭足人間』なるコミックブックの全段階の人的資源について調査するんだ」

「まかせろ」とピートが走り書きしながらいう。

「可及的すみやかに」

「可及的すみやかに」とピートが書き留める。「報告はだれに？」

「わたしがウェス・ブロックにもどっていれば、わたしに。もどっていなければ、きみに。さて、つぎだ」

「なんなりと、ミスター・ゴッド閣下」

「緊急回線を使ってFBIのサンフランシスコ支局に映話してくれ。フェアファックス宙港にいる工作員チームに指示してと――」

ラーズはそこでいいよどんだ。スクリーンは空白になっている。回線のどこかで通話をモニターしていたソヴィエト秘密警察が、プラグを抜いたのだ。とはいえ、いままで待ってくれたことのほうが驚きだ。

ラーズは映話ボックスを出て、そこに立ったまま考えをめぐらした。廊下の先にはKVBがふたり待っている。ほかに出口はない。

それでも、フェアファックスのどこかに、FBIのアジトがあるはずだ。どうにかしてそこまでたどりつければ、ひょっとして――。

だが、FBIは、KVBに協力せよとの命令を受けている。またゲシェンコ少佐に身柄を引き渡されるのが落ちだろう。

この世界はまだ、みんなが協力しあうすばらしい世界なんだ、とラーズは思った。たしかにすばらしい――たまたま自分が、協力するのをやめて出ていきたいと思っているただひとりの人間でさえなければ。だがもう、出口はない。すべての道はここにもどってくる。だから、しぶしぶながらも、ラーズはモーテルの部屋にもどった。

テーブルでは、ゲシェンコ、トート医師、リロ・トプチェフの三人が、まだすわって、コーヒーを飲みながらホメオペイプを読んでいた。今度はドイツ語で話し合っている。マルチリンガルの畜生どもめ。席につきながら、ラーズは心の中で毒づいた。

「ヴィー・ゲーツ？」とトート医師がたずねてくる。

「トラウリク」とリロ。「コネン・ジー・ニヒト・ゼーエン？　どうしたの、ラーズ？　ニッツ将軍に映話して、連れて帰ってくれって頼んだの？　それで彼は、だめだ、わしをわずらわすのはやめてくれ、きみはいまKVBの監督下にあるんだ、たとえアイスランドが中立地帯と考えられてはいても、って答えた。ニヒト・ヴァル？」

ラーズはゲシェンコ少佐のほうを向いて、

「少佐、わたしは、合衆国警察機構FBIの代表とふたりきりで、わたしの置かれた状況について話し合う許可を公式にお願いする。認めてもらえるかな？」

「お安いご用だ」

ゲシェンコがそう答えたとき、KVBの男がひとり、いきなり部屋にはいってきて、四人を驚かせた。ゲシェンコさえも驚いたような顔をした。男は少佐に歩み寄ると、ゼロックスではない、オリジナルのタイプ原稿をさしだした。

「すまんな」

ゲシェンコはそういうと、受けとった紙を黙って読みはじめた。それから顔を上げ、まっすぐラーズを見すえて、

「きみのアイデアはなかなかのものだと思うよ――『タイタンの青い頭足人間』のバックナンバーをすべて押収し、KACHにはコミックブックのクリエーターたち全員を調べさせる。もちろんわれわれも、すでにその両方に着手しているが、きみたちのほうでもおなじことをしてはいけない理由はないからな。しかし、だ。時間の節約のために――いっておくが、いまの状況では、時間がいちばん重要なのだ――きみがサンフランシスコの仕事仲間にたったいま映話で依頼したアイデアを尊重したい。そして、それを一歩進めて、もし彼らがなにか使えそうな素材を見つけたらわれわれに知らせてくれることを提案したい。けっきょく、最初の攻撃目標にされたのは、アメリカの街だったわけだからな」

「FBIの人間と話をさせてくれるならイエス。でなければノーだ」

「お安いご用だとさっきいったじゃないか」

ゲシェンコはまたロシア語で副官に話しかけた。

「彼は副官に、部屋を出て、五分たったらもどってきて、フェアファックスにいるFBIの人間の居場所がつきとめられませんでしたと英語で報告するようにいってるわ」とリロ。

さっと彼女に目を向けて、ゲシェンコがいらだたしげに、

「ほかのことはべつにして、保安手続きの妨害工作の罪だけでも、ソヴィエト法に基づいて処刑できるんだぞ。反逆罪で銃殺刑というところだ。だから、一生に一度くらい、その口をつぐんでおいてもらえんものかね？」

ゲシェンコはほんとうに腹をたてているらしい。声にはいつもの冷静さがなく、顔が赤黒く染まっている。

リロがつぶやくように、

「ジー・コネン・ソヴェート・ゲリヒト・ウント・シュテック——」

トート医師が断固たる口調でそれをさえぎり、

「わたしの患者、ミスター・パウダードライは、たいへん大きなストレスにさらされている、とりわけ、いまのやりとりのせいで。少佐、彼にトランキライザーを与えてもかまわんだろうか？」

「どうぞご勝手に、ドクター」

ゲシェンコはふてくされたようにいった。そっけなく手を振り、副官を下がらせる。新しい指示を与えなかったのを、ラーズは見逃さなかった。

黒い医療かばんから、トート医師は数本のびん、ひらたい金属ケース、それにたくさんのサンプル・フォルダー——世界じゅうに散らばる、認可を受けた無数の巨大製薬会社から無料で提供された、まだ試験されていない、市場に出る前の新薬がはいっている——をとりだした。トート医師はいつも、医療薬品の動向には強い関心を払いつづけているのだ。ぶつぶつ口の中でなにか計算しながら、トートはそれをよりわけて、自分だけの風変わりな世界に没入している。

また副官がゲシェンコに書類を持ってきた。ゲシェンコは黙ってそれを読み、それから顔を上げて、

「青いなんとか人間をつくりだしたアーティストについて、最初の情報がはいった。聞きたいかね？」

「ああ」とラーズ。

「それ以上に聞きたいものなんかないわ」とリロ。

トート医師はあいかわらず、中身のぎっしり詰まった黒い医療かばんを探っている。

わたされた書類を読みながら、ゲシェンコ少佐はラーズのために、ソヴィエト諜報機関

があらんかぎりのスピードで収集した情報を要約して聞かせた。

「アーティストの名はオラル・ジャコミニ。イタリア生まれのコーカソイドで、十年前ガーナに移住。カルカッタの精神科病院に入退院をくりかえしている――あまり評判のいい病院ではないらしいがね。電気ショックも視床抑制遺伝子もなければ、彼は完全な自閉的分裂症退行症状をきたしているはずだ」

「おやおや」とラーズ。

「さらに、彼はもと発明家だ。たとえば、〈進化ライフル〉。十二年ほど前、彼はそれをじっさいに製作して、イタリアで特許をとっている。たぶん、オーストリア・ハンガリー帝国に対して使うつもりだったのだろう」

ゲシェンコは椅子にすわり、書類をテーブルの上に置いた。たちまちコーヒーのしみがついたが、毒づくようすもない。少佐はラーズ自身とおなじくらい、すべてにうんざりしているのだ。

「カルカッタの二流精神分析医の診断によれば、オラル・ジャコミニの頭は、世界を支配する権力という、無意味な分裂症的誇大妄想からなりたっている。つまり、きみたちふたりは――」ゲシェンコはリロとラーズに向かってこぶしを宙にふりあげ、「このくだらない狂人の精神をのぞき見て、きみたちの〝兵器〟とやらのインスピレーションだと思いこんでいたわけだ！」

「まあしかし」とややあってラーズがいい、「そいつが兵器ファッション・デザイン商売ってもんさ」

トートはようやく医療かばんのふたを閉じ、椅子にすわりなおしてほかの人間のほうに目を向けた。

「トランキライザーは見つかったかい？」

とラーズがたずねた。トート医師は両手になにか持って、ひざの上にのせていたが、ほかの人間からは見えなかった。

「見つかったのは」とトート医師が答え、「レーザー・ピストルですよ」

そういいながら、医師は銃をさしあげ、ゲシェンコ少佐に狙いをつけた。

「かばんのどこかにしまったのはわかってるのに、いろんなものが上にのっていたのでね。あなたを逮捕します、少佐。ウェス・ブロック市民を当人の意志に反して監禁した罪で」

トートはひざの上からもうひとつべつのものをとりあげた。小型音声通信システムで、マイク、イヤフォン、アンテナ、すべてそろっている。ぱちんとスイッチを入れると、トートは蚤くらいの大きさしかないマイクに向かって、

「ミスター・コナーズ？　J・F・コナーズ、どうぞ？」

それから、ラーズ、リロ、ゲシェンコ少佐の三人に向かって、

「コナーズはフェアファックスで活動中のFBI工作員でね。ごほん。ミスター・J・F

・コナーズ？　はい。モーテルにいる。ああ。だいたい六時。最初に連れてこられた場所だ。明らかに、ミス・トプチェフの回復を待って、ミスター・パウダードライをソヴィエト連邦に移送する計画で、いまも輸送機を待たせてある。そこらじゅうにKVBの工作員がいるから──ああ、いいだろう。すまないな。ああ。いろいろどうも」
トートは通信システムのスイッチを切り、それを医療かばんの中にもどした。

三人はぼうっとしたまま黙ってすわっていた。やがて、部屋の外から、唐突にかんだかいこぜりあいの音がした。うめき声、激しい息づかい、くぐもった殴りあいの音。

無言の格闘は数分間つづいた。ゲシェンコ少佐はさとりきった表情だが、うれしそうではない。一方、リロはといえば、凍りついたようになっている。きびしい表情でまっすぐ背をのばしてすわったまま、身じろぎひとつしない。

ドアがばねじかけのようにばたんと開いた。そして、FBIの男──ラーズをアイスランドまで連れてきたうちのひとり──がさっと戸口に立つと、レーザー・ピストルの銃口をすばやくめぐらせて、部屋の中の者全員に狙いをつけていった。しかし、発砲はせず、そのまま中にはいってくる。うしろに、ふたりめのFBIがつづく。その男は、格闘のあいだにネクタイをなくしていた。

ゲシェンコ少佐は立ち上がり、ホルスターのボタンをはずして、携帯していた武器を黙ってFBIに手わたした。

「さあ、ニューヨークに帰ろうぜ」と最初の男がラーズに呼びかける。

ゲシェンコ少佐は肩をすくめた。マルクス・アウレリウスもかなわない、いさぎよいあきらめ。

ふたりのFBIといっしょにトート医師とラーズがドアに向かって歩きかけたとき、リロ・トプチェフがいきなり叫んだ。

「ラーズ！　わたしも連れていって」

FBIの男ふたりがたがいに視線をかわす。やがてひとりが、えりのマイクに話しかけ、聞きとれないくらいの声で、上司と相談をはじめた。それからとつぜん、リロに向かってぶっきらぼうに、

「べつにかまわんそうだ」

「向こうはきみの好みにはあわないかもしれないよ」とラーズ。「忘れないでくれ——ぼくたちはふたりとも、嫌われ者なんだ」

「それでも行きたいわ」

「わかった」

そう答えながら、ラーズはマーレンのことを考えていた。

22

ワシントンDCフェスタンの公園で、年老いた、みすぼらしい身なりの退役軍人が、ひとりでぶつぶつつぶやきながら、子どもたちが遊ぶのをながめていた。そのとき、広い砂利道を、急ぐようすもなく歩いてくる、ウェス・ブロック空軍士官学校の少尉ふたりが老人の目にはいった。ふたりとも十九かそこらの若造で、こざっぱりした軍服に身を包み、つるつるの顔にはひげも生えていないが、はっとするほど利発そうな目をしている。

「いいお日よりで」年老いた人間の残骸は、そういってうなずいた。

ふたりはちょっと足を止めた。こいつはあんまりだ。

「わしは〈大戦〉で戦った」と、老人は誇らしげに高笑いした。「あんたたち、戦闘なんぞ見たことはなかろうが、わしは見た。TWGの保守主任だったのさ。TWGが反動を起こすのを見たことはあるか？　入力回路のブレーカーが故障、誘導フィールドがショートして、過負荷になったんだ。さいわい、わしはだいぶ離れたところにいたから生き残った。野戦病院行きさね。といっても、もちろん船のことだが。赤十字の。何カ月も寝たきりだった」

「ほう」新米のひとりが、老人に敬意を表して、さも感心したようなあいづちを打つ。

「六年前のカリスト反乱のときの話かい？」ともうひとりがたずねた。

くたびれきった老人は、肩を揺するようにしてかんだかい笑い声をあげ、

「六十三年前の話だよ。それ以来、わしは修理屋をやっとった。内出血で、いまは半端仕事しかできなくなったけどな。器械修理だよ。わしは一流のスイブル・マンでな。スイブルならなんでも直せる、たとえば――」

一瞬、息ができなくなり、はあはあとあえぐ。

「しかし、六十三年前とはね！」最初の新米がいった。頭の中で計算し、「まさか、それって第二次世界大戦のことじゃないか。一九四〇年だ」

ふたりはそろって、老退役軍人を見つめた。

腰のまがったよぼよぼの、枯れ木みたいな老人は、しわがれ声で、

「いいや、二〇〇五年だ。わしの勲章にそう書いてあるから、忘れやせん」

ぶるぶるふるえる手で、老人はぼろぼろのコートをつかんだ。さわるだけでばらばらに崩れ、塵になってしまいそうだ。ようやくコートの前をはだけ、色褪せたシャツの胸にピンで留めた小さな金属の星を、ふたりの若者に見せる。

腰をかがめて、ふたりの若い新米将校は、金属の表面に浮き彫りにされた数字と文字を

読んだ。

「おい、ベン。たしかに二〇〇五年って書いてあるぜ」

「ああ」

ふたりの将校はまじまじとたがいに見つめあった。

「しかし、二〇〇五年っていや、来年だろ」

「わしらが〈大戦〉でどうやって敵を打ち破ったかを話してやろう」老退役軍人は、聴衆を得た喜びに有頂天になり、はあはあ息を切らせながらしゃべっている。「長い戦争だったよ、まったく。はてしなくつづくような気がした。しかし、TWGが相手では、どうしようもない。そして、やつらはそれを思い知らされたってわけさ。あいつら、驚いたのなんの！」

老人はくっくっと笑い、落ちくぼんだ口からとびちった唾を手でぬぐった。

「わしらはとうとうそいつを手に入れた。もちろん、さんざん失敗したあげくに、だ」不快そうに咳ばらいして、地面に唾を吐く。「あの兵器デザイナー連中は、なんにもわかっちゃいなかった。どうしようもないあほうどもだ」

「敵っていうのは」とベンがたずねる。「だれのことだい？」

老人が質問の意味を理解するまでには、長い時間がかかった。そして、やっと理解したときには、その顔には最高に不快げな表情が浮かんでいた。よろよろと立ち上がり、ふた

りの若い将校に背を向け、足をひきずって歩きながら、

「やつらだ。シリウスの奴隷狩りどもだ！」

しばらくして、ふたりめの少尉が、老人の反対側のベンチに腰を下ろし、それから思い切ったように、ベンに向かって、

「どうやら、あれは――」と、身振りをする。

「ああ」とベン。老人のほうに向かって、「じいさん。いいか。おれたちは下に行く」

「下？」

老人は、混乱し、不安そうな顔で尻ごみした。

「〈クレムリン〉だよ」とベン。「地下の。UN‐W国防局委員会が、会議を開いている。ニッツ将軍と。ジョージ・ニッツ将軍がだれだか知ってるか？」

老人はなにかもごもごいいながら、頭をひねって思い出そうとしている。そして、ようやく、「ここまで出かかってるんだが」

「いまは何年だい？」とベン。

老人はぱっと目を輝かせ、

「ひっかけようったってそうはいかん。いまは二〇六八年だ。それとも――」一瞬、目の輝きが失せ、ためらうような顔つきになる。「いや、二〇六七年だ。あんたらはわしを笑い者にしようとしてるんだろうが、そうはいかん。な？　そうだろう？　二〇六七年だよ

な？」

老人は二番めの若い少尉の脇腹をひじでつっついた。

ベンは相棒に向かって、

「おれはこのじいさんといっしょにここにいる。おまえは公用のミル・カーを呼んでくれ。逃がすわけにはいかないからな」

「ああ」

相棒の将校は立ち上がり、〈クレムリン〉の地上設備のあるほうに向かって走りだした。

そして彼は、自分でも妙だと思いながらも、おなじ疑問を頭の中でひねくりまわしていた。まるで、なにか意味があるみたいに、むなしい質問を何度もくりかえす——いったい、スイブルってのはなんだろう、と。

23

ランファーマン・アソシエーツの地下レベル、中央カリフォルニアはサンノゼ市街のほぼ真下にあたる場所で、ピート・フライドは長い作業用ベンチにすわっていた。機械や装置類はスイッチを切られて沈黙している。

ピートの目の前には、野蛮なコミックブック『タイタンの青い頭足人間』の二〇〇三年十月号がある。ピートは唇を動かしながら、〝青い頭足人間、イオの地中で二十億年の眠りからよみがえった悪魔の泥怪物と遭遇〟の楽しい大冒険を読んでいるところだった。ピートがいまたどりついたコマでは、〈青い頭足人間〉は、相棒が必死に送ってきたテレパシーのおかげで意識をとりもどし、携帯放射線探知Gシステムを陰極磁性イオン二極放射器に改造することに成功していた。

その放射器で、〈青い頭足人間〉は、悪魔の泥状生物を脅していた。怪物は頭足人間の哺乳類ガールフレンド、ミス・ホワイトコットンを拉致し、彼女のブラウスのボタンをはずす企てに成功し、片方の乳房——片方だけ、これが国際法の定めるところであり、子ども向けの出版物については、この規則がきびしく適用される——が、イオの空のちかちかする光のもとにさらけだされている。

ぷるぷると乳房がふるえ、ピートの劣情を刺激する。そして、小さなピンクの電球みたいな乳首は、3Dでつきだし、ぴかぴかついたり消えたりしている……この雑誌の裏表紙に埋めこまれている耐用期限五年のバッテリー板が切れるまで、ずっと点滅しつづけるはずだ。

つづいてピートが音声ボタンを押すと、主人公の恐るべき敵たちがいっせいにしゃべりだした。

興ざめもいいところだな。ピートはためいきをついた。これまでにチェックを終えたページから、ピートはすでに十六の「兵器」を確認していた。そしてそのあいだに、ニューオリンズ、ついでプロヴォ、そして今度は——たったいまTVが伝えたところによると——アイダホ州ボイシが消失した。消えたのだ、〈灰色のカーテン〉の向こうに——キャスターやペイプは、あの現象をいまではそう呼びはじめている。

灰色の死のカーテン。

デスクの映話がピーッと鳴った。手をのばし、受話器をつかむ。げっそりやつれたラーズの顔がスクリーンにあらわれた。

「もどったのか？」とピート。

「ああ。いまニューヨーク本社だ」

「そりゃよかった。ニューヨークとパリのミスター・ラーズ社がめちゃめちゃになってるぞ。これから仕事はどうするつもりだい?」

「知るもんか。あと一時間で、〈クレムリン〉の委員会に出ることになってる。委員会の連中は、ずっと地下にとどまっている。万一、やつらが首都に例のなんとかをしかけてきた場合に備えて。きみも地下にいたほうがいいぞ。エイリアンの機械の力も、地下までは届かないそうだから」

　ピートはむっつりとうなずいた。ラーズとおなじく、彼も気分が悪くなってきた。

「マーレンはどうしてる?」とピート。

　ラーズはためらいがちに、

「まだ――マーレンとは話してないんだ。じつは、リロ・トプチェフを連れて帰ってきた。いまここにいるんだよ」

「彼女を出してくれ」

「なぜだ?」

「そうすりゃおれにも、ひとめ顔がおがめるじゃないか」

　無邪気な少女の明るい顔がヴィドスクリーンに映しだされた。顔色はよく、妙にきつい感じの鋭い目をして、唇はぎゅっと結んでいる。いまはおびえているようだが、なかなか芯が強そうな女の子だ。

おやおや、あんたはわざわざこんな小娘を連れてきたのか、ラーズ？　とピートは心の中でいった。ちゃんと手綱をとれるのか？　おれにはとても無理だろうな。相当手ごわそうだ。

しかし、それでいいのか。ピートは思い出した。あんたは手ごわい女が好きだからな。そいつが性格の一部になっている。

またラーズの顔があらわれると、ピートはいった。

「いつまでもマーレンから隠れてるわけにはいかないぞ。その場しのぎのでっちあげなんかにだまされる女じゃない。非合法のあの機械をつけていようがいまいが」

ラーズはかたい表情で、

「マーレンをだませるとは思ってないさ。正直、そんなことはどうでもいいんだ。本気で思うんだが、ピート、あのエイリアン、どこから来たか、どんな連中なのかも知らんが、あの衛星をつくったやつらは、おれたちの首ねっこをつかまえている」

ピートは黙っていた。議論の余地はない。たしかにそのとおりなのだ。

「映話で話したとき、ニッツが妙なことをいってた。退役軍人の年寄がどうとか。わたしにはなんのことだかわからなかったが、兵器に関係があるはずだ。ＴＷＧとかいう装置のことを聞いたことがあるかときかれたよ。知らんと答えたがね。きみはどうだ？」

「いいや。そんなものはぜったいに存在しないね、すくなくとも兵器の世界には。KACHだってそういうはずだ」

「ならきっと、べつのものなんだろう」とラーズ。「じゃあな」

ラーズが接続を切った。スクリーンが暗くなる。

24

　着陸したラーズは、警備がさらに厳重になっていることを知った。本人かどうかの確認作業が完了するまでには一時間以上かかり、最後は一対一の面談で、彼がだれであり、永年の、信頼篤い委員会助言者として、なんのためにやってきたかを納得させなければならなかった。それからようやく、ラーズは下へと向かう途についた。これが全員そろった最後のUN-W国防局会議となるかもしれないと考えながら。

　最後の決断が、いま、下されようとしている。

　演説の最中だったニッツ将軍は、ラーズをみとめると、意外にも演説を中断し、直接話しかけてきた。

「きみがアイスランドに行ってるあいだにいろんなことがあった。きみのせいじゃないがね。しかし、映話でもいったとおり、ひとつ、新しい要素が加わった」

　ニッツ将軍はかたわらの下士官にうなずいてみせ、下士官はただちに、部屋の隅に置かれた、備えつけの三七インチ・ホメオプログラム・ヴィドスキャナーのスイッチを入れた。

反対側には、いつでも必要なときにニュー・モスクワのパポノヴィッチ元帥およびＳｅＲＫｅｂを呼びだすことのできる装置がある。

スキャナーがスタートした。

年老いた男が、スクリーンにあらわれる。痩せた体つきで、かつてはどこかの軍服だったらしいつぎはぎを身にまとっている。老人はためらいがちに、

「……それから、おれたちはやつらをたたいた。まったくの不意打ちだったね。向こうにしてみりゃ、これまでは楽な戦いだったからな」

ニッツ将軍の合図で、下士官が身をかがめ、アンペックスのヴィドテープを止めた。画像が静止し、音が消える。

「この男をよく見てもらいたい」と、ニッツ将軍がラーズにいう。「名前はリカルド・ヘイスティングス。帰還兵だよ、六十年かそこら前に起きた戦争の……すくなくとも、彼の目から見るとそうなる。これまでずっと、何カ月も、ひょっとすると何年も、この老人は毎日、首都の地上庁舎のすぐ外にある公園のベンチにすわって、だれか耳を貸してくれる人間を待っていた。ついに、その人間があらわれたわけだ。ぎりぎりのところで間にあった？　そうかもしれん。そうでないかもしれん。すぐにわかる。それは、この男の脳みそが――こちらで検査した結果、老人性認知症をわずらっていることが判明した――まだ記憶を持っているかどうかにかかっている。とくに、彼が〈大戦〉のあいだ従事していた兵

器の分野の記憶を」

「時間歪曲場発生装置（タイム・ウォーペイジ・ジェネレイター）か」とラーズ。

「疑問をさしはさむ余地はほとんどない」

ニッツ将軍は腕を組み、教授然とした態度で背後の壁によりかかった。

「その兵器が作動するときの影響が累積し蓄積された結果だろう。この男は、いつもその兵器の、それも欠陥のある機種のそばについていたんだ。そしてついに、われわれには理解できない方法で、彼はこの時代に巻きもどされたのだろう——彼にとっては、まるまる一世紀近く過去に。認知症が進みすぎていて、彼はそれに気づかなかった。理解できないんだ。

だが、そんなことはどうでもいい。彼にとってははるかなむかし、まだ若かったころに起こった〈大戦〉こそ、われわれのいま直面している戦争であることは、すでに確認されている。リカルド・ヘイスティングスは、すでに、われわれの敵の性質と、彼らがどこから来たかを教えてくれた。彼のおかげで、われわれはようやく、あのエイリアンについてなにがしかの知識を得たわけだ」

「そしてあなたは」とラーズ。「やつらを倒した兵器をその男から手に入れようとしている」

「われわれは、手にはいるものならなんでもほしい」

「彼をピート・フライドにひきわたしなさい」

ニッツは耳に手をあてて、ききかえすようなしぐさをした。

「こんな話は時間の無駄だ。彼をランファーマン・アソシエーツに連れていって、エンジニアたちをすぐ仕事にかからせなさい」

「彼は死ぬかもしれん」

「死なないかもしれない。ピート・フライドみたいな男が、おおざっぱなアイデアをもとに、プロトタイプをつくれるスペックを起こすのに、どれくらい時間がかかると思う？彼は天才だ。子どもの描いた猫の絵を見ただけで、その猫が排便したあとで砂をかけるか、そのまま行ってしまうかを教えられる。いまわたしは、ピートに『タイタンの青い頭足人間』のバックナンバーをあたらせている。それを中止させて、リカルド・ヘイスティングスのほうにかからせるんです」

「フライドとは話した。わしは――」

「わかってますよ。しかし、話なんかしているひまはない。ヘイスティングスをカリフォルニアに連れていくか、あるいはピートをここに呼んだほうがいいかもしれない。わたしなんか必要ない。いまこの部屋にいる人間は、だれひとり必要ない。あなたに必要なのは彼だ。その証拠に、わたしはもう出ていく」

ラーズは立ち上がった。

「わたしはこの件から抜けます。それでは、また。フライドがヘイスティングスの一件にとりかかったときに」

そういうなり、ドアに向かって大股に歩きだす。

「ひょっとしたら」とニッツ。「まずきみをヘイスティングスに会わせたほうがいいかもしれん。それから、フライドにやらせる。彼がここに着くまでに――」

「カリフォルニアからワシントンDCフェスタンまでは、二十分とかからない」

「しかしラーズ、申しわけないが、あの老人はほんとうに老いぼれなんだ。文字どおり、現実に、それがどういうことかわかるかね？　彼とのあいだに言葉の橋をかけることはほとんど不可能らしい。だから、すまないが、ふつうの方法ではたどりつけない彼の心の中から――」

「いいでしょう」ラーズはそくざに心を決めた。「しかし、先にフライドに連絡してください。いますぐ」

ラーズはテーブルのニッツの側にある映話機を指さした。

ニッツは受話器をとると命令を下し、映話を切った。

「もうひとつ」とラーズ。「わたしはいま、ひとりじゃない」

ニッツの目がきらりと光った。

「リロ・トプチェフといっしょなんです」

「彼女もやってくれるだろうか？　こちらに協力して、ここで仕事をするだろうか？」

「もちろん。能力があるんだから。わたしとおなじだけの」

「よし」ニッツは決断を下した。「きみたちふたりを、あの老人のいるベセスダの病院に連れていかせる。きみたちはふたりで、あの妙ちきりんな、わしの理解を超えたトランス状態にはいればいい。そのあいだに、フライドも到着するだろう」

「いいでしょう」ラーズは満足し、うなずいた。

ニッツはどうにか笑みを浮かべ、

「気分屋にしては、きみは議論になると強情だな」

「強情なのは、気分屋のせいじゃない。待つのがこわいからです。強情を張っていないあいだにやられてしまうのがこわいんですよ」

25

がっしりした体つきの、アーヴィング・ブローファードという退屈顔の少尉が操縦する政府の高速ホッパーで、ラーズはニューヨークのミスター・ラーズ社へと飛んだ。

「あのご婦人は」とブローファード少尉がたずねる。「例のソヴィエトの兵器ファッション・デザイナーなんですか？　つまり、あの？」

「ああ」とラーズ。

「で、亡命してきた」

「ああ」

「すげえ」ブローファード少尉は感嘆の声をあげた。

ホッパーは、林立する巨像のあいだのひときわ小さな建物、ミスター・ラーズ社ビルの屋上めがけて、石のように落ちていく。

「あそこのビルはずいぶん小さいですけど」とブローファード少尉がいう。「つまり、地下にでっかいのがあるんでしょ？」

「ない」ラーズは短く答えた。

「なるほど、ハードウェアはたいしていらんってわけですね」

ホッパーはみごとな腕に操られて、なつかしい屋上離着陸場に舞い下りた。ラーズはさっと飛び出すと、下り斜路めざして一直線に走り、一瞬後には、自分のオフィスにつづく廊下を歩いていた。

オフィスのドアを開きかけたところで、いつもはロックされている非常口からヘンリー・モリスが姿をあらわした。

「ビルの中にマーレンがいるぞ」

ラーズはノブに手をかけたまま、モリスの顔を見つめた。

「そうなんだよ」とモリスがうなずく。「どういうわけか、たぶんKACHの情報だろうが、マーレンはあんたがアイスランドからトプチェフといっしょに帰ってきたことをつきとめた。ひょっとすると、パリのKVBエージェントが、腹いせにもらしたのかもしれんな。神のみぞ知る、だよ」

「彼女はもうリロに会ったのか？」

「いや。外来ロビーでおれたちがくいとめた」

「いま、だれが押さえてる？」

「ビルとエド・マッケンタイアだ、設計部の。しかし、彼女、ほんとに怒り狂ってるぜ。

おなじ女だとはとても信じられんよ、ラーズ。別人みたいだ」

ラーズはオフィスのドアをあけた。つきあたりの窓辺に、たったひとり、リロ・トプチェフがたたずみ、ニューヨークの街をながめている。

「準備はいいか？」とラーズ。

リロはふりかえらずに、

「聞こえたわ。わたし、耳がすごくいいのよ。あなたの愛人が来てるんでしょ？　こんなことになるだろうと思ってた。予知してたの」

ラーズのデスクのインターカムがブーッと鳴り、秘書のミス・グラブホーンが、今度は非難ではなく、動転した声で、

「ミスター・ラーズ、エド・マッケンタイアの話では、彼とビル・マンフレッティの制止をふりきって、ミス・フェインが外来一般ロビーを抜けだし、そちらに向かっているそうです」

「わかった」

ラーズはリロの腕をつかみ、ひきずるようにしてオフィスを出ると、最寄りの昇り斜路に向かった。リロはぬいぐるみの人形みたいに、されるがまま。生命も目的もない、軽いシミュラクラをひきずっているような感じがする。ぞっとするような気分だ。リロは、もうどうにでもなれと思っているのだろうか、それとも、ショックが重なりすぎて感覚が麻

痺しているのだろうか？　だが、彼女が反応を示さない理由を心理的に探っているひまはない。ラーズはリロを斜路に押しこみ、政府ホッパーが待機する屋上に向かってふたたび昇りはじめた。

リロとラーズが斜路を降り、屋上に出たとき、もうひとつの人影が、べつの斜路から姿をあらわした。

マーレン・フェイン。

ヘンリー・モリスの言葉どおり、マーレンは別人のようだった。おしゃれな金星産ウーブ革の、足首まであるコート、ハイヒール、レースのついた小さな帽子、手づくりの大きなイヤリング。だが、奇妙なことに、化粧っ気はまるでなく、口紅さえつけていない。顔にはつやがなく、肌は荒れた感じだった。まるで、墓石のような印象――死が彼女のあとについて大西洋を越え、パリからこの屋上にまで上がってきたようだ。死の色を浮かべたその目は、フクロウのように無感動だが、暗い決意が秘められている。

「やあ」とラーズ。

「ひさしぶりね、ラーズ」マーレンがゆっくりといった。「こんにちは、ミス・トプチェフ」

しばらく、だれも口をきかなかった。ラーズはいままでの人生で、これほど居心地の悪さを感じたときを思い出せなかった。

「どうしたんだ、マーレン？」とラーズがやっと声を出した。

「ブルガニングラードから直接連絡があったの。SeRKebの人間か、その代理人ね。KACHに確認させるまでは、とても信じられなかった」

マーレンはほほえみを浮かべ、そして、黒い革のストラップで肩にかけた郵便袋形のポーチに手を入れた。

マーレンがとりだした銃は、まちがいなく、ラーズがいままで見た中で最小のものだった。

最初にラーズの心に浮かんだのは、こいつはただのおもちゃ、冗談なんだ、という考えだった。ガムの自動販売機でとったオマケだ、そうに決まってる。ラーズは、正確に見定めようとそれをじっと見つめた。おれは兵器のエキスパートじゃないかと心にいいきかせる。

本物だった。女物のハンドバッグにはいるようにつくられたイタリア製のピストル。

「お名前は、なんと？」

かたわらのリロが口を開き、
マーレンに向けられたその口調は、礼儀正しく、理性的で、やさしくさえあった。ラーズは驚きにぽかんと口をあけ、リロを見た。

人間という存在には、いつもなにかしら新しい発見がある。ラーズは度胆を抜かれていた。小さくて危険な武器をマーレンがこちらにつきつけているこのさしせまった瞬間に、リロ・トプチェフは、上品なコグたちでいっぱいのパーティにでも来たみたいに、社交的で優雅な、成熟したレディの物腰を見せてくれる。彼女はこの危機にみごとに対応している。ラーズにはそれが、人間性そのものの勝利のように思えた。人間は、直立歩行し、ポケットチーフを持ち、木曜日と金曜日の区別ができるだけの動物に過ぎないうんぬんという説には、もうぜったいにだまされない。どんな定義にも……〈オーヴィルくん〉がシェイクスピアから盗用した定義でさえ、けっきょくは、侮辱的でシニカルな、空虚な言葉でしかなかった。ラーズは心の中で舌を巻き、つぶやいた。この少女を愛するばかりか、尊敬することになろうとは！

「わたしはマーレン・フェイン」

マーレンは身もふたもなく答えた。マーレンのほうは、リロの態度にもとくに感銘は受けていないようだ。

リロは、友情のしるしとして、勢いよく片手をさしだした。

「とってもうれしいわ。わたしたちきっと——」

小さな銃をまっすぐかまえて、マーレンは発砲した。

悪の結晶でありながらぴかぴかと美しく輝くその小さな機械から、弾丸が発射された。かつて、その技術開発の初期段階には、ダムダム弾という名で呼ばれていた弾丸が。

しかし、長年のあいだに、弾丸は進化していた。いまでも、本質的な機能——目標に着弾すると爆発する——は変わっていないが、それ以上の能力が与えられている。弾丸の破片は、犠牲者の体はもちろん、その付近のものすべてに広がって、無限に爆発し、死を収穫しつづける。

ラーズは反射的に身を投げて、顔をそむけ、体をかたくした。動物的な本能によって、胎児のような姿勢をとる。両脚を折り曲げ、首をすくめ、両腕をきつく体にまわす。リロを助けてやるすべはない。おしまいだ、もう永遠に。たとえ一世紀一世紀が水のしたたりのひとしずくのように過ぎていったとしても、リロ・トプチェフがふたたび人類の歴史に登場することはありえない。

周囲の状況と無関係に、ラーズは冷徹な比較と分析を目的につくられた論理機械さながら、頭のすみで考えていた。この兵器をデザインしたのはおれじゃない。この銃は、おれが生まれる前から存在している。これは、過去から受け継がれてきた邪悪な遺産だ。おれの人生の玄関先に置かれた小包み爆弾。いきなり爆発して、おれが愛し、必要とし、守りたいと願ったすべてを吹き飛ばした。すべてはこの世から消えてしまった——金属の小さな部品にふれた人さし指にちょっと力が加わっただけで。あれほど小さな引き金なら、文字どおり飲みこんでしまうことだってできるだろう。それでなかったことにできるなら、喜んでむさぼり食ってみせる、命がけでも。

だが、いまとなっては、もうどうしようもない。

ラーズは目を閉じ、そのままの姿勢で動かなかった。たとえマーレンが、今度はおれに銃口を向けてきても、かまうものか。ラーズの中にまだなにか感情らしきものが残されているとすれば、自分もマーレンに撃ち殺されたいという身を焼くような願いだけだった。


ラーズは目を開いた。昇り斜路はなかった。屋上も。マーレン・フェインも、小さなイタリア製の武器も。周囲に、破壊の痕跡はまるでない。凶悪な武器の使用が引き起こしたはずの、ばらばらになったねばりつく臓物の残骸は見あたらない。

街の通りが見える。だが、理解できない。それは、ニューヨークの町並みでさえなかった。気温の変化と、空気の違いを感じる。それに、遠くの山なみは、すっぽり雪におおわれている。寒さにぞくっと身ぶるいし、周囲を見まわす。警笛を鳴らす地上車の喧騒が聞こえる。

足が痛む。のどがかわいた。

すぐ先の自動ドラッグストアの角に、公衆映話ボックスがあった。疲れと苦痛に悲鳴をあげるこわばった体をひきずって映話ボックスの中にはいると、ラーズは映話帳をとり、表紙に目をやった。

ワシントン州、シアトル。

時間は？　あれからどのくらいたったのだろう。一時間？　数カ月？　数年？　長ければ長いほどいい、とラーズは思った。はてしない遁走によって、老いさらばえ見捨てられた、あわれな老人となっていればいい。この逃走は終わるはずがない、たとえいまでも。そして、トート医師の声が、ラーズに与えられた超心理的な力によって、心に響いてくる。アイスランドからもどってくるフライトのあいだ、ひとりでぶつぶつとつぶやきつづけている声が。言葉はわからないが、その響きの恐ろしさ、その言葉のつくる世界は、わかる。トート医師がつぶやいている、あの古い、挫折のバラッド。

ウント・ディー・フンデ・シュヌーレン・アン・デン・アルテン・マン。

それからとつぜん、トート医師は、ラーズに向かって英語で話しかけてきた。**そして犬たちはうなる**。と、心の中でいう。**年老いた男に向かって**。

スロットからコインを落とし、ラーズはサンフランシスコのランファーマン・アソシエーツをダイアルした。

「ピート・フライドを」

「ミスター・フライドは」ランファーマン社交換台の女の子が明るく答える。「ただいま出張中で、連絡がつきません、ミスター・ラーズ」

「じゃあ、ジャック・ランファーマンは？」

「ミスター・ランファーマンも――あなたにはお話ししてもさしつかえないと思いますわ、

ミスター・ラーズ。おふたりとも、いま、ワシントンDCフェスタンです。きのう発ちました。おそらくそこで連絡がつくと思いますが」

「わかった。ありがとう。あとはなんとかするよ」

ラーズは映話を切った。

つぎは、ニッツ将軍に映話する。ラーズの通話は一段一段、階級のはしごを登り、もうあきらめて受話器をたたきつけようとしたとき、ようやく最高司令官の顔がスクリーンにあらわれた。

「KACHもきみを見つけられなかった」とニッツ。「FBIもCIAも」

「犬どもがうなってた」とラーズ。「おれに向かって。それが聞こえた。ニッツ、これまでの一生で、はじめてそれを聞いたよ」

「どこにいるんだ?」

「シアトル」

「どうして?」

「知らん」

「ラーズ、きみはほんとうにひどい顔をしてるぞ。自分のいってること、やってることがわかっているのか? 〝犬〟がどうこうというのはなんなんだ?」

「なんなのかわからない。でも、聞こえたんだ」

「彼女は六時間生きていたよ。だがもちろん、助かる望みはなかったし、もうなにもかも終わったことだ。ひょっとしたら、先刻承知かもしれんが」

「わたしはなにも知らない」

「きみがあらわれるかもしれんと思って、葬儀はくりのべにして、ずっときみをさがして
いた。もちろん、自分の身に起きたことはわかってるだろう」

「トランスした」

「そして、たったいまトランスから出た？」

ラーズは黙ってうなずいた。

「いま、リロ・トプチェフは――」とニッツがいいかける。

「なんだって？」

「リロはいま、ベセスダにいる。リカルド・ヘイスティングスといっしょだ。使えるスケ
ッチをなんとかものにしようとがんばってる。これまでにも何枚か描いているが、どれも
――」

「リロは死んだよ」とラーズ。「マーレンが、イタリア製のベレッタ炸裂弾一二口径で殺
した。おれは見た。この目で見たんだ」

じっとラーズの顔を見ながら、ニッツ将軍は、

「マーレン・フェインは携帯していたベレッタ炸裂弾一二口径ピストルを発射した。われ

われは、その武器と、弾丸の破片を回収した。銃からは彼女の指紋が検出された。だが、死んだのは彼女自身で、リロではない」

しばらくの沈黙のあと、ラーズはやっと口を開き、

「知らなかった」

「ともかく、ベレッタが発砲されれば、だれかが死ななければならない。それが炸裂弾ピストルというものだからな。きみたち三人全員が死ななかっただけでも奇跡だよ」

「自殺だったんだ！　最初からそのつもりだったんだ。たぶん、リロを殺す意志などなかったんだろう。たとえ、自分ではその気でいたとしても」

ラーズは疲労とあきらめの息を大きく吐き出した。哲学的でもストイックでもない、たんなるあきらめ。

できることはなにもない。ラーズがトランス状態にあるあいだに、彼の遁走のあいだに、すべては起こってしまった。はるか、はるかむかしに。マーレンは死んだ。リロはベセスダにいる。ラーズは、どこでもない場所への旅、虚無への時間のない旅を終えて、シアトルのダウンタウンにもどってきた。ニューヨークと、そこで起きたできごとから——いや、起きたと彼が思ったできごとから、可能なかぎり遠く離れて。

「こっちに来られるか？」とニッツ将軍がたずねる。「リロを助けてほしい。とにかく、だめなんだ。リロは、例の東ドイツ製の麻薬を飲んでトランスにはいってる。ほかの心に

じゃまされないように、リカルド・ヘイスティングスのすぐそばで、ふたりきりになって。だが、トランスからもどってきた彼女が持っているのは、いつも――」

「おなじみのスケッチというわけか。オラル・ジャコミニの」

「いや」

「ほんとうか？」

疲れはて、どんより曇っていたラーズの心に光がさした。

「スケッチは、リロがこれまでに描いたどんなスケッチともまったく違っている。ピート・フライドに調べさせたが、彼もおなじ意見だ。リロもそういっている。そして、スケッチはいつもおなじ」

ラーズはぞっとした。

「いつも、どうなんだ？」

「おちつけ。兵器のスケッチじゃない。例の〈時間歪曲場発生装置(TWG)〉とは似ても似つかないしろものだ。そのスケッチは、医学的解剖学的な――」

ニッツ将軍は口ごもった。おそらくＫＶＢが盗聴しているだろうこの回線で、いってしまっていいものかどうか決めかねている。

「いえよ」ラーズが怒声を浴びせる。

「――アンドロイドの組織図だよ。よくあるやつとは違うが、アンドロイドにまちがいない。ランファーマン・アソシエーツの地下で、兵器テストに使っているやつによく似ている。どういうものかは知ってるだろう。かぎりなく人間に近いやつだ」

「できるだけ早くそっちへ行く」とラーズはいった。

26

軍病院の屋上にある広大な離着陸場で、ラーズは軍服をぴしっと着こなした三人の若い海兵隊員の出迎えを受けた。まるで政府高官か犯罪者にでも接するような、あるいはその両方である人物に接するような態度で、三人は彼を先導していく。下り斜路からまっすぐ、それが行なわれている警戒厳重なフロアへと。

それ。彼らが行なっているのではなく。ラーズは、彼自身それに参加するためにやってきた企てを、無意識のうちに非人間化して考えている自分に気づいた。

彼は先導の海兵隊に向かって、

「それでも、よその星系から来た奴隷狩りエイリアンの手に落ちるよりはましだ、やつらに手があったとしての話だが」

「なにがましですか?」

「なんだってそうじゃないか」

海兵隊員の背が高いほう——この男はほんとうに背が高い——が口を開き、

「あそこになにか切札があるんでしょう」

一行が最後のセキュリティ・チェックを抜けるとき、ラーズは背の高い海兵隊員に、

「きみはその、リカルド・ヘイスティングスという老いぼれ帰還兵に会ったことがあるのか？」

「ほんのちょっとだけなら」

「いくつだと思う？」

「たぶん九十か、百。もっとかもしれません」

「わたしは会ったことがない……」とラーズ。

前方の、最後のドア（超感覚を付与されていて、何人の人間が入室を許されるかを正確に予期している）が、つかのま開いた。白に身をかためた医療スタッフたちの姿が向こうに見える。

「……だが、賭けてもいいよ」ラーズの通過を感知した知覚ドアがかちりと音をたてる。

「リカルド・ヘイスティングスがいくつだか」

「はい、閣下」

「生後六カ月だ」とラーズ。

三人の海兵隊員はまじまじとラーズの顔を見つめた。

「いや、訂正する。四カ月だ」

それからラーズは、海兵隊員たちをそこに残したまま、また歩きだした。向こうに、リロ・トプチェフの姿が見えたのだ。

「やあ」とラーズは声をかけた。

リロがさっとふりかえる。

「あら」

瞬間、リロの顔にほほえみが浮かぶ。

「〝きみはコブタを訪ねてコブタの家にいると思ったよ〟」

「〝ううん。ぼくはプーさんを訪ねてプーさんちに来てるのさ〟」

「ベレッタが火を噴いたとき――」

「ああもう、わたしてっきり自分だと思った。あなたもわたしだと思ったのね。あなたはわたしが死んだと思いこんでたから、目をあけてられなかった。わたしのはずだったのかしら？　ともかく、そうじゃなかった。わたしも同じようにしてたでしょうね。あなたが撃たれたと思ってたら、とても見ていられなかったはずだわ。あとでそう思ったの、考えて考えて、ずうっと考えつづけて……ほんとに死ぬほど心配した、あなたのこと、あなたがどこに行っちゃったのかを。あなたはトランスにはいり、どこかにさまよっていった。

でもわたし、あの女(ひと)のことを考えて、あの女(ひと)はきっと、あのときまで一度も破裂弾ピストルを撃ったことがなかったんだって思ったの。あれがどんな威力を持っているか、きっと知らなかったのね」

「それで、いまはなにを?」

「仕事してる。ほんとに死ぬほど働いてるわよ。となりの部屋に来て、彼に会って」リロは憂鬱そうにそちらを身振りで示した。「いままでのところ、わたしはつきに見離されてるの、聞いたでしょ?」

「もっとひどいことだってありえたんだ、一時間かそこらおきに、われわれの身にふりかかっている災難を考えればね」

東に向かう旅の途中、ラーズは、敵によって(すくなくとも地球人の目から見るかぎり)地上から消し去られてしまった人口がどれほどの規模に及んでいるかを聞かされていた。歴史上、これほどの災害は類例がない。

「リカルド・ヘイスティングスの話では、彼らはシリウスから来たそうよ。わたしたちがそうじゃないかと思ってたとおり、奴隷狩りだって。キチン質の甲殻生物で、数百万年前までさかのぼる生理学的ヒエラルキーを持ってるの。彼らの恒星系の惑星では、温血動物はキツネザルの段階どまりで、それ以上進化しなかった。キツネ面で樹上生活の夜行性動物ね。中にはしっぽを器用にあやつれる種族もあるけれど。

だから、彼らはわたしたちを知性のある奇形としか見ていないのよ。たんに、手先が多少器用な、高度に組織化された労働力としか。人間の指には彼らも舌を巻いたらしくて、わたしたちなら、複雑な仕事もすべてこなせると考えたわけ。わたしたちがラットを見るように、わたしたちを見ているのよ」

「しかし、ぼくらはいつもラットをテストしてる。なにか学ぼうとしてるじゃないか」

「でも、わたしたちにはキツネザルの好奇心がある。妙な音がすると、なんだろうとすぐに穴から頭をつきだすわ。彼らは違う。いくら高度に進化していても、キチン質生物というのは、やっぱり一種の反射機械なの。直接ヘイスティングスにきいてみるといいわ」

「彼と話したいとは思わないね」とラーズ。

開いたドアの向こうに、骸骨に服を着せたみたいな、がりがりに痩せた男がすわっていた。くしゃくしゃに縮んだ、しわだらけの、しぼんだカボチャを思わせる頭が、モーターで動く機械のように、ゆっくりと回転している。目はまばたきひとつせず、その表情からはどんな感情もうかがえない。彼の体は、たんなる知覚機械だ。感覚器官はうまずたゆまずぐるぐるまわりつづけ、データを収集しているが、しかし、そのうちのどれだけが脳に伝えられ、記録され、理解されるかは、神のみぞ知る。ひょっとしたら、まったくのゼロかもしれない。

見慣れた顔がクリップボードを持ってあらわれた。

「きっともどってくると思っていたよ」トート医師はラーズに向かっていったが、その言葉に反して、医師の顔には心底ほっとしたような表情が浮かんでいた。「歩いたのか？」

「きっと、ね」とラーズ。

「覚えてないのか」

「なんにも。しかし、疲れた」

「重度の精神病患者でも、じゅうぶんな時間さえあれば、どんどん歩いていく傾向がある。放浪者症候群といってね。たいていの場合には、そのじゅうぶんな時間がないんだが。きみにとっては、時間はまったく必要なかったわけだ」

それから、リカルド・ヘイスティングスのほうをふりかえって、

「彼についてだが、まずどうするつもりかね？」

ラーズはうずくまった老人の姿に目をやって、

「生体採取材料（バイオプシー）検索だ」

「わからんな」

「組織標本がほしい。どこの組織でもいい」

「なぜだ？」

「顕微鏡分析と、それにくわえて、炭素年代測定をやってほしい。いまの炭素17B年代測定法の誤差範囲はどの程度だろう？」

「一年以内。数ヵ月というところだな」

「だと思った。ようし、年代測定の結果が出るまでは、スケッチもトランスもなしだ。それまでわたしはいっさいなにもしない」

トート医師はおおげさな身振りで、

「かしこまりました、おおせのままに」

「測定にはどのくらいかかる？」

「午後三時には結果を出せる」

「よし。シャワーを浴びて、新しい靴と、それに新しいコートも買うことにしよう。元気を出さなきゃ」

「店はしまっている。この緊急事態が終わるまで、市民は地下にいるよう警告されている。被害地域は、いまでは——」

「頼むから、いちいち数え上げるのはやめてくれ。来る途中で聞いてる」

「ほんとうにトランスにはいるつもりはないのか？」とトート医師。

「ない。そんな必要はない。リロがもうためしてる」

「わたしのスケッチを見てみる、ラーズ？」とリロ。

「見よう」

ラーズがのばした手の上に、リロはひと山のスケッチをのせた。ラーズはそれをぱらぱらめくって、思っていたとおりのものを見た。それ以上でも、それ以下でもない。ラーズはスケッチを手近のテーブルに置いた。

「たしかによくできた図面だよ」とトート医師がコメントする。

「アンドロイドの、ね」

リロがじっとラーズを見つめたまま、期待に満ちた口調でいいたした。

「彼の、だ」ラーズは、うずくまった姿勢のまま砲塔のような首をうまずたゆまず回転させている老人を指さし、「いや、それの、というべきかな。きみはそれの心の中身を拾えなかった。きみが拾い上げたのは、それの生化学的基盤をなす解剖学的要素だ。それを動かしているものだよ。人工的なメカニズムなんだ。

そいつがアンドロイドであることはわかっている。そして、生検試料の炭素年代測定が、それを証明するはずだ。わたしが知りたいのは、正確な年齢だよ」

しばらくして、トート医師が、しぼりだすような声で、

「なぜだ？」

「エイリアンが地球にあらわれてどのくらいになる？」

「一週間だ」と医師。

「これほど完璧なアンドロイドが、一週間でつくれるかどうかは疑問だな」とラーズ。

やがてリロが口を開き、

「じゃあ、これをつくった人は知っていたのね——もしあなたのいうとおりなら——」

さあ」
「ああ、くそ、ぼくのいうとおりに決まってるさ。自分のスケッチをよく見て、〝リカルド・ヘイスティングス〟のものじゃなかったらそういってくれ。まじめにいってるんだ。

スケッチの束をとると、ラーズはそれをリロにつきつけた。リロは黙って受けとり、放心したような目で一枚一枚たしかめていく。かすかにうなずきながら。

「これほどみごとなアンドロイドをつくれるのはだれだ？」トート医師がリロの肩ごしにラーズを見やっていった。「それだけの技術と能力を、いったいだれが持ってるというんだ――アイデアはもちろんだが？」

「ランファーマン・アソシエーツ」とラーズ。

「ほかには？」とトート医師。

「わたしが知るかぎり、ないね」

もちろん、ピープ・イーストの技術力についても、ラーズはＫＡＣＨを通じて、かなり正確に把握している。彼らの技術など比較の対象にもならない。ランファーマン・アソシエーツとくらべられるような組織は、地球上に存在しない。サンフランシスコからロサンジェルスまでの五百マイルにわたって地下に広がるこの経済産業組織に、敵はないのだ。

そして、どんなにこまかく調べられても本物の人間として通用するアンドロイドの製造は、ランファーマン・アソシエーツの大きな課題のひとつだった。

いきなり、リカルド・ヘイスティングスが、しわがれ声でいった。

「もし、動力源が過負荷を起こすあの事故がなかったら――」

ラーズはそちらのほうにつかつかと歩み寄り、相手の言葉を途中でさえぎって、

「おまえは自律的に動いているのか？」

老いたどんよりした目がラーズの目を見返す。しかし、答えはなかった。その落ちくぼんだ口は、もう閉じられている。

「どうなんだ」とラーズ。「自律的なのか、それとも遠隔操作か？ 恒常的なのか、それとも外から指示を受けているのか？ 正直、わたしはおまえが完全に自律的な存在だと思っているよ。前もってプログラムされた」

リロとトート医師のほうを向いて、

「きみたちがこいつのことを『老人性認知症』だといったのもそれで説明がつく。ある定型化された意味論的要素を際限なくくりかえしてるだけなんだよ」

リカルド・ヘイスティングスがもごもごした口調で、

「いやしかし、わしらは徹底的にやっつけてやった。向こうは夢にも思ってなかった攻撃だ。わしらはお手上げだと思いこんでたんだな。こっちの兵器ファッション・デザイナーたちは、それまでまるで成功してなかった。エイリアンは、ただやってきて、支配すればいいと思っていた。ところがわしらは、目にもの見せてやったってわけだ。あんたらが覚

えてないのは残念なこった。まだあんたらが生まれる前の話だからな」

彼は――あるいは、それは――くすっと笑った。焦点の定まらない目で床を見つめ、歪んだ口もとには喜びが浮かんでいる。

「いずれにしても」と、ラーズはそこでちょっと間をおき、「タイム・トラベル兵器というアイデアは買えないね」

「わしらはあの連中を大混乱におとしいれてやった。あのくそいまいましい衛星どもを、そっくりこの時間ベクトルからウォープさせて、十億年未来に送り出してやったのさ。で、やつらはいまもそこにいる。けっけっけ」

その目に一瞬、生命の光が宿る。

「蜘蛛やら原生動物やらしかいない星のまわりをまわってるこったろうよ。お気の毒さま。やつらの船もつかまえた。TWGで、そっちのほうははるかな過去へ送ってやった。三葉虫の時代の地球を侵略させにな。簡単に勝てるはずだ。三葉虫どもを征服して、奴隷にするがいいさ」

老帰還兵は、誇らしげに鼻を鳴らした。

午後二時半、いくら金を積まれても二度と経験したくないとラーズが思った長い待ち時間のあと、老人の体から採取された組織標本の炭素年代測定データが、病院のスタッフによって届けられた。

「なんて書いてある?」

背をのばして立ったリロがたずねた。視線をじっとラーズに向け、彼の反応を読みとろうとしている。

ラーズは一枚きりの紙片をリロに手わたし、

「自分で読んでくれ」

リロは小さな声で、

「教えて」

「顕微鏡検査の結果は、標本組織が、シンソ——つまり、アンドロイドだ——のそれではなく、人間のものであることを示している。同じ標本に対して行なわれた炭素17B年代測定によれば、この標本は百十年ないし百十五年経過している。もっと古い可能性も——かなり低いが——ある」

「つまり、あなたはまちがってた」とリロ。

ラーズはうなずいて、

「ああ」

リカルド・ヘイスティングスがくすっとひとり笑いをもらした。

27

この点についても、おれは完全にしくじってしまった、とラーズはひとりごちた。かつて、本物の兵器が必要だったときに、彼らを失望させたのとおなじように。おれはこれまで一度だって彼らの役に立ったためしがない。もちろん、状況が変わる前の、ピープ・イーストとウェス・ブロックが長年楽しんできたあの恵み深いゲームはべつにして。あの〈改鋳の時代(ブラウシェアリング)〉には、われわれは、大衆を、地球上のすべてのパーサップスを、彼らのために、彼らの感情を犠牲にして、だましてきた。

しかし、おれはリロをワシントンに連れてきたじゃないか、とラーズは思った。たぶんそれは、レコードブックに、おれの業績として記録されるはずだ。だが——その業績も、マーレン・フェインの痛ましい自殺以外のなにをもたらしたというのか？　充実したしあわせな人生を楽しむことを約束されていたマーレンに死をもたらしたこと以外に？

ラーズは口を開き、トート医師に向かって、

「わたしのエスカラティウムとコンジョリジンを頼む。いつもの量の倍にしてくれ」

それから、今度はリロに、

「例の、きみがひとりじめにしている東ドイツの製薬会社の製品だけど、リロ、きみも今回は、いつもの倍の量を飲んでほしい。ぼくたちの感受性を高める方法はほかに思いつかないし、体と心が耐えられるかぎり敏感な状態にしておきたいんだ。たぶん、あと一回、真剣にトライするだけの余裕しかないだろうから」

「わたしもそう思う」リロが陰気に答えた。

トートと病院のスタッフが出ていき、そのうしろでドアがしまった。中には、ラーズ、リロ、リカルド・ヘイスティングスの三人だけが残された。

ラーズはリロに、

「今度のトランスで、ぼくたちはふたりとも死んでしまうかもしれない。あるいは、回復不能の傷を負うかもしれない。肝臓障害か、脳の——」

「黙って！」

リロがどなった。そして、コップの水で、錠剤をひと息に飲み下す。

ふたりはしばし、よだれをたらしながらぶつぶつつぶやいている老人を無視して、目と目を見つめあっていた。

やがてリロが、

「あなたもいつかは、彼女の死のショックから立ち直れるのかしら？」

ャングルに住んでるんじゃないんだから」

「わたしを責める？　いいえ、あなたは自分を責めるのね」

「ぼくが責めるのは彼女だよ。そもそも、あんなみじめったらしいちゃちなベレッタを持ってきたのがいけないんだ。だれだって、あんな武器を持つべきじゃない。ぼくたちはジャングルに住んでるんじゃないんだから」

「いや。ぜったいに」

ラーズは口をつぐんだ。薬が効きはじめる。フェノチアジンを大量に服用したときのように、体が麻痺していく。あごが動かなくなり、まぶたが下がってくる。許容量を超えて摂取された薬が意識を薄れさせ、ラーズはもうなにも見えず、リロ・トプチェフの存在も感じなくなった。残念だな、とラーズは思う。そして、周囲の雲が密度を増していくにつれ、彼が感じるのは恐怖ではなく、後悔と苦痛とになった。おなじみの降下——それとも上昇？——意図的に過剰服用した二種類の薬の相乗効果で、ラーズはいま、度はずれた高みに昇っていく。

彼女がこんな苦痛に耐えないですんでいるならいいが、とラーズは祈る。彼女のほうは、もっと楽にトランスしていてほしい、と祈る——もしそうなら、自分にとってももっと楽なはずであることを知りながら。

「じっさい、やつらをぶっとばしてやったもんさ」

リカルド・ヘイスティングスが、くっくっと笑い、あえぎ、よだれをたらしながらぶつぶつつぶやく。

「そうかい？」ラーズはやっとのことで声を出した。

「そうとも、ミスター・ラーズ」

と、リカルド・ヘイスティングスがいった。そして、とりとめのない冗長なおしゃべりが、なぜかはっきりと、聞きとりやすくなったように思えた。

「しかし、〈時間歪曲場発生装置〉なんてものを使ったんじゃない。そいつはつくりものさ、悪い意味のね。つまり、でっちあげだよ」

老人はまたくっくっと笑った。しかし、今度の笑い声はもっと耳ざわりだった。それまでとは違う笑い。

ラーズはひどくほねを折って声をしぼりだし、

「おまえはだれだ？」

「わたしは動くおもちゃだ」と老人が答える。

「おもちゃだと！」

「そうとも、ミスター・ラーズ。もともとはクラグ・エンタープライズが開発したウォー・ゲームの一部。わたしをスケッチしろ、ミスター・ラーズ。きみの同僚、ミス・トプチェフはたしかにスケッチしたが、彼女はなにひとつ理解せず、どうでもいいような、わたしが最初につくられたときの視覚的な体裁をなぞるだけだった……そして、それさえ、だれからも無視された。きみだけだよ、気がついたのは。彼女はわたしを描いていた。きみは完全に正しかった」

「しかし、あんたは歳をとってる」

「ミスター・クラグの頭に浮かんだ、単純な技術的解決策だよ。彼は、炭素17Bによる新しい年代測定法が用いられる可能性――じっさいには不可避性だ――を予期していた。だから、わたしの体は、百年をちょっと過ぎた古い組織でつくられている。細胞のヴィンテージだよ、この表現で胸が悪くならなければ」

「胸など悪くはならないね」ラーズはいった――あるいは、思った。じっさいに声を出しているのかどうか、もう自分でもわからない。「ただ、信じないだけだ」

「じゃあ」とヘイスティングスがいう。「こういう可能性はどうだね？　わたしは、きみが疑ったとおり、アンドロイドだ、ただし、一世紀前につくられた」

「一八九八年に？」ラーズはせいいっぱいの侮蔑をこめて笑った――とにかく、笑ったつもりになった。「べつのにしてくれ。きみの知っていることと矛盾せず、わたしが事実だと納得できる新しい説に」

「では今度は、真実を聞いてみたいかね、ミスター・ラーズ？　隠し立てしない、ありのままの真実を？　聞いてもだいじょうぶかね？　正直にいって？　ほんとうに？」

しばらくして、ラーズは答えた。

「ああ」

やわらかくささやくような声、この深トランス状態にあってはおそらく思考と選ぶところのない声が、ラーズに告げた。

「ミスター・ラーズ、わたしはヴィンセント・クラグだ」

28

「あの三流技術者、信用ゼロで鼻つまみ者の、名もないおもちゃ屋か」とラーズ。

「そのとおり。アンドロイドではなく、きみとおなじ人間だよ、ただし、歳をとってるがね、ひどく。人生の終わりだよ。ランファーマン・アソシエーツの地下できみと会ったときのクラグじゃない」

その声は疲れ、抑揚を欠いていた。

「わたしは長いあいだ生きて、いろんなことをたっぷり見てきた。〈大戦〉も見た、話したとおり。公園のベンチにすわって、耳を貸してくれる人間ならだれにでも話して聞かせたとおり。最後には、だれかしかるべき人間があらわれることはわかっていた。そして、そうなった。わたしは中にはいった」

「その戦争で、きみは保守主任だったのか？」

「いや。例の武器の保守係でも、ほかの武器のそれでもなかった。〈時間歪曲場発生装置〉は実在する——実在するようになる——が、シリウスの奴隷狩りとの〈大戦〉で使われることはない。そこはわたしのつくり話だ。いまから六十四年後、二〇六八年に、わたしはこの時代にもどってくるためにその装置を使うことになる。

まだわかってないな。わたしは二〇六八年からここに帰ってくることはできる。じっさい、そうした。だからこうしてここにいる。だが、なにも持ってくることはできないんだ。兵器も、機械も、ニュースも、アイデアも、パーサップスの娯楽用超小型新製品も——なにひとつ」

語気が荒くなり、苦い響きがまじる。

「さあ、やれ！　テレパシーでわたしの頭を探り、これから六十年の記憶と知識をあらいざらい持っていくがいい。〈時間歪曲場発生装置〉のスペックを書け。それをランファーマン・アソシエーツのピート・フライドにわたして、超特急でプロトタイプをつくらせて、エイリアンに使うんだ。さあ！　どうなるか知ってるか？　それで、わたしは存在しなくなってしまうんだよ、ミスター・ラーズ」

ひややかな声はラーズに切りつけ、耳を聾した。復讐と、状況のむなしさによって歪められた声。

「時間線が分岐することによってわたしがここからいなくなれば、同時に問題の兵器も存在しなくなる。そして、わたしをとらえたまま、新しい時間線が永久的に確立される」

ラーズは黙っていた。反駁する余地はない。明白なことに思える。ラーズはそれを受け入れた。

「時間旅行は」と、いまから六十四年後の、老いてよぼよぼになったクラグがいう。「制度化された研究システムによってもたらされた、もっとも制限の厳しいメカニズムのひとつだ。ミスター・ラーズ、いま、つまりわたしにとっては六十年過去の世界で、わたしが正確にどれほどの制限を受けているか知りたいかね？

わたしには先のことがわかるのに、なにひとつ話すことができない。きみに教えることはできない。預言者にはなれない。なにひとつできない！　わたしにできるのは——もちろんごくささやかなことだが、ひょっとしたらそれで用が足りるかもしれん。いや、じっさいには、それで用が足りるかどうかはわかっているんだが、それをきみに教える危険さえおかせないんだ——あるものに対して、きみがいまいる世界のあるもの、ないしある側面について、注意を喚起することだけだ。わかるか？　それは、すでに存在しているものでなくてはならない。その存在は、どんな点においても、未来からわたしが帰ってきたことに依存しているものであってはならないんだから」

「なるほど」とラーズ。

「〝なるほど〟」ヴィンセント・クラグがあざけるように鼻を鳴らす。

「わかった。しかし、わたしになにをいえというんだ？　あんたはみんないってしまったじゃないか。一段一段、階段を昇るようにして」

「なにかたずねてくれ」

「なぜ？」

「いいからきくんだ！　わたしがもどってきたのには理由がある。わかりきったことじゃないかね？　わたしはある原理でがんじがらめにされている――それは――」

クラグは言葉を切った。もどかしさと怒りにのどをつまらせる。

「きみにその原理の名前を教えることもできない。それも制限事項のひとつだ」

クラグは肩を落としていった。コミュニケートしようとする――しかし同時に、せまい枠の中からはみださないようにする――努力が、急速に彼を消耗させているのが、傍目にもはっきりわかる。

「〈二十の扉〉だ」とラーズ。「そうしよう。あんたはゲームが好きだった」

「たしかに」かわいたかさかさの顔に、ふたたびエネルギーが充塡される。「あててみろ。あたっていれば、イエスと答える」

「それは、われわれの時代、二〇〇四年に存在するものだ」

「イエス！」

狂喜した声が興奮にふるえる。回復した生命力があふれている。

「この時代のあんたは、コグではない。あんたは外側にいる、それが現実だ。あんたはそれに対してUN－W国防局の関心を引こうとしているが、あんたがコグではないために、だれも耳を貸そうとしない」

「イエス!」

「じっさいに動くプロトタイプ?」

「イエス。ピート・フライドの手になるものだ。プライベートな時間に、ジャック・ランファーマンが会社の作業所を使う許可を与えたあとで、彼がつくった。彼はほんとうにすご腕だ。ほんとうにすごい速さでつくれる」

「その装置はいまどこだ?」

長い沈黙。それから、とぎれとぎれに、苦しげな声で、

「どうやら——いいすぎて——しまった——ようだ」

「ピートのところにある」

「い——いや」

「よし」ラーズは頭をひねった。質問を変えて、「どうしてリロとコミュニケートしようとしなかったんだ?」とたずねる。「彼女がトランス状態にはいって、あんたの心を探っていたときに?」

「それは」クラグはかぼそくかわいた声で早口にささやく。「彼女がピープ・イーストの人間だからだ」

「しかし、プロトタイプは——」

「わたしには先が見える。ミスター・ラーズ、この兵器は、ウェス・ブロックだけのものだ」

「その兵器はいま、ワシントンDCフェスタンにあるのか？」

老いたヴィンセント・クラグの声が生気を失い、死にむしばまれた歪んだ響きになって、「もしそうなら、こうしてきみに話してはいない。自分の時代にもどっている。正直な話、わたしはここに来るために大きな犠牲を払った。わたしの時代の医療科学は、わたしに快適な生活を保証してくれる。しかし、ここ、二〇〇四年の世界では、それは不可能だ」

クラグの声は、疲労と軽蔑がからみあったリズムでふるえた。

「わかったよ。その装置は」とラーズはいいかけて、ためいきをつき、「その兵器は、わたしの時代につくられたもので、未来からもたらされるものではない。あんたはすでに、プロトタイプをつくらせている。どうやら、そいつはちゃんと動く。だからあんたは、そいつを自分のちっぽけな工場だかどこだかに持っていって、動かしている、と」

ラーズは長いあいだ、頭の中で何度も何度もくりかえし考えて、ついに、

「わかった。もうたずねることはない。これ以上、範囲をしぼらなくてもだいじょうぶだ。もう危険はおかさないほうがいい。そう思わないか？」

「そう思う、もしきみが――いま知っている事実だけでやれると信じているのなら」

「見つけだしてみせる」

ただちにこの時代のヴィンセント・クラグに接触し、その装置を手に入れなければならないことは明らかだ。しかし――ラーズはその先を考えた――二〇〇四年のヴィンセント・クラグは、装置を発明したあとも、それが兵器だとは気づいていないはずだ。だから、どのおもちゃが必要とされているかもわからない。クラグは、ラフ・スケッチから設計図、自動工場の生産ラインに乗せる小売り市場向け最終モデルにいたるあらゆる段階のアイテムを、十や二十は、ちゃちでお粗末な工場に保管しているだろう。

二〇六八年の老いたヴィンセント・クラグとの接触を打ち切るのはまだ早すぎた。

「クラグ！」ラーズはそくざにせっぱつまった声で叫んだ。「どんな種類のおもちゃなんだ？　ヒントをくれ！　なにか手がかりを。ボード・ゲームか？　ウォー・ゲームか？」

ラーズは聞き耳をたてた。

ラーズの耳に、テレパシーによる思考としてではなく、声に出した言葉として、しわがれた老いぼれ声が届いた。

「ああ、やっつけてやったともさ。あの奴隷狩りどもめ。まさかなにか手立てを見つけるとは、やつら夢にも思っちゃいなかったのさ」老人は息をあえがせながら、うれしげにくっくっと笑う。「こっちの兵器ファッション・デザイナーは、まったく役立たずだった。すくなくとも、エイリアンどもはそう思ってたね」

ラーズはふるえながら目をあけた。頭ががんがんする。頭上の照明のまぶしい輝きに、痛む目をしばたたく。かたわらに、リロ・トプチェフが見える。ぼんやりうつむいて、指にはペンが握られている……だが、その前の紙は真っ白だ。

トランス状態における、老〝戦争帰還兵〟ヴィンセント・クラグの、模糊とした内なる心とのテレパシー接触は、終わったのだ。

視線を落とし、ラーズは自分の手が、ペンと白い紙を握りしめているのを見た。もちろん、スケッチは描かれていない。それには驚かなかった。

しかし、紙は真っ白ではなかった。

そこには、のたくった文字が書きつけられていた。子どもが慣れない手でペンを握り、やっとのことで書いたみたいな筆跡。ラーズのそれではない。

そこには、こうあった。

迷路の中の（読めない短い単語）

迷路の中のなんとか、か。なんだろう。ネズミ？　かもしれない。rという字がはいっているように見える。ぜんぶで三文字の単語。二番目の文字は――そうだ、よく見ると、どうやらまちがいなさそうだ――a。

ふらつく足で立ち上がり、部屋を出て、つぎつぎにドアをくぐって、ラーズはようやく、病院のスタッフを見つけた。

「映話をかけたい」とラーズはいった。

彼はようやく、映話機がのったテーブルについた。ふるえる指でニューヨーク本社のヘンリー・モリスの番号をダイアルする。

やがて、ヘンリーの顔がスクリーンにあらわれた。

「おもちゃ屋のヴィンセント・クラグを押さえてくれ」とラーズ。「子ども向けの製品があるはずだ、迷路の一種で、ランファーマン・アソシエーツからもどってきてる。完成モデルができている。ピート・フライドがつくった」

「わかった」とヘンリーがうなずく。

「そのおもちゃの中に、兵器がある。エイリアンに対して使える——勝てるやつなんだ。なぜ必要かは、クラグには黙っていろ。手に入れたら、ワシントンDCフェスタンのわたし宛てに、瞬間郵便（スタント・メイル）で送ってくれ——時間をロスしたくない」

映話を切ってから、ラーズは椅子の背にもたれて、もう一度紙片をとりあげ、自分がなぐり書きした文字を見つめた。いったいぜんたい、このぐしゃぐしゃの単語はなんだ？　もうちょっとでわかりそうなのに……。

「どんな感じ？」赤い目をしたリロ・トプチェフが、額をこすり、髪の乱れを直しながらあらわれた。「ああ、ひどい気分。それに、今度も収穫なし」

リロはラーズの向かいにどさりと腰を下ろし、ひじをついた両手で頭を押さえた。それから、ひとつためいきをついて、背筋をのばすと、ラーズが手にした紙をのぞきこむ。

「それを書いたの？　トランス状態で？」

顔をしかめ、唇を動かす。

「迷路の――中の――なんとか。問題は最後の言葉ね」しばらく黙っていたが、やがてまた口を開き、「あ、わかった」

「ほんとか？」

ラーズは紙を下に置いた。なぜか、寒気を感じる。

「最後の言葉は、人間、よ。『迷路の中の人間』。あなた、トランスのあいだにそう書いたのよ。でも、いったいどういう意味なのかしら？」

29

ラーズは、全ウェス・ブロックおよびその二十億住民（実質的には、人口はもっとすくなくなっているはずだが、それについてはなるべく考えないようにしている）の首都、ワシントンDC城塞の天守閣、〈クレムリン〉にある、巨大な、静まりかえった会議室にすわっていた。

ラーズの前のテーブルには、包装をとかれた小包みがのっている。ヘンリー・モリスが瞬間郵便（スタント・メイル）で送ってきたものだ。ヘンリーからのメモによると、これは、クラグ・エンタープライズが設計し、ランファーマン・アソシエーツが製作した、過去六年間で唯一の迷路おもちゃだという。

この小さな、四角いアイテムが、それなのだ。

ヴィンセント・クラグの工場で印刷された取り扱い説明書がいっしょにはいっていた。ラーズはそれを、もう何度も読みかえしている。

迷路それ自体はきわめて単純なものだが、中にとらわれた住人にとっては、どうしても抜けられない障壁となる。迷路の出口は、いつも、犠牲者の壁ひとつ向こうにある。どんなにすばやく、どんなに利口に、どんなに効率よく走りまわり、方向転換し、後退し、またやりなおして、ひとつの正しい道を（正しい道がひとつはあるはずだから）発見したとしても、住人は勝つことができない。脱出することはぜったいにできない。なぜなら、耐用年数十年の電池がついたこの迷路は、つねに動いているからだ。

おもちゃか、とラーズは思った。〝娯楽〟を提供してくれるもの。

しかし、そんな言葉にはなんの意味もない。いま、目の前のテーブルの上にあるものを、説明してはくれない。なぜならこれは、パンフレットの文句を引用すれば、心理学的に洗練されたおもちゃだからだ。このおもちゃのセールス・ポイント、おもちゃ屋のヴィンセント・クラグが小売り市場で成功をおさめる鍵になると考えていた最大の特長は、感情移入という要素だった。

ラーズの横にすわっているピート・フライドが口を開き、

「おい、こいつはおれが組み立てたんだぜ。そのおれでも、戦争兵器になりそうなところなんか、まるっきり気がつかなかった。ヴィンセント・クラグだってそうだ。おれはプロトタイプをつくる前後に、やつとはさんざん話し合ったんだから。クラグにこんりんざいそんなつもりがなかったのはまちがいない」

「まったくきみのいうとおりだよ」

と、ラーズは答えた。彼の人生のこの時点で、おもちゃ屋のヴィンセント・クラグが戦争兵器にいささかでも興味をいだくいわれはまったくない。だが、のちのヴィンセント・クラグは——。

彼のほうがよく知っている。

「クラグというのはどんなやつだ？」とラーズはピートにたずねた。

ピートは身振りをまじえて、

「あんただって会ってるじゃないか。針を突き刺したらぽんとはじけて、空気が噴き出してきそうなやつだよ」

「外見のことをいってるんじゃない。中身のほうだ。心の奥の、彼を動かしてるしくみはどうなんだ？」

「妙だな、あんたがそんないいかたをするとは」

「どうしてだ？」

ラーズはとつぜん、いわれのない不安を感じた。

「いやね、ずいぶんむかし、やつが持ちこんできたプランのことを思い出したからさ。何年も前だ。いつまでもだらだらつづけていたが、とうとうあきらめちまった。おれにはありがたかったけどな」

「アンドロイドか」とラーズ。

「どうしてわかった?」

「彼はアンドロイドでなにをするつもりだったんだ?」

ピートは顔をしかめ、頭をかいた。

「けっきょくおれにも、たしかなところはわからずじまいだった。とにかく、気に入らなかったね。毎度毎度、ノーといいつづけたよ」

「つまり、彼につくってくれと頼まれたのか? クラグはランファーマン・アソシエーツの技術力で自分のアンドロイド・プロジェクトを実現したいと望んだが、なにかおかしな理由で――」

「やつ自身、あやふやだったのさ。ともかく、ほんとうに人間そっくりにしたがってた。で、おれはいつも、そこんところにひっかかって、妙におちつかない気分を味わってたんだ」

ピートはまだしかめ面をしている。

「ああ、わかってるよ、おれとクラグのあいだには、たしかに大きなへだたりがある。いっしょに仕事はしたが、やつを理解してるなんてふりはしないよ。アンドロイド・プロジェクトでなにをするつもりだったのかもね。ともかく、やつはその計画をあきらめて、こいつに――」と、迷路のほうにあごをしゃくり、「方向転換したんだ」

なるほど、それでリロのアンドロイドのスケッチも説明がつく、とラーズは思った。

ふたりの向かい側で押し黙ったますわっていたニッツ将軍が口を開き、

「この迷路で遊ぶ人間は――わしの理解が正しければ――そいつに」と、いまはスイッチを切られて動かない、小さな迷路の住人を指さして、「感情移入する。そこの、その生きものに。そいつはなんなんだ？」

ニッツは熱心に目を近づけた。そのようすから、ラーズはいまはじめて、彼が多少近視気味なのに気づいた。

「クマに似てるな。それとも、金星のウーブか。ほらあの、子どもたちがお気に入りの、ずんぐりむっくりした動物だよ。ワシントン動物園にもひとつウーブのコロニーがある。子どもたちときたら、金星のウーブのコロニーをいつまで見ていても飽きることがない」

「それは、金星のウーブがわずかながらテレパシー能力を持っているせいだ」とラーズ。

「ああ、そう」とニッツ将軍がうなずき、「やっと確認された、地球のイルカの共感能力とおなじようなものだ。それほど特異な能力ではない。たまたまそのおかげで、イルカはずっと、知性があると思われていたわけだがな。理由もわからずに。それは――」

ラーズはスイッチをオンにした。迷路の中の、ずんぐりむっくりした、ウーブのようでもありクマのようでもある、毛むくじゃらで愛らしい生きものが動きはじめた。

「動いてるとこを見ろ」ラーズは半分ひとりごとのようにいう。

ふいに行く手をさえぎった壁にぶつかって、ずんぐりむっくりの生きものがゴムボールのようにはずむのを見て、ピートがくすりと笑う。

「おもしろい」とラーズ。

「どうかしたか？」

ラーズの言葉に奇妙な響きを感じて、ピートがたずねた。なにかがおかしい。

ラーズは答えて、

「いや、じっさいこいつはおもしろいよ。いっしょうけんめい出ようとしてるじゃないか。さあ、今度はこうだ」

パンフレットと首っぴきで、ラーズは迷路のフレームの両側に手をすべらせ、レバーの位置をたしかめた。

「左側のコントロール・レバーは、迷路の難度を上げる。したがって、犠牲者の混乱の度合いも深まる。右側のレバーは――」

「おれがつくったんだぜ」ピートが途中でさえぎり、「わかってるよ」

「ラーズ」とニッツ将軍がいう。「きみは感じやすい人間だ。だから、〝むずかしい〟男だといわれるんだ。そして、そのおかげで、きみは兵器ファッション霊媒になれた」

「気分屋のおかげで」

ラーズは、ウーブに似た、クマに似た、ずんぐりむっくりの生きものから目を離さずにいった。たえず位置を変える障壁によって脱出の希望を砕きつづける迷路にとらわれた、あわれな犠牲者。

「ピート、このおもちゃには、なにかテレパシー的な要素がはいってるのか?」とラーズがたずねる。「プレーヤーの心をひきつけるような?」

「ああ、ある程度は。低出力回路だよ。迷路で遊ぶ子どもと、とらわれている生きもののとのあいだに、おだやかな一体感をつくりだすだけの」

ピートはニッツに向かって説明をつけくわえて、

「精神分析理論によれば、このおもちゃは子どもたちに、ほかの生きものをかわいがることを教えるんだ。子どもは迷路の中の生きものを助けたいと思い、右側のレバーが、それを可能にする」

「しかし」とラーズ。「レバーはもう一本ある。左側に」

「それは」とピートがていねいに説明する。「技術的な必要性によるものだ。もし、難易度を下げるレバーしかなければ、生きものは迷路を脱出し、ゲームは終わってしまうからな」

「つまり、終わってしまいそうになると、プレーヤーはゲームをつづけさせるために、右のレバーから手を離し、左のレバーを押す。すると迷路配置はそれに応じて難易度を上げ、とらわれの生きものはまたとほうにくれる。だからこれは、子どもの中のいつくしむ心を助長するかわりに、サディスティックな傾向を助長することになる」

「違う！」ピートがそくざに声をあげた。

「どこが？」とラーズ。

「そのために、テレパシー共感回路があるんだよ。わからないのか、この石頭？　迷路で遊ぶ子どもは、犠牲者に感情移入するんだ。その子が、その生きものなんだ。迷路の中にいるのは自分なんだよ。感情移入ってのはそういうことだ、わかってるだろう。あのちっちゃな生きものがいる迷路をむずかしくするのは、自分で自分の体に針を刺すようなもんだ。だから、そんなに強くするわけがない」

「そのテレパシー共感回路の出力をもっと強くしたらどうなる？」とラーズ。

「子どもはもっと強くゲームにひきこまれる。感情的なレベルでは、自分と、迷路の中の犠牲者との区別が――」

ピートはそこで言葉を切り、唇をなめた。

「では、コントロール装置にも変更を加えて、どちらのレバーを押しても、じょじょにではあるが、犠牲者の経験する難度が上がるようにしたら？　技術的に、それは可能だろうか？」とラーズ。

しばらくして、ピートが答えた。

「ああ」

「そして、それを自動工場のラインに乗せることは？　大量生産できるか？」

「もちろん」

「このずんぐりむっくりの金星ウーブだが、こいつは地球生物じゃないし、その精神構造はわれわれのそれとはまったく違う。それでも、そのテレパシー能力によって、われわれとのあいだに共感関係をつくりだすことができる。このおもちゃの共感回路は、高度に進化した知的生物であれば、だれに対してもおなじような影響を与えるんだろうか？」

「おそらくは」とピートがうなずき、「そうならない理由はない。テレパシー波を受けるだけの知性のある生物なら、種族は問わないはずだ」

「たとえ、キチン質の、半・反射機械的な生命体でも？」と、ラーズがいいつのる。「甲殻類から進化した生物でも？　温血動物でなくても？」

ピートはニッツ将軍のほうに目をやって、

「やつは出力を上げて」怒りでつっかえながら、興奮した声で、「手動コントロールの配線をいじって、やめたいと思ってもやめられないほど深く感情移入させると同時に、あわれな犠牲者をはばむ障壁の難度を下げられなくしようとしている。その結果は――」

「急速に、徹底的な精神分裂を誘発しうる」とラーズ。

「そしてあんたは、ランファーマン・アソシエーツがこいつを改造し、自動工場のラインに乗せて大量生産することをもくろんでいる。そして、そいつをやつらに――」と、ピートは親指をぐいと上に向け、「ばらまくって寸法だ。わかったよ。しかし、シリウスだかどこだかのエイリアンにそいつをばらまくのは、おれたちには無理だぜ。うちの力じゃとても歯がたたない」

ニッツ将軍が口を開き、

「しかし、われわれにはできる。ひとつ方法がある。エイリアンが狙う人口中心地すべてに、最終製品を大量に供給すればいい。そうすれば、やつらがそこを手に入れたとき、同時にそのゲームも向こうの手にわたることになる」

「ああ」とピートがうなずく。

ニッツ将軍はピートに向かって、

「すぐにかかれ！　いますぐはじめるんだ」

ピートはむっつりした顔で、床を見つめたまま、

「こいつは、やつらがやさしい心を持っていた場合にのみ効力を発揮する。そうでなきゃ、こいつは――」と、テーブルの上の迷路おもちゃに腹立たしげに手を振って、「なんの役にも立たない。こいつをつくる人間は、生物の善良な面につけこむことになる。おれはそこんとこが気に入らないね」

迷路おもちゃについていた説明書を読みながら、ニッツ将軍が、

「『この玩具は、心理学的にソフィスティケートされたものであり、子どもたちにほかの生命を愛し、尊敬し、いつくしむことを教えます。子どもたちは、なにをしてもらえるか

ではなく、なにをしてやれるかを学ぶのです』」

ニッツ将軍は説明書を折りたたみ、ラーズに返してよこしてから、ピートに向かって、

「何日でできる?」

「十二、三日」

「八日だ」

「わかった。八日だ」ピートはなにか考えるような顔で下唇をなめ、ごくりと唾を飲んでから、「十字架をブービー・トラップに使うようなもんだな」

「元気を出せよ」

とラーズはいって、迷路の両側のレバーを操り、ウーブに似たずんぐりむっくりのかわいい犠牲者が悪戦苦闘している迷路の難度を下げてやった。どんどんやさしくしていき、やがてついに、犠牲者は迷路の出口にたどりつきそうになる。

その瞬間、ラーズは迷路の左側のレバーに触れた。音もなく迷路の配置が変化し――最後の、そしてまったく思いがけない障壁が、犠牲者の行く手をふさぐ。ようやく自由を感じとったそのとき、犠牲者は希望を断たれた。

おもちゃから放射される弱いテレパシー波で犠牲者と結ばれていたラーズは、苦痛を感じた――それほど激しいものではないが、しかし、左手のレバーにさわらなければよかった、と思うくらいには強い。だが、もう遅すぎる。迷路の犠牲者は、ふたたび完全に出口

を見失ってしまった。

まちがいない。ラーズはさとった。このおもちゃは、たしかに、説明書にあるとおり、共感と親切を教える。

だが今度は、われわれが教えてやる番だ。われわれコグ、社会の支配者であるわれわれ――人類を守る責任を文字どおり肩に背負っているわれわれが。四十億の人間が、われわれに期待している。そして――われわれはおもちゃをつくるわけではない。

30

シリウスから来た奴隷狩りエイリアンの衛星が撤退したあと——最終的にはぜんぶで八つの衛星が地球の軌道をめぐっていた——ラーズ・パウダードライの生活もしだいにおちつきをとりもどしはじめた。

ラーズはそれに満足していた。

しかし、とても疲れている。それに気づいたのは、ある朝ニューヨークのアパートメントで目を覚まし、ゆっくりベッドから起きだしながら、かたわらに、リロ・トプチェフの黒髪を見たときだった。満足してはいたものの——リロのことは好きだし、愛している。彼女といっしょの生活はしあわせそのものだ——マーレンのことを思い出してしまう。

そして、それまでほどの満足は感じられなくなった。

ベッドからすべりおり、寝室を出てキッチンにはいる。それをのぞけばごくふつうのレンジにつないである、改鋳された小さな機械の上の、いつも熱くて新鮮なコーヒーのポットから、カップに一杯注いだ。

ひとりでテーブルにつき、コーヒーを飲みながら、北側の超高層集合住宅(コナプト)ビル群をながめる。

〈大戦〉で使った兵器のことや、どういう方法で敵を退散させたかをマーレンが知ったら、いったいなんというだろうか。われわれは、みずからを無価値な存在にすることで、敵を追いはらった。おそらく、シリウスのキチン質市民は、いまも奴隷を使い、いまもほかの種族の空に衛星を飛ばしているだろう。

だが、この星の空にではない。

そして、UN-W国防局およびピープ・イーストのコグたちは、いまだに、〈兵器〉をシリウス星系に送りこむことを考えている……。

マーレンなら、きっとおもしろがったことだろう。

寝ぼけ眼(まなこ)をぱちぱちさせながら、ピンクのナイトガウン姿のリロが、キッチンの戸口にあらわれた。

「わたしのコーヒーはないの？」

「あるとも」ラーズは、彼女の分のカップとソーサーをとりに立ち上がった。「英語の〝ケア〟という言葉の語源を知ってるかい？」

と、レンジにつながった従順な機械からコーヒーを注ぎながらたずねる。

「いいえ」

リロはテーブルについて、きのうの葉巻の吸い殻が死体のように散乱する灰皿を、げんなりした顔で見つめている。

「ラテン語の〝カリタス〟だよ。愛、もしくは尊敬を意味する」

「へえ」

「聖ヒエロニムスは、それを、ギリシャ語の〝アガペー〟の訳語として使ったんだが、アガペーの意味はそれだけじゃない」

リロは黙ってコーヒーを飲んだ。

「アガペーは」と、窓辺に立ってニューヨークのコナプト群をながめながら、ラーズがいう。「生に対する敬意という意味なんだ。おおよそのところだけどね。英語にはぴったりの言葉がない。それでも、ぼくたちはその特質を持っている」

「ふうん」

「そして、あのエイリアンも。ぼくたちはそこにつけこんで、彼らを打ち破ったというわけさ」

「目玉焼きをお願い」

「いいよ」ラーズは電子レンジのボタンをたたいた。

「卵は」と、リロはそこでひと口コーヒーを飲み、「考えることができる？」

「いいや」

「あなたがいったものを感じられる？　アガペーを？」

「もちろんできない」

「じゃあ」湯気をたてる熱い目玉焼きのプレートをレンジからとりだしながら、「知性のある卵に侵略されたら、わたしたちもおしまいね」

「ばか」

「でも、あなたはわたしを愛してる。つまり、あなたは気にしないってこと。わたしはいまのままのわたしでいることができて、あなたは全面的に賛成はしなくても、わたしがわたしであることに干渉はしない、そういう意味でね。ベーコンもお願い」

ラーズはまたボタンをたたいた。リロにはベーコン、自分にはトースト、アップルソース、トマト・ジュース、ジャム、ホット・シリアル。

「だから」レンジが指示されたとおりのものをつくっているあいだに、リロは結論を下した。「あなたはわたしにアガペーを感じてない。もし、あなたがいったとおり、アガペーがカリタスを意味し、カリタスがケアを意味するならね。だって、あなたは気にしないでしょ、たとえば、もしわたしが――」ちょっと考えて、「もしわたしがピープ・イーストにもどることにしても。あなたが望んでるようにパリ本社のトップになるかわりに。あなたはずっとそうしてくれっていいつづけてるわね」それから、意味ありげに、「そうすれば、わたしは完全に彼女のあとがまになれるから」

「そんな理由できみにパリ本社の社長になってほしいわけじゃない」

「そう……」リロは食べ、飲み、長いあいだ考えて、「たぶん違うでしょうね。でも、いまさっき、わたしがはいってきたとき、あなたは窓の外を見ながら考えてた。もしあの女が生きていたら、って。そうでしょ？」

ラーズはうなずいた。

「あの女がやったことで、あなたがわたしを責めてるんじゃないことを神様に祈るわ」

「きみを責めたりしないよ」ラーズは口の中をホット・シリアルでいっぱいにして答えた。「ただ、なくなってしまった過去がいったいどこに行ってしまったのか、どうしてもわからないんだ。マーレン・フェインになにが起こった？　ぼくがいってるのは、あの日、屋上で起きたことじゃない。彼女があの――」ラーズは頭に浮かんだ二、三の単語を押さえつけて、「あのベレッタで自殺したことをいってるんじゃない。つまり、いま彼女はどこにいるんだ？　どこに行ってしまったんだ？」

「けさのあなたは、まだちゃんと目が覚めてないみたい。冷たい水で顔を洗った？」

「やれそうなことはみんなやったよ。ただ、理解できないんだ。ある日、マーレン・フェインがいた。それから、いなくなった。そしてぼくは、シアトルの街を歩いていた。ぼくはあれが起きた現場を見ていないんだ」

「あなたの一部は見てるわ。それに、たとえあなたが見なかったとしても、いま、マーレン・フェインがどこにも存在しないという事実は残る」

ラーズはシリアルのスプーンを置いて、

「ぼくはなにを気にしてるんだ？　きみを愛してる！　そしてありがたいことに――いまでも信じられないけど――あの炸裂弾で死んだのはきみじゃなかった。ぼくの勘違いだったんだ」

「もし彼女が生き延びていたとしたら、わたしたちこうしてふたりでいられたかしら？」

「もちろんさ」

「いいえ。不可能よ。どうすればそんなことができるっていうの？」

「なんとかしてたさ」

「昼間は彼女、夜はわたし？　それとも、月、水、金が彼女で、火、木――」

「人間の心は、チャンスさえあれば、けっしてくじけることはないんだ。あのベレッタと、あれが引き起こしたことがなかったとしても、そこそこのチャンスさえあれば。ヴィンセント・クラグが、あの老帰還兵の姿で、リカルド・ヘイスティングスという名前になってもどってきたとき、ぼくになにを教えてくれたか知ってるかい？　ひきかえすことは不可能なんだよ」

ラーズはそういってうなずいた。

「いまはだめでも、いまから五十年後なら、たぶん」とリロ。

「気にしないよ。ただ、彼女に会いたいだけなんだ」

「それからどうするの？」

「それから、自分の時代にもどってくるさ」

「で、あなたは、五十年だろうと何年だろうと、それまで自分の人生を無駄にして、だれかが〈時間歪曲場発生装置〉を発明するのをじっと待ってるわけ？」

「ＫＡＣＨに調査をはじめさせてる。もうすでに、だれかが基礎研究をやってるはずだからね。あの機械が存在することは、いまじゃみんなが知っている。そう長くはかからないよ」

「どうして彼女のところに行かないの？」

その言葉に、ラーズははっと目を上げた。

「冗談でいってるんじゃないの。五十年も待ってないで――」

「四十年というところだと思う。ぼくの計算では」

「それでも長すぎるわ。いい、そのときになったら、あなた七十を過ぎてるのよ」

「ああ」

「わたしの薬なら」リロが静かにいう。「覚えてるでしょ。あれなら、あなたの脳代謝だかなんだかに、致命的な効果を与えることができる。三錠飲むだけで、迷走神経の働きが止まり、あなたは死ぬ」

しばらくの沈黙のあと、ラーズは、

「たしかにそのとおりだね」

「べつに、あなたにつらくあたろうとしてるわけじゃないのよ。復讐しようってわけでもない。でも——わたしはそのほうがよっぽど賢明で合理的な、すぐれた方法だと思うわ。四十年五十年待つより、まったく無意味な人生に見切りをつけて、フォルモフェインを三錠飲むほうが」

「ちょっと考えさせてくれ。二、三日、時間がほしい」

「わかるでしょ、そうすれば、いままで生きてきた年月より長い時間を待たずにすむだけじゃなくて——あなたの問題を、彼女とおなじ方法で解決することになる。だから、その点でも、彼女とのあいだに絆(きずな)ができるのよ」

リロは暗い微笑を浮かべた。いそいで。

「いますぐフォルモフェインをあげる」

そういって、リロはとなりの部屋に消えた。

ラーズはキッチンのテーブルにすわり、冷めていくシリアルのボウルをぼんやり見つめていた。と、いきなりリロがもどってきた。なにかをこちらに向かってさしだす。

ラーズは手をのばし、受けとった錠剤をパジャマの胸ポケットにしまった。

「いいわ。それで決まりね。じゃあわたし、服を着替えて、出かける準備をするわ。ソヴィエト大使館と話してみようと思うんだけど。あの人、なんていったかしら？　カレンスキー？」

「カミンスキー。大使館のボスだよ」

「彼を通じて、帰らせてくれる気があるかどうかきいてみる。あっちじゃ、どこかの間抜けをブルガニングラードに連れてきて、霊媒に使ってるんだけど、ぜんぜんだめなんだって――KACHの情報によると」

リロは言葉を切った。

「でも、もちろんむかしとおなじってわけにはいかないでしょうね。もう二度と、あんなふうにはならないわ」

31

ラーズはフォルモフェインを三錠てのひらにのせ、テーブルの上の、冷たいトマト・ジュースを満たした背の高いグラスを前に、考えていた。いまここで、彼女が――名前なんかどうでもいい、いまベッドルームにいるあの娘が――きょう一日に備えて着替えているあいだに、錠剤を飲み下したらどうなるだろう。ラーズはその瞬間を想像しようとしていた――まるでそれが想像のつくことででもあるみたいに。

彼女が着替えているあいだに、ラーズは死ぬ。簡単なことだ――現実にはともかく、人間の病的におしゃべりな想像力がやすやすとやってみせる場面転換としては、しごく簡単だ。

グレーのウールのスカートにスリップ姿のリロが、はだしのまま、ベッドルームの戸口に立っていた。

「あなたが薬を飲んでも、わたし、悲嘆に暮れて四十年を棒に振り、あの〈時間歪曲場発生装置〉の完成を待って、あなたが生きている時代にもどろうなんて思わない。そのことだけははっきりいっておきたいの、ラーズ、あなたがそれを飲む前に」

「わかった」

リロにそんなことを期待してはいなかった。だから、それを聞いたところで、状況に変化はない。

リロはまだ戸口に立って、こちらを見つめたまま、

「それとも、ひょっとしたらそうするかも」

リロはさらりとそういってのけた。リロは純粋に、考えているのだ。自分がどう感じ、どんなふうに思うだろう、と。

「わからない。ピープ・イーストが帰らせてくれるかどうかにもよると思う。もし帰れた場合には、そこでの生活によるわね。もし、むかしとおなじような扱いを受けたら――」ちょっと考えて、「わたしはそれに耐えられなくて、ここであなたと過ごした日々のことを思い出しはじめる。そうしたら、さっきいったとおりのことをするかも。ええ、たぶん、いまあなたが彼女の死を悲しんでるように、あなたの死を悲しみはじめると思う」

リロは目を上げて、警告するようにラーズを見た。

「そのフォルモフェインを飲む前に、そのことをよく考えてみて」

ラーズはうなずいた。たしかに、考えてみなければならない。

「ここに来てからいままで、ほんとに楽しかった。ブルガニングラードの生活とはくらべ

ものにならないわ。あのぞっとするような〝高級(クラッシー)〟アパートメント——あなたは見たことないけど、ひどいもの。ピープ・イーストはまともな趣味が存在しない世界なの」

リロはベッドルームを出て、はだしですたすたラーズのところまで歩いてくると、

「いっとくことがあるわ。気が変わったの。まだ、パリ本社をわたしに任せる気があるんなら、だけど」

「どういうことだ？」

「つまり」とリロはおちついた声で、「わたしがさっきやらないっていったとおりのことをやるつもりだってこと。わたし、彼女のあとがまにすわるわ。あなたのためじゃなくて、わたしのために。ブルガニングラードのアパートメントにもどらなくてすむように」

しばらくためらってから、つづけて、

「いまのあなたみたいに、パジャマ姿で錠剤をてのひらにのせて、四十年待つか、それともいますぐやってしまおうかと悩まなくてすむように。わかる？」

「ああ」

「自分を守るためよ」

「ああ」ラーズはうなずいた。

「そういう本能があるの。あなたにはないの？　どこにあるの？」

「なくなったよ」

「わたしがパリ本社の社長になっても、なくなったままなのかしら?」

ラーズはトマト・ジュースのグラスに片手をのばし、もう片方の手で三つの錠剤を口に放りこんで、グラスを持ち上げた……目を閉じ、冷たく濡れたグラスの縁を唇に感じ、そしてそのとき、はるかなむかし、フェアファックスでふたりがはじめて出会ったとき、リロがさしだした冷たい缶ビールのことを思い出した。あのとき、彼女はおれを殺そうとした。

「待って」

ラーズは目をあけた。三つの錠剤はまだ口の中にある。楽に飲めるようにかたい糖衣をかぶせられた錠剤は、溶けないで、舌にのっていた。

「改鋳(ブラウシェア)された機械があるの、アイテム——何番だって関係ないわね。あなたも使ったことがある機械よ。ほんというと、このアパートメントで見つけたの。〈オーヴィルくん〉よ」

「ああ」舌の上の錠剤のせいで口をもごもごさせながら、ラーズが答える。「知ってるとも。〈オーヴィルくん〉ならよく覚えてる。最近、〈オーヴィルくん〉の調子はどうだい?」

「薬を飲む前に、〈オーヴィルくん〉のアドバイスを聞いて」

もっともな話だ。そこでラーズは、まだ溶けていない錠剤を慎重に吐き出し、べとべとするそれを、パジャマのポケットにもどした。ラーズがすわって待っていると、リロは、複雑な電子装置、元ガイダンス・システムにして、いまは家庭用娯楽兼隠れたる神である〈オーヴィルくん〉を持ってきた。

リロは〈オーヴィルくん〉を、朝食のテーブルの、ラーズの前に置いた。

「〈オーヴィルくん〉、きょうは元気かい？」

おまえはかつて、兵器デザイン・スケッチ202だった、とラーズは心の中でつけ加える。最初におまえのことを教えてくれたのはマーレンだった。おまえとおまえの一万四千——それとも一万六千、いや一万八千だったたっけ——の極小部品のことを教えてくれたのは。改鋳（プラウシェア）された奇形。おれと同様、システムによって骨抜きにされた存在。

「元気です」

〈オーヴィルくん〉がテレパシー音声で答える。

「きみはあのときの、あの〈オーヴィルくん〉なのかい？」とラーズ。「マーレン・フェインが——」

「そうです、ミスター・ラーズ」

「また、ドイツ語でリヒャルト・ワグナーを引用するつもりかい？　もしそうだとしたら、今度はそれだけじゃ足りないぜ」

「そのとおりです」〈オーヴィルくん〉の思考がラーズの脳に響く。「それはわかっています。ミスター・ラーズ、わたしにはっきりした質問をしていただけますか？」

「わたしの直面している状況はわかってるのか？」

「はい」

「どうしたらいいか教えてくれ」

もとはアイテム202ガイダンス・システムだった、膨大な数の超小型化された部品がカチカチと動くあいだ、長い間があった。ラーズは待った。

やがて〈オーヴィルくん〉は、

「すべての引用を含む、詳細な文書による回答をお望みですか、古代ギリシャ語、中世高地低地ドイツ語およびラテン語の原典を付して――」

「いや。要約してくれ」

「一文に？」

「もっと短くてもいい。できるなら」

〈オーヴィルくん〉は答えた。

「その女性、リロ・トプチェフをベッドルームに連れてゆき、性交しなさい」

「たとえば――」

「たとえば、毒を飲むかわりに」と〈オーヴィルくん〉。「心の中ではすでに捨てることにしているもののために四十年を無駄にするかわりに。ミスター・ラーズ、あなたが無視していることがあります。はじめてミス・トプチェフに会いにフェアファックスに行ったとき、あなたはすでに、マーレン・フェインを愛することをやめていたのです」

沈黙。

「ほんとなの、ラーズ?」とリロがたずねた。

ラーズは黙ってうなずいた。

「〈オーヴィルくん〉は利口ね」とリロ。

「ああ」

ラーズはまたうなずいた。立ち上がり、椅子をうしろに押しやって、リロのほうに歩み寄る。

「〈オーヴィルくん〉のアドバイスにしたがうつもり? でも、わたしもう半分服を着ちゃったわ。それに、あと四十五分で仕事なのよ、あなたもわたしも。時間がないわ」

そういいながらも、リロはうれしそうに笑った。心の底から安心したように。

「たしかにそうだ」ラーズはリロを両腕に抱え上げ、ベッドルームへと運びながら、「なんとかぎりぎりじゅうぶんな時間しかない」ベッドルームのドアを蹴りあけ、背中で押してしめながら、

「でも、なんとかぎりぎりじゅうぶんは、じゅうぶんなのさ」

32

地表のはるか下、ワシントンDCフェスタンをリング状にとりまく低所得者層向け老朽ビルの安コナプト2Aで、サーリイ・G・フェブスは、五人の人間が囲む、かしいだテーブルのいちばん奥に立っていた。

種々雑多な寄せ集めの五人の男女と、フェブス自身。しかし彼ら六人は、公式政府コンピュータ、ユニヴォックス50Rによって、ウェス・ブロックの購買習慣の全体的な傾向を代表しうる存在であると保証された人間たちだった。

この六人の新しいコンコモディーの秘密会合は、非合法のきわみであった。テーブルをどんとたたき、フェブスはかんだかい声でいった。

「ただいまより会議をはじめる」

フェブスはきびしい表情で視線をめぐらし、だれがリーダーであるかをはっきりさせた。つまるところ、細心の注意を払い、真に卓越した知性（すなわち、フェブスのことだ）にしてはじめて可能なありとあらゆる予防策を講じて、六人全員をこの粗末な部屋に呼び集めたのは、だれあろう、サーリイ・G・フェブスその人なのだから。

全員、耳をそばだてている——が、同時に、神経質になっている。FBIかCIA、あるいはKACHが、彼らのリーダー、サーリイ・G・フェブスの綿密な予防措置にもかかわらず、いつなんどき、ドアから飛びこんでこないともかぎらない。

「知ってのとおり——」

いかなる警察機関の手先といえども、自分をここから連れさることなどできはしないという印象を与えるべく、フェブスは腕を組み、大きく広げた両足をしっかと踏んばって、力強い声でいった。

「われわれ六人のコンコモディーは、たがいの姓名を知ることすら違法とされている。そこで、この会議を、まずそれぞれの名を名乗ることからはじめたいと思う」

フェブスは、いちばん近くにすわっている女を指さした。

かすれた声で、女はいった。

「マーサ・レインズ」

フェブスはつづいて、そのとなりの男を指さす。

「ジェイスン・ギル」

「ハリー・マーキスン」

「ドリーン・ステープルトン」

「エド・L・ジョーンズ」

いちばん端にすわっていた最後の男が、しっかりした声でいった。これで終わった。ウェス・ブロックの法律および警察機関への挑戦として、彼ら六人はたがいの名前を知ったのである。

皮肉にも、〈危機〉が去ってから、UN-W国防局は、彼ら六人が〈クレムリン〉にはいり、公式に会議に参加することを〝許可〟した。そしてそれは——フェブスはかしいだテーブルのまわりの顔をながめながら思った——われわれが、ひとりひとりではなんの力も持っていないからだ。個人個人は、無力なのだ。委員会は、そのことをよく知っている。だが、われわれ六人がいっしょになれば——。

フェブスは威圧的な口調で、

「よろしい。ではじめよう。このドアをくぐってはいってきたきみたちひとりひとりは、〈分子抑制ビーム相転移装置〉と呼ばれる新兵器、アイテム401の、各自に割り当てられた部品を持ってきている。そうだな？　それぞれ、脇の下に、紙袋、ないしはごくごくあたりまえのプラスチック・ケースを抱えていたと思う。まちがいないか？」

フェブスに顔を向けた五人のコンコモディーは、それぞれ、「はい、ミスター・フェブス」とつぶやいて、あるいはうなずいて、あるいはその両方で答えた。そしてじっさいに、それぞれ自分の持ってきた包みを、勇気のあかしとして、テーブルの上の、よく見えるところに置いた。

フェブスは、抑揚たっぷりの鋭い声で、

「あけてくれ。中を見よう！」

緊張にふるえる指で、紙袋やプラスチック・ケースが開かれた。

テーブルの上に、六つの部品が並んだ。ひとつに組み立てれば（この部屋にいるだれかにそれが可能だと仮定して）、恐るべき新兵器、〈分子抑制ビーム相転移装置〉ができあがる。

ランファーマン・アソシエーツの巨大な地下実験場で撮影された、この破砕器（ティアウェップ）の作動現場のヴィドテープは、これに対する防衛手段が存在しないことを示している。そして、六人の、ついに認められたコンコモディーを含めて、UN－W国防局委員会のメンバー全員が、厳粛なる雰囲気の中、そのテープを視聴していた。

「この六つの部品をもとの破砕器に組み立てるというわれわれの使命は」とフェブスが宣言する。「当然のことながら、わたし自身の手にゆだねられることになる。わたしは、ひとりで全責任を負う覚悟がある。知ってのとおり、委員会の次回公式会議は、きょうから一週間後。したがって、アイテム４０１、〈分子抑制ビーム相転移装置〉を組み立てるためにわれわれに残された時間は、七日足らずしかない」

ジェイスン・ギルがうわずった声で、

か？」

「あんたがそれを組み立てているあいだ、おれたちもそばについていたほうがいいだろうか？」

「そうしたいなら、わたしはかまわない」とフェブス。

エド・ジョーンズが口を開き、

「われわれも助言していいかな？　というのは、その、わたしの本職は――つまり、コンコモディーになる前の職業は――GEのデトロイト支社の嘱託技術者だった。だから、エレクトロニクスについては多少わかるんだ」

「助言はかまわない」フェブスはしばらく考えてから結論を出した。「認めよう。ただし、われわれの聖なる規約を理解してほしい。われわれは政治結社として、官僚主義的制限を受けることなく、選ばれた指導者に決断を委ねることを認める。そうだな？」

全員が、そうです、とつぶやいた。

フェブスこそがその、足かせのない、官僚主義的制限から自由な、選ばれた指導者である。彼らの政治革命秘密結社BOCFDUTCRBASEBFIN、すなわち、〈少数エリートによる現代支配体制を必要とあれば武力に訴えても否定する本質的自由庇護者同盟〉第一細胞の。

自分の部品とエド・ジョーンズのそれを手にとると、フェブスは腰を下ろし、莫大な金額を払って組織で買い入れた新品の道具箱を開いた。長く、先の細い、ドイツ製の自動回転機構付きドライバー（プラスチックのハンドルの握りかたで右まわりか左まわりかを決める）をとりだし、仕事にかかった。

畏敬の念をこめて、組織の五人のメンバーがそれを見守る。

一時間後、サーリィ・G・フェブスはうめき声をあげ、ひと息ついて額の汗をハンカチでぬぐった。

「時間がかかりそうだ。そう簡単にはいかない。しかし、われわれはゴールに向けて前進しつつある」

マーサ・レインズが神経質に、

「巡回中のポリス・カーがたまたまこの上空を通りかかって、わたしたちの思考をモニターで拾わなきゃいいけど」

ジョーンズが部品を指さしながら、ていねいな口調で、

「あの、そこの妙なやつは、そのすきまにぴったりはまるんじゃないでしょうか。ほら、そこんとこに溝（みぞ）があるでしょう？」

「おそらく、そうだろう」とフェブス。「あとで試してみようと思っていた。しかしいまは、ひと息入れているこの機会を利用して、諸君にいっておきたいことがある」

フェブスは目を上げて、五人の顔を順ぐりに見わたし、全員そろって自分の言葉に耳をそばだてていることをたしかめてから、できるかぎり権威のある口調で――フェブスほど

の能力と知識のある人間であれば当然だが、その言葉には、たいそう権威がこもっていた——話しはじめた。

「現在権力を握っている特権階級コグ・エリートによる非民主的専制政治（アンデモ・テイル）にかわって、われわれが新たに打ちたてるべき社会的経済的政治構造（ポル・ストラク）が正確にどのようなものであるかを、〈第一細胞〉を構成する諸君全員に、はっきり心に留めておいてもらいたい」

「いってくれよ、フェブス！」とジョーンズが景気のいい声をかける。

「ああ」とジェイスン・ギルもうなずき、「もういっぺん聞かせてもらおうぜ！　おれはあそこんとこが好きなんだ、おれたちがこのアイテム401でやつらを追い出したあと、いったいどうなるかって話が」

フェブスは冷静そのものの口調で先をつづけた。

「UN-W国防局のメンバー全員は、もちろん戦犯として裁判にかけられることになる。この点について、われわれはすでに合意を見ている」

「そうだ！」

「それが、われわれの憲法の第一条だ。しかし、他のコグについては、なかんずく、裏切り者のニッツ将軍がきわめて親密にしているピープ・イーストのアカども、あのパポノヴィッチとかいう元帥などについては話がべつだ。これについては、過去のここでの秘密会合のさいに説明したとおり——」

「そうとも、フェブス！」

「――彼らはまさしく、報いを受けることになる。彼らがもっとも悪質なのだ。しかし、なによりも、われわれが押さえなければならないのは――この点に関しては、わたしは絶対服従を要求する、なぜならこれは、戦略上もっとも重要なポイントだからだ――われわれがまず完全に掌握しなければならないのは、カリフォルニアのランファーマン・アソシエーツの全地下施設である。なぜなら、すでに承知しているとおり、そこが新しい兵器の供給源だからだ。たとえばこの、愚かにもやつらが――はっはっは――〝改鋳(プラウシェア)〟させるためにわれわれにわたしてよこした、アイテム401のような兵器の。しかし、われわれはもう、このようなものを彼らにつくらせるつもりはない」

マーサ・レインズがおずおずと、

「それで、そのあとわたしたちはどうするんですの、あの、ランファーマン・アソシエーツを押さえたあと？」

フェブスは答えて、

「しかるのち、われわれは、彼らの操り人形、あのラーズ・パウダードライを逮捕する。それから彼に、新しい兵器をデザインさせる――われわれのために」

ある程度の常識をわきまえた中年ビジネスマン、ハリー・マーキスンが口を開き、

「われわれが、あとから〈大戦〉と名づけられたあの戦争を勝ち抜いた兵器ですが――」

「つづけろ、マーキスン」

「あれは、あー、ミスター・ラーズ社がデザインしたものではありません。もともとは、非コグの零細玩具メーカー、クラグ・エンタープライズが開発した一種の迷路でした。だから――そのクラグとかいうやつに注意しなくてもいいんで――」

「いいかね」とフェブスはおだやかにいった。「その件については、あとでびっくりするような内幕を聞かせてやろう。しかし、いまはその時間がない」

それからフェブスは、小さな、スイス製の時計職人用ドライバーをとって、兵器401を組み立てる作業にもどった。他の五人のコンコモディーは、もはやフェブスの眼中になかった。秘密を暴露しているひまなどないのだ。この仕事は是が非でもやりとげなければならない――コグ・エリートたちへの急襲を成功させるつもりであれば。そして、急襲はかならず成功するだろう。

三時間後、ほとんどの部品(たったひとつ、折れたガチョウの首みたいな形の奇妙な安ぴか部品をのぞいて)が組み立てられ、兵器として作動する準備が整った。フェブスの額は汗びっしょりになり、残る五人のコンコモディーは、それぞれの性格によって、あるいはぼんやりと、あるいは退屈顔で、あるいはいらいらしながら、すわっていた。

と、そのとき、ドアに――部屋の中は、瞬間、死んだように静まりかえった――ノックの音がした。

フェブスは低い声で短くいった。

「わたしにまかせろ」

道具箱の中から、美しく均斉のとれたスイス製クローム鋼ハンマーをとりだすと、ゆっくり部屋を横切り、青ざめた顔で凍りついている五人のコンコモディーの前を通って、戸口に歩いていく。ボルトをはずし、三重のロックを順番に解除して、細目にあけたドアから首をつきだすと、薄暗い廊下のようすをうかがう。

ぴかぴか光る自動瞬間郵便配達(スタント・メイル)ロボットが、そこに立っていた。

「はい？」とフェブス。

瞬間郵便ロボットは、ブーンと音をたてながら、

「ミスター・サーリイ・グラント・フェブス宛ての小包みです。登録済みです。あなたがミスター・フェブスならこの欄にサインを、もしミスター・フェブスでなければ、その下の欄にサインしてください」

ロボットは受けとり状と、下敷きにする、自分の体の平たい部分を前につきだした。ハンマーを持つ手を下ろし、フェブスは五人のコンコモディーのほうをさっとふりかえって、

「心配ない。注文しておいた道具の残りだろう」

フェブスが受けとりにサインすると、瞬間郵便配達ロボットは茶色の紙に包装された包

みをわたしてよこした。

フェブスはドアをしめ、小包みを手に、ふるえる足でしばらくその場に立っていたが、やがて自分をはげますように肩をすくめ、なんでもなかったような顔で、もとの席にもどった。

「あんたは肝っ玉がすわってるよ、フェブス」エド・ジョーンズが五人の気持ちを代表してそう宣言した。「てっきり、KACHのアインザッツグルッペだと思った」

ハリー・マーキスンは心底ほっとした顔で、

「わたしは、くそいまいましいソヴィエトの秘密警察、KVBにまちがいないと思った。義理の弟がエストニアにいて——」

「彼らはわれわれの会合をかぎつけられるほど優秀ではない、それだけの話だよ。彼らの滅亡は歴史の必然だ。より優秀な形態への進化なんだ」

「ああ」とジョーンズがうなずく。「やつらがシリウスの奴隷狩りエイリアンに勝ったあの兵器をつくるのに、どれだけ時間がかかったことか」

「その箱をあけろよ」とマーキスン。

「あとでいい」

フェブスは答えて、豆のさやみたいな形の安ぴか部品を正しい位置にはめこみ、汗だくの額をぬぐった。

「われわれはいつ行動に出るんだい、フェブス？」

ギルがたずねた。五人はそろってフェブスを見つめ、彼の決断を待っている。それを感じて、フェブスは緊張をゆるめた。重圧は去った。

「ずっと考えていたのだが」

フェブスはもっともフェブス的な口調でいった。じっさいそれは、心の奥深くにしまいこまれていた考えだった。手をのばし、その兵器、破砕器(ティア・ウェッブ)アイテム401をとると、引き金に指をかけてかまえる。

「わたしには、きみたち五人が必要だった。この兵器を構成する六つの部品すべてを手に入れなければならなかったからだ。しかし、いま――」

引き金を引き、広角に設定された相転移ビームを兵器の銃口から放射して、フェブスはかしいだテーブルの思い思いの席にすわった五人のコンコモディー仲間たちを非分子化した。

物音ひとつしなかった。一瞬のできごと。予期したとおりに。委員会で上映されたランファーマン・アソシエーツのヴィドテープは、アイテム401の作動時の、そうした利点を示唆していた。

いまは、サーリイ・G・フェブスただひとりが残された。地球上でもっとも現代的で、ファッショナブルで、進んだ、無音の、瞬間兵器とともに。これに対する防衛手段は、いまだに知られていない……それを考えだすのが商売のラーズ・パウダードライにさえ。

そして、ミスター・ラーズ、とフェブスは心の中でいった。つぎはおまえの番だ。

それから、もう時間のことを気にする必要はなくなったので、フェブスは自動瞬間郵便配達ロボットが持ってきた、茶色の紙で包装された小包みをとって、テーブルの自分の前に置いた。目前に迫った未来をかぎりなく綿密なその頭脳で思い描きつつ、ゆっくり、ものうげに、包装をといてゆく。

中からあらわれたものを見て、正直、フェブスは当惑した。追加の道具ではない。フェブスはもちろん、もはや存在しない組織、BOCFDUTCRBASEBFIN第一細胞のだれかが注文したものでもない。

端的にいって、それはおもちゃだった。

明るい色のふたをあけてみると、それは、零細玩具メーカー、クラグ・エンタープライズの製品だった。なにかのゲームだ。

子ども向けの迷路。

そのとたん、フェブスは本能的に——なぜなら、やはり彼は凡人ではなかったので——鋭く、正確そのものの、直観的な不安を感じた。しかし、その不安は、そくざに箱を投げ捨てさせるほどには鋭くも正確でも直観的でもなかった。衝動はあった。しかし、そうはしなかった——好奇心にかられたのだ。

すでにフェブスは、これがありきたりの迷路でないことを見てとっていた。そこが彼の、なみはずれて綿密かつ活動的な頭脳に訴えた。心を奪われて、フェブスは迷路をじっと見つめ、それからふたの内側に印刷されていた説明書きを熟読した。

「あなたは世界最高のコンコモディーです」と、迷路自体から放射されたテレパシー音声が心の中に響いた。「あなたはサーリイ・グラント・フェブスですね？」

「ああ」とフェブスが答える。

テレパシー音声はつづけて、

「新たに市場に流通させる消費財（コンシューマー・コモディティ）の商品価値について、最初の決定を下すのは、あなたですね？」

フェブスは腹の底に冷たいものを感じながらも、なぜかうなずいていた。

「ああ、そうだ。商品サンプルはまずわたしのところにまわってくる。それが委員会におけるわたしの仕事――わたしは現職のコンコモディーAだ。だから、いちばん重要な部品はわたしが担当する」

「小規模企業、クラグ・エンタープライズのヴィンセント・クラグは、ですから、あなた、ミスター・フェブスに、この新しいゲーム、〈迷路の中の人間〉をテストしていただきたいと考えております。あなたの卓越した判断力で、この商品がこのまま市場に出せるものかどうかを教えていただきたいのです。あなたの評価を書きこむ書式はこちらで用意してあります」

フェブスはだしぬけに、

「わたしにこれで遊んでほしいというのか？」

「まさしくそのとおりです。迷路右側の赤いボタンを押してください」

フェブスは赤いボタンを押した。

迷路の中で、小さな生きものが恐怖の悲鳴をあげた。

フェブスはぎょっとしてとびあがった。小さな生きものは、ずんぐりむっくりしていてかわいらしい。彼の心にも、なんとなく訴えるものがあった——いつものフェブスは、人間はもちろん、動物はすべて嫌いなのだが。その生きものは、出口を求めて迷路を狂ったように走りまわりはじめた。

テレパシー音声が冷静に説明をつづけ、

「この製品は、国内市場向けに製造され、あなたにお願いしているこのテストに合格すれば、すぐに量産態勢にはいる予定ですが、すでにお気づきのとおり、先般クラグ・エンタープライズが開発し、戦争兵器として使用された、有名な共感テレパス疑似非ホモ・ルーデンス迷路にきわめてよく似た点を持っております」

「あ——ああ」

だが、フェブスの注意はまだ、小さなずんぐりむっくり生物の奮闘にひきつけられたまま。その生きものはたいへんな苦労をしていた。迷路にはつぎつぎに袋小路や脇道が出現し、ますます複雑に、ますますむずかしくなっていく。

いっしょうけんめい出ようとすればするほど、混乱は深まっていく。いや違う、右じゃない――フェブスは思った――左のほうがいい。フェブスはその生きものの苦悩を経験していた。それは、すさまじい苦悩だった。こいつのために、なにかしてやらなければ。それも、いますぐ。

「おい」フェブスは弱々しい声でいった。「この動物、なんだか知らんがこいつを出してやるには、どうすればいい?」

テレパシー音声が答えて、

「迷路の左側に、明るい青色のボタンがあります。それを押してください、ミスター・フェブス」

フェブスはそくざにボタンを押した。

そのとたん、罠にとらわれた動物の恐怖が薄らぐのを感じた――あるいは、感じたと思った(どっちだろう? その差は消えてしまったようだ)。

だが、それも一瞬で、すぐにまた、あの恐怖がもどってきた――今度は前よりもさらに強く、激しくなって。

「あなたは、迷路の中の人間を出してやりたいと思っていますね」とテレパシー音声がいう。「違いますか、ミスター・フェブス？　正直にいってください。腹を割って話しましょう。どうです、違いますか？」

「ああ、そうだ」フェブスはうなずき、ささやくようにいった。「しかし、あれは人間じゃないだろう？　つまり、虫か動物かなにかだ。いったいなんなんだ？」

それを知らなければ。すぐにも答えを知らなければならない。そうだ、こいつをつまんでとりだしてやればいい。あるいは、大声で呼びかけるか。なんとかしてこいつとコミュニケートできれば、こいつにも逃げ道がわかるし、おれがここにいて、味方になっていることもわかる。

「おい！」

フェブスは走りまわる生きものに向かって叫んだ。それは、ひとつの壁からつぎの壁へとはねかえりながら、くるくると配置を変えてつねに裏をかく迷路の中を、狂ったように進んでいる。

「おまえはだれだ？　おまえはなんだ？　名前はあるのか？」

「名前はある」

とらわれた生きものは、狂乱した思考を返してきた。その生きものとフェブスはひとつにつながっている。その奮闘、その苦しみをサーリィ・G・フェブスとわかちあい、そこに絶望と満足とを感じている。

フェブスはいま、自分自身も混乱の極にあるのを感じた——迷路を上から見下ろしているのではなく、かすむ視界の前方に壁を見ている。彼は——。

彼は、迷路の中の生きものだった。

「わたしの名は——」

彼はきいきい声で叫んだ。頭上の、巨大な、しかし完全には理解できないものに向かって訴えた。一瞬前、彼はその顔を、その存在を感じた……しかしいまは、どこかに消えてしまったようだ。もうそれがどこにいるかもわからない。彼はまた、ひとりきりで、無数の動く壁に向かっている。

「わたしの名前は」と、金切り声でいう。「サーリイ・G・フェブス。わたしは外に出たい！　聞こえるか、だれか、上にいるやつ！　なんとかしてくれ？」

答えはなかった。上にはなにもなかった。だれもいなかった。

彼は走りつづけた。

ひとりで。

33

午前五時三十分、ニューヨーク・シティKACH第十七支部長ドン・パッカードは、まだコナプトのデスクに向かって、いま明けようとしている、あたりまえの人々の一日に備えて、手にしたマイクに報告書を口述していた。

「UN-W国防局委員会に加わったばかりの六人のコンコモディーによる陰謀についてであるが」と口述してから、パッカードはちょっと言葉を切り、ひと口コーヒーを飲んだ。

「その陰謀組織はもはや存在しない。メンバーのうち五人は、そのリーダー、S・G・フェブスによって無惨にも抹殺された。フェブス自身は、現在、慢性の精神的退行状態にある」

以上が、クライアントであるジョージ・ニッツ将軍の望んでいる情報だったが、なぜか、これだけではじゅうぶんではないような気がして、ドン・パッカードはさらに説明を加えた。

「昨日、二〇〇四年五月十二日午前十一時、KACHの複数のモニター装置が確認したとおり、組織のメンバーは、ワシントンDCフェスタン507969584ビルディングの地下コナプト2Aにおいて集会を開いた。組織結成以来四回目の集会であるが、コンコモディーそれぞれが兵器アイテム401の各部品を持参したのはこのときがはじめてである。

この六人の姓名については、すでに委員会のほうで把握していることでもあり、ここでは触れないこととする。

新しい方針に基づく最初の非b兵器である兵器アイテム401の組み立ては、莫大な金額で組織が購入した精密機器をもちいて、S・G・フェブスが行なった。

兵器アイテム401の組み立ての合い間に、S・G・フェブスは、著名な要人暗殺を含め、現在の組織にかわって彼が打ちたてようとしている急進的な新しい社会体制の政治的経済的基盤の概要を、仲間たちに説明している」

またひと休みして、パッカードはコーヒーを飲み、それから口述を再開した。彼の言葉は、目の前にある装置によって、自動的に書き起こされてゆく。

「午後四時、通常の瞬間郵便（スタント・メイル）ロボットが、コナプト・ビルディング507969584アパートメント2Aに、登録された小包みを配達しにきた。S・G・フェブスはそれを受けとり、あけてみないまま兵器組み立て作業を再開した。

組み立てが完了すると、S・G・フェブスは、前述のとおり（上記参照）、他の五人を殺害、その効果が証明された兵器アイテム401の、世界で唯一の完成モデルとともに、ただひとり残された」

ドン・パッカードはまたマイクを置き、コーヒーを飲んだ。疲れているが、仕事はもうほとんど終わりだ。これがすめば、あとはいま口述しているこの報告書のコピーをニッツ将軍に届けるだけ。決まりきった手順だった。

パッカードは報告書のしめくくりにはいった。

「S・G・フェブスは共感テレパシーなんとか迷路の犠牲者となり、すぐに屈伏した——じじつ、その速さは記録的で、カリストのウェス・ブロック連邦刑務所服役囚志願者によるテスト結果の最短記録を上まわっている。

S・G・フェブスは現在」とパッカードは結びの一節を述べた。「ウォリングフォード・クリニックに収容されている。退院の予定は立っていない。しかしながら——」

ここで、パッカードは言葉を切り、考えこむようにコーヒー・カップを見つめた。ニッツ将軍がこの件のクライアントであることを考慮して、パッカードは最後に自分の見解を脚注として加えることにした。

「現在の状況から考えると」パッカードは重々しい口調でいった。「先般の〈危機〉以後、その結果として、ヴィンセント・クラグはカリフォルニアのランファーマン・アソシエーツの、他に類例のない巨大な自動工場ネットワークに継続的かつ合法的に仕事を依頼する権利を有し、シリウスのエイリアンに対してきわめて効果的であった兵器を改造したこの迷路を、望みのままに大量生産することが可能になっている。そこで、これまで委員会に多大な貢献をなしてきた方策を、ヴィンセント・クラグに対しても用いるのが好都合ではないかと考える。すなわち、名誉称号であると同時に絶対的な法的拘束力を有する、ウェス・ブロック軍将校任命辞令である。そうすれば、もし必要が生じた場合には――」

パッカードはまた言葉を切ったが、今度は自分からではなかった。

まだ六時前だというのに、超高層高級秘密コナプトのドア・ベルが鳴ったのだ。

ああ、きっと委員会のメッセンジャーだろう。六人のコンコモディーによる陰謀の報告書を早く読みたくてうずうずしてるはずだからな。

しかし、玄関にいたのは、軍の下士官ではなかった。ぴかぴか光る自動瞬間郵便（スタント・メイル）配達ロボットが、茶色の紙に包装された、ありきたりの小包みを小脇に抱えて廊下に立っていた。

「はい？」とパッカード。

瞬間郵便ロボットは、ブーンと音をたてながら、

「ミスター・ドン・パッカードですか？　登録済みの小包みです」

いったい今度はなんだってんだ？　パッカードは心の中で毒づいた。もうちょっとで徹夜仕事が終わり、ひと休みできるってときに。

「あなたがミスター・パッカードならこの欄にサインを、もしミスター・パッカードでなければ、その下の欄にサインしてください」

ロボットはそういって、受けとり状と、ペンと、下敷きにする、自分の体の平たい部分を前につきだした。

いろんなことが起こった長い夜の、はてしない重労働のおかげで、目は赤く、頭はぼんやりしている、民間警察組織KACHのドン・パッカードは、それにサインし、小包みを受けとった。モニター装置か記録装置の追加だろう、とひとりごちる。委員会がこの手のやっかいな機械じかけをしょっちゅう〝改良〟してくれるおかげで、こっちは大きな迷惑だ。

パッカードは小包みを持って不機嫌にデスクにもどった。

そして、包みをあけた。

訳者あとがき

本書は、フィリップ・K・ディック二十冊めのSF長篇、*The Zap Gun* の全訳である。原書の初刊は一九六七年一月。ピラミッド・ブックスからペーパーバック・オリジナルで出版された。

邦訳は、一九八九年六月に創元推理文庫のSF分類（現在の創元SF文庫）から出たのが最初。私事ながら、僕にとっては生まれて初めて翻訳したディック作品であり、愛着もひとしお。それから四半世紀あまりを経て、装いも新たにこうしてハヤカワ文庫SFに収められることとなり、ひさしぶりに読み返してみたんですが、自分が訳したことも忘れて熱中し（二十五年も経てば、ほぼ別人の翻訳ですからね）、校正するのを忘れるくらいだった。なにしろ、主人公の職業は兵器ファッション・デザイナー。こんなぶっ飛んだ設定で長篇を一冊書いてしまうのは、SF界広しといえどもディックくらいだろう。『ザップ・ガン』は、B級ディックSFの典型というか頂点というか、ディックSFのエッセンスを一冊に凝縮したような本なのである。

　出版エージェントのスコット・メレディス・リテラリー・エージェンシーに残る記録によれば、同社がディックからこの長篇の原稿を受けとったのは、一九六四年四月のこと。この年、ディックが完成させた長篇は、『アルファ系衛星の氏族たち』、『空間亀裂』、『パーマー・エルドリッチの三つの聖痕』、『ザップ・ガン』、『最後から二番目の真実』、『テレポートされざる者』（原稿到着順）と、合計六冊にのぼる。ペーパーバック・ライターとして長篇をガンガン量産していた時期だが、SF史に残る傑作と、どうしようもない愚作との玉石混淆（ぎょくせきこんこう）ぶりがすさまじい。

　著者自身によれば、本書は駄作の部類に入るらしく、グレッグ・リックマンのインタビューに答えて、ディックは以下のように述べている。

　いつも最高のものを書こうと心がけているんだが、才能に火をつけてくれる聖なる炎が燃え上がらない場合もある。そうすると、『ザップ・ガン』みたいなクズができてしまう。（『ザップ・ガン』はクズだと思ってるんですか、という質問に）前半はまるで読めた代物じゃない。前半分を書いたとき自分がなにを考えていたのか、見当もつかない。前半分はまったく理解不能だよ。

いくつかいいところもないではないが、当時のわたしは、もうその手の書き方はやめようとしはじめていたんだ。ああいう種類の小説を書きつづけてもしかたがなかった。つまり、『ザップ・ガン』がその証拠というわけさ。

最初の百五十ページ（邦訳書のページ換算）は、ほんとうに読めないよ。文字どおり読めないんだ。後半はまあまあだけどね。（***Philip K. Dick: In His Own Words*** より）

しかし、ＰＫＤファンなら先刻ご承知のとおり、ディックＳＦは愚作まで含めてすばらしい――というか、むしろ八方破れの失敗作のほうが、いま読み返すと面白かったりする。そう思っているのは僕だけじゃないらしく、二〇一四年に実施されたＰＫＤ総選挙（長篇短篇映画ひっくるめて、〝いちばん面白いディック作品〟を読者投票で決める）では、『ザップ・ガン』は総合十六位。長篇としては、『死の迷路』や『偶然世界』『聖なる侵入』を押さえて、十二番めにランクしている。ちなみに、栄えあるベスト8は、一位から順に、『ユービック』『アンドロイドは電気羊の夢を見るか？』『スキャナー・ダークリー』『流れよわが涙、と警官は言った』『高い城の男』『パーマー・エルドリッチの三つの聖痕』『火星のタイム・スリップ』『ヴァリス』。本書は、これら主要作品を読みつくしたあとに手を出す（あるいは、みんなが読んでるような作品は読みたくないというひねくれたマニアが手を出す）ＰＫＤ作品の代表格、というポジションにあるらしい。

さてこのへんで、小説の設定をもうすこしくわしく紹介しよう。

舞台は、東西両陣営が冷戦のような対立をつづける二〇〇四年の世界。われらが主人公、ラーズ・パウダードライは、西側が誇る兵器ファッション・デザイナー。超次元空間に意識を浮遊させ、トランス状態に入っているあいだに、独創的ですばらしい、常識離れした新型兵器のアイデアをスケッチのかたちで手に入れるという特殊能力を持ち、〝兵器霊媒〟などとも呼ばれている。

そのスケッチをもとに、デザイン・エンジニアリング会社が試作品を建造するんですが、この兵器、実際に使用されることはない。東西両陣営は、核戦争の教訓をもとに、際限のない軍拡競争に終止符を打つべく、大量殺戮兵器のかわりに、殺傷能力の限定された兵器を開発している——というのは建前で、新兵器のデモンストレーション場面を撮影して全世界のお茶の間に放送するものの、実際の殺傷能力はゼロ。そのかわり、新兵器に使われている技術だけが、安全無害な新製品へと転用されることになっている。これが、両陣営のあいだでひそかに結ばれた〝プラウシェア条約〟のキモ。

この〝プラウシェア〟は本書の核となるコンセプトのひとつで、雑誌初出時（Worlds of Tomorrow 誌の一九六五年十一月号と一九六六年一月号に分載）には、“Project Plowshare”（プラウシェア計画）という題名が採用されていたほど。

plowshare とは、土を耕す鋤（すき）の刃の部分、〝鋤先〟のことで、聖書の「イザヤ書」などに出てくる「剣を鋤に（Swords to Plowshares）」という言葉が下敷きになっている。「金属製の武器を鋳直（いなお）して農具に変えなさい」という意味で、国連本部の玄関にもこの言葉が記されているそうですが、トレーディング・カードゲーム「マジック：ザ・ギャザリング」のプレーヤーには、カードの呪文名としてもおなじみ（相手のクリーチャーを除去するかわり、相手にそのクリーチャーのパワー分のライフを与える）。そこから転じて、plowshare は、軍事技術を民生品に転用することを指す動詞として使われることもあるらしい（作中では、どうしたものかと悩んだ末に、意味のほうをとって、〝改鋳（プラウシェア）〟というあんまりおさまりのよくない訳語をあてました）。

　さらにディックらしいのは、この〝改鋳〟の具体的なアイデアを出す（それぞれの兵器をどんな日用品に転用するかを考える）のが、コンピュータに選出された、コンコモディーなる六人の民間人だという設定。こちらはたぶん、consumer commodity（消費者向け商品、いわゆる日用品の意）をもとにした造語。世間一般の人々を代表するもっとも典型的な消費者として、コンコモディーは新兵器をモニターし、意見を述べる。

　大多数のパーサップス（pure + saps 純朴な愚民を意味する造語）、つまり一般大衆は、こうした兵器によって自分たちの安全が守られていると信じて平和に暮らし、内実を知るのは、〝コグ〟と呼ばれる一部エリートだけ。『最後から二番目の真実』——地下の人々は地上で核戦争がつづいてると思ってるのに、じつはとっくのむかしに戦争は終わっていた――なんかと共通する設定ですね。

この安定した世界に、いきなり殴りこんできたのがエイリアンの衛星群。地球は彼らに包囲されて、絶体絶命の危機に直面する。まやかしの兵器デザインばかりを描くことに不満を抱いていたわれらが主人公は、一転して、エイリアンを撃退する本物の究極兵器〝ザップ・ガン〟のスケッチを手に入れることを要求される……。

この物語に花を添える黒髪の美少女が、東側の兵器ファッション・デザイナー、リロ・トプチェフ。ラーズが彼女に(顔も知らないうちから)恋心を抱いたり、それに嫉妬する愛人がバリバリのやり手ビジネスウーマンだったり、人物配置についてもディックらしさ全開。ちなみに、リロの年齢は、民間警察組織KACHの情報によれば二十三歳ですが、見た目は十七、八歳。さらに、小説後半では、ラーズの願望か、それともディックの無意識のなせるわざか、いつの間にか十八歳ということになってます。このへんのいいかげんさもディック的。

しかし、本書の最大の特徴は、アイデアやガジェットやキャラクター設定が過剰なまでにディック的であることではなく、兵器ファッション・デザイナーという主人公の立場が、生活のためにB級SFを量産しなければならないディック自身の立場とダイレクトに重なること。戦争の役に立たない、見てくれだけの奇抜な兵器とは、SFガジェットを大量に詰め込んだ、文学的な価値の乏しい（とディック自身が思っている）、けばけばしいSF活劇にそのまま重なる。コミックブックに出てくるような子供だましのガジェットを次から次へとひねりだして生計を立てていた主人公は、ある日とつぜん、〝本物〟をつくってみろと迫られる。だが、ステロタイプのB級品ばかり生産してきたおかげで、どうしても本物の傑作が生み出せない……。こうして見ると、ラーズの苦悩には、SF作家ディックの苦悩が二重写しになっている。

うがちすぎかもしれないが、本書の前半分が理解不能だというディックの言は、自身の悩みを如実に書きすぎたために冷静に見られないことを隠すための韜晦じゃないかという気さえしてくる。B級はB級でも自分だけのオリジナルだと思っていたアイデアさえ、実は無意識になにかをパクってたんじゃないかという不安。まわりの編集者や書評家は、じつは自分を馬鹿にしてるんじゃないかという被害者意識。文学を書きたいのに書けないというフラストレーション……。さまざまな鬱屈した思いの投影として本書を読むと、突拍子もない設定に妙な生々しさが感じられて、また違った『ザップ・ガン』が見えてくるかもしれない。

本書誕生の経緯についてもう少し。

Philip K Dick Society Newsletter に掲載されたスコット・メレディスの（ディック宛ての）手紙によると、もともとこの小説は、昔日のコミックブック風の冒険SFを「ザップ・ガン」というタイトルで書いてほしいとの依頼が先にあり、それに合わせて執筆されたものらしい。エージェントからの要請でディック自身が書いたシノプシスというのも同誌に掲載されているが、そちらはコミックブック・アーティストが主人公で、実際に刊行された『ザップ・ガン』とは似ても似つかないストーリー。インタビューでは愚痴を言っているものの、この頃のディックはいくらでもプロットやアイデアが湧いてきたらしい。

いずれにしても、版元が求めていたのは、究極兵器ザップ・ガンを手にスーパーヒーローが大活躍するアクションものだったようで、実際に刊行されたピラミッド・ブックス版ペーパーバックの、ジャック・ゴーハンによるアメコミ・タッチのカバーイラストは、まさにそういう絵柄になっている（ので、小説の内容とはまったく関係がない）。

ちなみに、zap gun というのは、日本語で言えば、むかしのアニメや特撮に出てくる光線銃みたいなイメージ。銃口からビビビッとビームが出て敵をやっつける、現実には存在しない架空の武器で、かなり子供っぽい響きがある。その意味では、本書は最初からB級SFであることを運命づけられていたとも言えるし、この企画そのものが、（執筆当時は）商業的成功に恵まれない無名のペーパーバック・ライターだったディックの作家的地位の象徴だとも言える。それに対する屈折した感情と、あふれ出るアイデアと、ジャンル

SF作家としての手癖と、どんな話でも読ませてしまう抜群のストーリーテリング力が融合した結果、世にも個性的なワン・アンド・オンリーのB級SF『ザップ・ガン』が誕生した。その意味では、もっともディック的なディックSFかもしれない。

ついでに、訳注めいたことをいくつか。八十九ページで〈オーヴィルくん〉が引用するドイツ語のフレーズは、オペラとプロレスにくわしい寺倉正太郎氏にご教示いただいたところによると、ワーグナーの楽劇『ジークフリート』の有名な一節で「おれには兄弟もない、姉妹もない、母も父もない……」うんぬんという箇所なのだとか。もっとも、ディックの思い違いなのかどうか、作中の原文はワグナーの原典とは微妙に違ってるので、あえてそのままカタカナで表記しておきました。

八十二ページの引用は、一九三〇年のハワード・ヒューズ監督作『地獄の天使』に出てくるジーン・ハーローの有名なせりふ、「もっと楽な服に着替えたらどっきりさせちゃうかしら?」より。ディックのお気に入りらしく、『去年を待ちながら』にもまったくおなじフレーズが出てくる。

その他、コンドミニアム・アパートメントを略したコナプトや、電送新聞のホメオペイプ、通貨単位のポスクレッドなど、おなじみの造語はもちろん、クエスタ・レイの葉巻、郵便袋形のポーチなど、ディック印の小道具があちこちに登場するので、チェックしてみてください。

最後に謝辞を。本書の邦訳は、もともとサンリオSF文庫から刊行される予定だった。しかし、同文庫は一九八七年に休刊。翻訳権が宙に浮いていたところ、サンリオSF文庫の編集長だった西村俊昭氏が東京創元社の小浜徹也氏にかけあって、創元でディックをまとめて出しませんかと持ちかけ、その結果、駆け出しのSF翻訳者だった大森のところに翻訳のお鉢がまわってくることになった。両氏がいなければ、たぶん僕がディックを訳すこともなかったはずなので、この場を借りてあらためて感謝を捧げたい。また、今回のハヤカワ文庫SF版の刊行にあたっては、編集担当の込山博実氏、校閲担当の竹内みと氏のお世話になった。併せて感謝する。

初訳当時、ディック翻訳の大先輩である浅倉久志氏には、訳語について相談に乗っていただいたばかりか、貴重な資料をたくさん貸していただいた。英語の不明点については、畏友トーレン・スミス氏にいろいろ教えていただいた。ありがとうございました。

しかし、こうして感謝を捧げるべき方々のうち、サンリオの西村さんも、浅倉さんも、トーレンも、いまはもう、この世にない。二十五年という歳月の長さにあらためて茫然とするが、ディックの病没から数えると、すでに四十年以上。それでもなお読まれつづけるディック作品の生命力に驚くと同時に、その翻訳を手がけることができた幸運に感謝したい。

訳者略歴　1961年生，京都大学文学部卒，翻訳家・書評家　訳書『ブラックアウト』『オール・クリア』『混沌ホテル』ウィリス　編訳書『人間以前』ディック　著書『21世紀SF1000』（以上早川書房刊）他多数

HM=Hayakawa Mystery
SF=Science Fiction
JA=Japanese Author
NV=Novel
NF=Nonfiction
FT=Fantasy

ザップ・ガン

〈SF1997〉

二〇一五年三月十日　印刷
二〇一五年三月十五日　発行

（定価はカバーに表示してあります）

著者　フィリップ・K・ディック
訳者　大森望（おおもり のぞみ）
発行者　早川浩
発行所　株式会社 早川書房

郵便番号　一〇一-〇〇四六
東京都千代田区神田多町二ノ二
電話　〇三-三二五二-三一一一（大代表）
振替　〇〇一六〇-三-四七七九九
http://www.hayakawa-online.co.jp

乱丁・落丁本は小社制作部宛お送り下さい。
送料小社負担にてお取りかえいたします。

印刷・信毎書籍印刷株式会社　製本・株式会社川島製本所
Printed and bound in Japan
ISBN978-4-15-011997-3 C0197

本書は活字が大きく読みやすい〈トールサイズ〉です。